Lisa Witasek

Mich hat der Himmel geschickt

Lisa Witasek

Mich hat der Himmel geschickt

Roman

Langen Müller

Schutzumschlaggestaltung: Barbara Farenholtz, Landsberg
Illustration: Jasmine Khezri
Satz: Schaber Datentechnik, Wels
Gesetzt aus 10/12,5 Punkt Times Ten in PostScript
Druck und Binden: Graphischer Großbetrieb Pößneck
Printed in Germany
ISBN 3-7844-2682-4

... und so entdeckte ich
die süße Natur der Probleme.

In meinem Leben hatte ich nur ein Problem. Daß ich kein Problem hatte. Alle haben Probleme, die Welt ist bis zum Rande voll davon. Immer wenn man meint, keines zu haben, hat man im nächsten Augenblick eines, und wenn nicht das eine, dann ein anderes. Daran wird sich, solange es Menschen gibt, nie etwas ändern. Nur ich war eine Ausnahme.

Ich bin als Wunschkind auf die Welt gekommen, auf den Monat genau geplant, und darüber hinaus ist mir ein Muttermal angeboren, das vom Schlüsselbein abwärts bis zur Brust verläuft und aussieht wie die Fiji-Inseln. Von Anfang an konnte ich mich auf diese Inseln zurückziehen und fühlte mich zu all den Aufregungen am Festland, dort, wo die anderen waren, in sicherer Entfernung.

Ich wuchs in einem hübschen Reihenhäuschen auf, am billigeren Rand der Stadt, ich hatte einen eigenen Sandkasten im kleinen Garten, ein eigenes aufgeblasenes Plastikplanschbecken, in einem Beet züchtete meine Mutter Salat und Erdbeeren, in einem anderen Blumen. Im Haus war es noch paradiesischer. Ich verstreute meine Sachen in alle Himmelsrichtungen, und meine Mutter trug alles wieder ins Zentrum. Sie kochte, ich aß. Sie nähte bunte Kleidchen für mich, ich bekleckerte sie. Mir gefiel alles. Sogar der Park gefiel mir, in dem wir spazierengingen. Und daß man mich, wie ich hörte, überall suchen würde, käme ich abhanden, und sei es mit dem Hubschrauber, das gefiel mir besonders. Aber niemand mußte mich suchen. Ich war immer da, und die anderen waren auch immer da.

Wenn meine Eltern stritten, taten sie es spätabends, wenn ich bereits im Bett lag, und dann machten sie die Tür zu, so daß ich es nicht hören konnte. Als ich in der Schule mit dem Kakao herumspritzte, mein Kleidchen zerriß, in die Hose machte, aufstand und schrie: »Frau Lehrerin, Sie haben falsche Zähne, ich verstehe Sie nicht!« rief die Lehrerin zwar meine Eltern an, es wurde jedoch nichts anderes beschlossen, als daß ich, die fast ein Jahr zu spät eingeschult worden war, eine Klasse überspringen sollte.

Ich lernte nicht ungern, letztendlich lief es jedoch wieder nur darauf hinaus, daß ich meine Schulsachen verräumte und meine Mutter sie abends in meine Schultasche hineinräumte, damit der nächste Tag wieder ruhig und ohne Aufregung beginnen konnte. Ich hatte einfach nichts zu tun, und auch wenn ich vor dem Fernseher saß, tat ich nichts, während die anderen, die im Fernsehen, unglaublich beschäftigt waren und unglaubliche Dinge erlebten. Und auch meine Mutter vollbrachte eine unglaubliche Tat, wenn sie den Fernseher abschaltete, was nicht so einfach war, denn er schaltete sich, kaum wandte sie sich ab, immer wieder ein, wie von selbst.

In dieser idyllischen Ereignislosigkeit entdeckte ich, daß ich, wenn ich ein Auge schließe, mit dem anderen meine eigene Nase sehen kann. Und dann entdeckte

ich, daß ich, außer im Spiegel und auf Fotos, meinen eigenen Mund und meine eigenen Ohren nicht sehen kann. Das sei ganz normal, sagten alle, denen ich davon erzählte, da gäbe es wirklich andere Probleme im Himmel und auf Erden, als den eigenen Mund sehen zu wollen. Nur welche, welche, fragte ich mich.
Eines Tages stand ich im Garten mitten in dem Beet voll von blauen Blumen. Ich stand darin wie in einem blauen Wald. Die Blütenköpfe überragten meinen Kopf. Ich konnte es nicht glauben, daß sie in keinem darauffolgenden Jahr mehr so hoch wachsen wollten, sondern immer kleinwüchsiger zu werden schienen, und jedes Jahr enttäuschten sie mich aufs neue. Auch die Erdbeeren wurden immer kleiner, und die Salatköpfe verloren ihre große grüne Herrschaftlichkeit.
Mit einemmal war alles noch viel kleiner. Und zwar, weil im Nachbargarten etwas auftauchte, was mich in meinem Blumenbeet weit überragte: Ein hoher grüner Stengel mit einer hellroten Blüte obenauf. Blüte und Stengel wiegten sich im Wind, ja sie schienen gar keine Wurzel zu haben. Einmal waren sie links, dann rechts, dann in der Mitte, und schließlich kamen sie immer näher zu mir an den Zaun. Ich hörte »Lotti!«, meinen Namen. Und da gab es nichts mehr zu rätseln. Der herumhüpfende Stengel war Helena Horn. Ich hatte sie schon oft gesehen, doch da war sie immer nur das Kind der Nachbarn gewesen, nichts weiter, und sie hatte mich nie gerufen.
Wir standen uns gegenüber, jede an den Zaun gelehnt. Sie war hoch und schön, schüttelte ihr grünes Kleid

und ihr hellrotes Haar – aber warum weinte sie? Sie stieg zu mir über den Zaun, dabei zerriß ihr grünes Kleid. Daraufhin schluchzte sie noch heftiger. Das sei nicht schlimm, meine Mutter würde ihr ein neues nähen, wollte ich sie trösten. Sie schaute mich an, Lippen und Kinn zitterten, als wäre dort ein kleiner Motor eingebaut. Sie sagte, daß sie es zu Hause nicht mehr aushalte, ihre Eltern hätten keine Ahnung vom Leben, sie werde fortgehen, flüsterte sie und rang mir den Schwur ab, daß ich es niemandem sagen dürfe.

Es war das erste Mal, daß ich etwas schwor, und ich hatte ein herrliches, großes Gefühl dabei.

Sie war vierzehn, doppelt so alt wie ich. Bis heute ist etwas von dieser Vorstellung von doppelt so alt geblieben, auch wenn wir in Wirklichkeit immer gleichaltriger werden.

Kaum war ich zurück im Haus, erzählte ich meiner Mutter, was ich geschworen hatte, und bat sie, sie möge Helena ein Kleid nähen, damit sie nicht fortgehe.

Abends kamen ihre Eltern zu meinen Eltern auf Besuch. Ich war schon im Bett, doch ich schlich ins Treppenhaus und lauschte, was sie unten besprachen. Daß die Menschen während des Krieges weder an Magengeschwüren noch an Depressionen gelitten haben, hörte ich, und daß diese Krankheiten typische Zeichen von Friedens- und Wohlstandszeiten seien. Ich hörte die Stimme meines Vaters, der Helenas Mutter riet, sie solle sich mehr mit ihrer Tochter beschäftigen, das Mädchen sei zwar in der Pubertät, doch daß sie seiner Tochter – also mir – solche Sachen sage, wie daß sie fortgehen werde, das sei doch ein bißchen abnormal. Mir wurde heiß. Meine Mutter, diese unverläßliche Person, hatte den Schwur, den ich ihr abgerungen hatte, gebrochen und alles, was ich ihr unter dem Siegel der Verschwiegenheit von Helena anvertraut hatte, meinem Vater erzählt, der es jetzt ihren Eltern erzählte.

Wenn Helena das erfuhr, würde sie mir nie verzeihen, dachte ich bekümmert und schlich zurück in mein Bett. Ich könnte mit ihr gehen, dachte ich und betete, daß sie nicht ging.

Eines Tages sagte meine Mutter zu mir, sie hoffe, daß ich ihr niemals solche Sorgen bereiten würde wie Helena. Ich fand das interessant, das mit den Sorgen. Und ich konnte überhaupt nicht begreifen, warum das nicht schön sein sollte, daß Helena eines Tages mit einem großen Blumenstrauß in der Hand aus einem roten Auto stieg, an dessen Steuer ein Mann mit Bartstoppeln saß. Ihr hellrotes Haar fiel über ihre Schultern, ihre Jeans schmiegten sich hauteng an ihren wunderschönen vollen Körper, ich sah ihre Schenkel zwischen dem Blumenstrauß auf- und abwippen, und dann knallten Türen. Ich hörte die Stimme ihres Vaters, Geschrei, ihre Stimme kreischte dazwischen, das rote Auto fuhr davon. Ich hielt den Atem an. Warum waren nicht alle entzückt von dieser Aufregung und diesem herrlichen Blumenstrauß? Ich hätte viel dafür gegeben, einen solchen Blumenstrauß zu haben.

Ich mußte gar nichts dafür geben, ich bekam ihn einfach so. Von Helena persönlich. Sie sagte, sie müsse alles vergessen, sie sei gerade noch mit dem Leben davongekommen. Es war großartig, flüsterte sie, und doch müsse sie alles vergessen, die blöde Schule, und ich könne mir nicht vorstellen, wie großartig das sei, was sie erlebt habe, flüsterte sie, ich dürfe es niemandem sagen, und sie müsse alles vergessen. Sie lächelte geheimnisvoll, und ich bewunderte ihre Heldentat, mir den Strauß zu überlassen, und auch ihren riesigen Mund und ihre großen grünen Augen bewunderte ich, ihre weiße, durchscheinende Haut. Sie winkte mir, als sie sich mit Rückwärtsschritten vom Blumenstrauß in meinen Händen entfernte. »Du kannst ihn jeden Tag anschauen kommen!« rief ich ihr nach und brachte ihn eilends in mein Zimmer.

Ich saß davor und betrachtete ihn. In ihrer Hand, fand ich, war der Blumenstrauß viel schöner gewesen. In meinem Zimmer blieb alles ganz normal, und er war gar nichts Besonderes mehr.

Irgend jemand sagte über Helena, daß sie in einer schwierigen Phase sei. Ich fand sie wunderschön in ihrer schwierigen Phase, ja noch aufregender und noch rätselhafter. Eines Nachmittags zeigte sie mir hinter einem Busch im kleinen Garten ihrer Eltern ihre Brüste. Es waren weiße, feste Halbkugeln, nicht so wie die uninteressanten Brüste meiner Mutter und meiner Turnlehrerin, die ich schon hundertmal gesehen hatte. Helena zeigte mir ihre nur ganz kurz und zog sofort wieder ihren Pullover darüber. Für mein Leben gern hätte ich sie noch einmal gesehen. Ich war nämlich der festen Meinung, drei Brüste gesehen zu haben, und konnte mir die Sache nicht erklären. Sie lächelte und sagte, sie habe die schönsten Brüste der Welt.

»Wie hast du das gemacht?« stotterte ich.
Sie sagte, es komme nie darauf an, was man wirklich habe, sondern immer darauf, was man glaube zu haben und was man die anderen glauben mache.
Bei mir nützte dieser Glaube nichts. Ich wurde zwar auch älter, aber was ich auch glaubte oder mich zu glauben bemühte, ich hatte nur das, was alle hatten, nur zwei. Dafür hatte ich keine Probleme. Obwohl ich bald in das Alter kam, in dem Helena bereits hatte fortgehen wollen und in dem sich alle große Sorgen um sie gemacht hatten. Der Sandkasten und das Plastikplanschbecken waren längst aus unserem Garten verschwunden, von einem roten Auto wurde ich jedoch trotzdem nicht nach Hause gebracht. Ich wünschte, daß eines Tages auch mein Mund und Kinn zittern würden, und wartete weiterhin auf ein großes Ereignis. Immer noch mußte ich nichts vergessen und immer noch war nichts wirklich großartig gewesen. Ich lebte einfach weiter, ohne Probleme.
Über Helena erfuhr ich immer neue Aufregungen. Zum Beispiel daß sie sich unter den Zug werfen wollte, und zwar wegen nichts und wieder nichts, wie meine Mutter sagte. Es war ein Jüngling aus Cardiff, den Helena retten wollte und für den sie den Schmuck ihrer Mutter stahl und verkaufte. Das ist doch nicht nichts und wieder nichts, meinte ich. Aber es sei nicht mein Problem, sagte meine Mutter. Wie ich Helena beneidete. Und wie dankbar ich ihr war, daß wenigstens ihr Leben so stürmisch verlief.
Doch dann geschah etwas, womit ich nicht gerechnet hatte. Etwas, was mir klar machte, daß es nicht immer

darauf ankommt, was man glaubt und die anderen glauben macht, wie sie mir gesagt hatte, sondern manchmal auch darauf, wie es ist.
Mein Onkel galt als lebenslustig, und angeblich hatte er ständig Affären. Er war es gewesen, der mein Muttermal mit den Fiji-Inseln verglichen hatte, weswegen ich nie auf die Idee gekommen war, ich könnte an einem Schönheitsfehler leiden. Mittlerweile rühmte er auch meine prachtvollen dunklen Locken und mein Lachen, das, wie er sagte, so ansteckend sei, daß er alles vergesse. Ich wollte immer wissen, was er vergesse, aber dann lachte er nur und fragte mich nach meinen Verehrern, kniff mich in den Po, brachte mir von den Fiji-Inseln ein bauchfreies Kleid mit. Ich hatte das ersehnte Alter von vierzehn Jahren erreicht und glaubte, er sei in mich verliebt.
Im Sommer lud er mich zum Heidelbeerenpflücken in sein Haus in den Bergen ein, und ich stellte mir vor, daß er sich dort nicht jeden Tag rasieren würde, und im Wald, beim Heidelbeerpflücken, würde ich ihm zuerst meinen Po, in den er kniff, dann meinen Mund entgegenhalten, und dann und dann – und dann. Sein weißes Haar war aus Silber und seine Schuhe aus Blei, so schwer und bedeutungsvoll schritt er zur Tür hinaus, und wenn er dann auch noch eiserne Bartstoppeln haben würde …
In den Tagen vor der Abreise zu meinem Onkel schnitt ich in alle Pullover und Kleider, die ich mitnehmen wollte, auch in sein bauchfreies, einen tiefen V-Ausschnitt. Nicht nur er, auch ich war lebenslustig, die Heidelbeeren eine Ausrede, und ich konnte es nicht mehr

erwarten, bis endlich jener Sonntag kam, an dem ich allein in den Zug steigen würde, um am Nachmittag von ihm am Tal-Bahnhof abgeholt zu werden.
Mein Koffer, den ich gepackt hatte, und der Rucksack, den meine Mutter für mich gepackt hatte, standen im Vorzimmer, und ich mußte auf ihr Geheiß noch frühstücken, ehe ich aufbrach. Ich brachte keinen Bissen hinunter, und meine Mutter redete von nichts anderem, als daß ich den Koffer dalassen sollte, ich würde nichts davon in den Bergen brauchen. Mein Vater saß im Morgenmantel am Tisch und sprach kein Wort. Ich wußte, daß er meinen Onkel, seinen Bruder, nicht besonders schätzte. Dann klingelte es an der Tür. »Sie ist schon da«, lächelte meine Mutter und stand auf, um zu öffnen. Mein Vater schüttelte den Kopf. Plötzlich hörte ich Helenas Stimme. Ich hörte sie meinen Namen sagen. Ich sprang auf und sah, daß meine Mutter und sie mein Gepäck in das Auto von Helenas Vater luden. Warum brachten sie mich zum Bahnhof? Warum Helena und ihr Vater?
Helena kicherte. Wir stiegen ein, Helena redete von irgendwelchen Kogeln und Spitzen, und ich konnte mir nichts erklären. Dann schleppte Helenas Vater jedoch nicht nur meinen Koffer, sondern auch ihren. Und sie stieg mit mir in den Zug. Und ich mußte begreifen, was ich einfach nicht hatte glauben wollen: Nicht nur ich fuhr zu meinem Onkel in die Berge, auch sie. Und das, obwohl er nicht ihr Onkel war, sondern meiner.
Es stellte sich heraus, daß sie mich zu meinem Onkel mitnahm, nicht ich sie. Als Reiseproviant hatte sie kleine Sektfläschchen eingepackt. Immer bevor sie ihn

treffe, sagte sie, trinke sie ein Fläschchen Sekt. Anders seien ihre Nerven zu schwach.
Ich lehnte im Zugabteil auf meinem Fenstersitz ihr gegenüber – sie saß in Fahrtrichtung – und kämpfte mit den Tränen. Sie bemerkte es, glaubte jedoch, ich hätte vor Mitleid mit ihr weinen können. Ohne gefragt worden zu sein, habe sie seinen Wunsch, auch mich einzuladen, akzeptieren müssen, weil er sich vor ihren und meinen Eltern für seine Liebe zu ihr geniere. Dabei müsse doch eigentlich sie sich genieren. Schließlich habe er einen Bauch, und wie er sich kleide, und diese Halbglatze, wo man sich heutzutage doch Haare einpflanzen lassen könne. Und wie er schnarche, und wenn er aufwache, bestehe er nur aus Kratern. Überhaupt werde sie immer ganz melancholisch mit ihm, aber ohne ihn erst recht. Eine Liebe auf den ersten Blick, lächelte sie. Direkt vor unserer Haustür sei sie ihm in die Arme gelaufen. Ohne ihn ginge sie jetzt mit einem anderen, was sie allerdings trotzdem bald werde. Denn wenn mein Onkel sie auch liebe, so sei er doch viel zu alt, was er nicht wahrhaben wolle, weswegen er ihr so leid tue.
Ich starrte sie an und wußte nicht, ob ich sie nun gern haben oder hassen und ob ich den Onkel lieben oder umbringen sollte. »Du kannst ja jederzeit nach Hause fahren«, meinte sie.
Aber es war kein Problem. Denn es regnete die ganze Zeit, Heidelbeeren gab es sowieso weit und breit keine, und der Onkel war keine Spur von lebenslustig. Die meiste Zeit saß er in seinem Sessel und las uns die griechischen Heldensagen vor, und zwar die Ge-

schichte über Helena. Wie sie aus einem Ei geboren worden sei, da Zeus sich ihrer Mutter in Gestalt eines Schwans genähert hatte, und schon als junges Mädchen hatte ein Held sie entführt, und andere Helden hatten sie wieder befreit, und als sie schließlich verheiratet war, brachte sie ihrem Mann nicht viel Glück, weil sie sich in den schönen Paris verliebte, und treulos und leichtsinnig, wie sie war, brach ihretwegen ein langer, opferreicher Krieg aus, bis ihr Gemahl sie wieder an seine Seite nahm. Eigentlich hätte sie mit dem Tod bestraft werden müssen, doch betörte sie ihren Gemahl aufs neue, und er verzieh.

An solchen Stellen schlief der Onkel immer ein. Helena lag mit offenem Haar in einem togaartigen weißen Nachthemd auf dem Fellbett. Sie leuchtete. Sie liebe einen anderen, flüsterte sie und starrte den Onkel an, ob er von diesen Worten vielleicht erwache. Sie war wunderschön, wie eine Göttin und ein Engel zugleich, aber der Onkel erwachte nicht. Und Helena überlegte hin und her, ob und wann und wie sie ihn verlassen sollte. »Er wird an einem Herzinfarkt sterben«, flüsterte sie in mein Ohr, sie wisse es ganz genau.

Nur wenige Wochen später verließ Helena ihr Elternhaus. Es war ein Irrtum zu glauben, nun könnte ich an ihrer Statt für Aufregungen sorgen. Als ich irgendwann aus einem Auto mit einem Mann am Steuer stieg, knallten keine Türen, und als ich verliebt war, hatte niemand ein Problem damit, nicht einmal ich. Vielleicht lag es daran, daß mein Freund nicht aus Cardiff stammte, sondern ganz einfach aus der Tanzschule oder aus der Nachbarschaft oder ich weiß nicht mehr woher. Ich dachte nicht daran, mich unter den Zug zu werfen, obwohl ich durchaus manchmal lauschte und die Gleise mit meiner Seele flüstern fühlte. Es waren die Gleise, die zum Onkel in die Berge führten, wohin ich nie wieder fahren wollte, so dumm und stur und naß waren sie dagestanden, die Berge, ohne sich im geringsten zu rühren. Aber die Erinnerung war noch nicht ausgewandert aus mir.

Ich verstand nicht, warum ich von Helena nichts mehr sah und hörte. Sie war nicht nur ausgezogen, auch mit ihren Eltern hatte sie vollkommen gebrochen, offenbar mit allen, die in ihr Leben bisher hineingeragt hatten. Meine Mutter sagte, daß so etwas ganz unnotwendig sei und daß dieses undankbare Geschöpf schon noch daraufkommen werde, was für eine Dummheit sie damit begehe. Mein Vater meinte, er würde einem solchen Kind nicht nachtrauern. Niemand wußte, was sie machte. Sie kam nie zu Besuch. Und ich fühlte mich gekränkt, daß sie auch mich aus ihrem Leben zu streichen schien.

Einmal, als ihre Eltern einige Wochen verreist waren, entdeckte ich plötzlich das rote Auto von damals auf der Straße vor ihrem Haus. Ich sah weder sie noch sonst jemanden. Ich rief drüben an, niemand hob ab. Ich läutete an der Tür, niemand öffnete. Spätabends hörte ich eine Autotür zuschlagen. Ich sprang ans Fenster, das Auto startete, die Scheinwerfer leuchteten auf, und mir war, als sähe ich Helena aus der Haustür laufen, ein großes Bündel im Arm. Ich riß das Fenster auf, schrie ihren Namen in die Nacht hinaus. Sie blieb kurz stehen, dann stieg sie mit dem Bündel ins Auto und verschwand. Mein Herz klopfte wie wild. Mitten in der Nacht rief ich den Onkel in den Bergen an. Auch er hatte nie wieder etwas von ihr gehört.

Nach dem Abitur stand mir die Welt offen. Ich ging ein Jahr ins Ausland, wie sich das für anständige Mädchen gehört, und wußte überhaupt nicht, was ich dort tun sollte. Das Ausland nämlich war genauso wie das Inland, nur ein bißchen teurer, was mich aber auch nicht reicher machte. Allerdings trainierte ich mir dort einen speziellen Gang an, mit dem ich überall, wo ich hinkam, meine ganz persönlichen Erfolge erzielte. In hohen Stöckelschuhen setzte ich einen Fuß leicht über Kreuz vor den anderen, und auf diese Weise ging ich nicht mehr durchs Leben, sondern defilierte, zugegeben ein bißchen auch in der Hoffnung, ich würde vielleicht einmal stolpern und wüßte nach einem Knochenbruch mein Dasein mehr zu schätzen. Ich stolperte nicht.

Zurück in meiner Heimat schrieb ich mich sofort an der Universität als Studentin der Philosophie ein und jobbte für eine Boutique, die zwei Modeschöpfern gehörte. Die beiden Männer waren vollkommen überzeugt davon, mit mir als dem natürlichsten Model, das je über einen Laufsteg geeilt war, große Karriere zu machen. Es kommt ja nicht darauf an, was man wirklich hat, sondern immer darauf, was man glaubt zu haben und die anderen glauben macht.

Helena. Daß sie nie nach mir fragte? Ich hätte ihr gern gesagt, wie gut ihre Methode funktionierte. Die Komplimente flogen mir von allen Seiten zu, ich strahlte, meine Eltern strahlten, meine Verehrer, die Modeschöpfer. Leider mußten die beiden armen Teufel nach einem Jahr Konkurs anmelden. Ihre Kreationen waren ein Flop. Ich durfte mir zum Abschied ein schmales, knöchellanges grünes Kleid und eine rostrote Häkelkappe mit breiter Krempe aussuchen und wurde zu einem grünen Stengel mit einer rostroten Blüte. Es stand mir nicht, und ich trug es nur heimlich, allein vor dem Spiegel. Da war mir dann, als könnte ich mit ihr sprechen. Und dann, als sei ich ein bißchen wie sie.

Wieder einmal wußte ich nicht so recht was tun. Ich wurde das Gefühl nicht los, daß alles so weit weg war von mir. Es ging mir bestens, doch genau das mochte eigentlich niemand hören. Trotz meiner großen Beliebtheit gewann ich keine wirklichen Freunde, denn weder brauchte ich welche, noch hatte ich etwas zu erzählen. Die Menschen wollen Katastrophen hören, nicht diese kleinen normalen Sorgen, in denen sie selbst täglich ersticken.

Ich wollte nicht immer »Ich auch« sagen, und so entwickelte ich mich zu meiner ganzen Attraktivität auch noch zu einer Lügnerin. Paradoxerweise log ich mich jedoch nicht in tragische Schicksalsschläge, wilde Streitereien und tiefe Depressionen hinein, sondern immer ins Wohlbefinden und in den Frieden. Wenn sich jemand über mich ärgerte, fand ich die glaubwürdigsten Ausreden und torpedierte jede aufkommende Uneinigkeit mit einer Lüge. Wenn sich jemand von mir verletzt fühlte, dann sagte ich sofort, daß ich das nicht so gemeint hätte, bezeichnete es als ein Mißverständnis, und wenn ich jemandem etwas Unangenehmes sagen

mußte, sagte ich das Gegenteil, so daß sich nie etwas anderes um mich ausbreitete als Zufriedenheit und Ruhe. Jene Ruhe vielleicht, von der andere träumen.
Ich aber fragte mich in dieser Ruhe, ob ich denn überhaupt geliebt werde, jemandem wichtig war? Wenn man jemandem wichtig ist, dachte ich, dann wird man doch durchschaut und erkannt? Und vor allem, dachte ich, bekommt man doch ab und zu ein kleines Zeichen, wenn man jemandem wichtig ist oder war? Was die weisen Menschen wohl meinen, wenn sie uns auffordern, wir sollten uns unseren Wert selbst geben?
Die Philosophie, dachte ich, würde mir meine Fragen beantworten. Mit dem Elan einer erkenntnissüchtigen Studentin belegte ich mehr Vorlesungen als vorgeschrieben, saß überall als erste im Hörsaal und harrte der großen Offenbarung. Platon, Sokrates, Savonarola, Hildegard von Bingen, Hegel und Schlegel, lauter große Namen – und ich konnte mich nicht entscheiden, welcher mir noch mehr imponierte, Kant, Fichte, Schopenhauer, Jaspers, Wittgenstein …
Ich bewunderte die Dozenten, wie sie diese hohen, meist vollkommen unverständlichen Gedankenzüge der großen Philosophen in ihren billigen Sakkos und noch unmöglicheren Hosen wiederzugeben versuchten, ganz zu schweigen von den Socken und Schuhen, in denen sie steckten und die nicht zu den Hosen paßten, so wie die unmöglichen Hosen nicht zu den billigen Sakkos. Ich kam zu dem Schluß, daß Geist etwas mit geschmacklosen Krawatten und bei jüngeren Menschen etwas mit Norwegerpullovern zu tun haben mußte, und war, obwohl ich es nicht wahrhaben wollte,

enttäuscht von der ganzen Philosophie. Ja, von der Philosophie, nicht von den Dozenten.
Ich heiratete einen Dozenten, der mich mitten in die Stadt in eine Zweizimmerwohnung im dritten Stock führte, die er soeben samt der billigen Miete von seiner Oma übernahm. Die Oma war noch da, als ich einzog. Bei meinem Anblick weigerte sie sich, ins Altersheim zu gehen. Eine Frau, die ihre Beine, ihr Haar und ihr Dekolleté so zur Schau stelle wie ich, zischelte sie, die habe hier in ihrer Wohnung nichts zu suchen.
»Aber Oma«, sagte mein zukünftiger Mann, »sieh dir doch ihre Rehaugen an, ihren süßen Lächelmund, ihre prachtvollen Locken und ihr entzückendes Muttermal!«
Ich starrte auf die Stützstrümpfe der Oma, die Arme mußte auch Gesundheitsschuhe tragen, in denen ihre Wasserfüße steckten. Kurz entschlossen nahm ich ihre kindliche Hand. Anstatt in mir eine Gefahr zu sehen, drückte sie mich plötzlich an sich, sah ein, daß mir ihre Möbel, ihre Lampen, ihre Teppiche und Vorhänge nicht gefallen konnten, und kaufte uns von ihren Ersparnissen eine komplette Einrichtung bei Ikea. Meine Eltern kauften alles andere, und als schließlich auch die Perserteppiche den neuen, kuscheligen Wollteppichen gewichen waren, empfand ich das Glück als vollendet.
Ich kochte, deckte den Tisch mit Ikea-Geschirr, zündete die Ikea-Kerzen an und erwartete meinen Mann, manchmal mit, manchmal ohne Oma. Die Oma erzählte von ihren Bridge-Damen, mein Mann von sei-

nen Computer-Programmen. Manchmal kamen auch meine Eltern zu Besuch. Sie waren nach meiner Hochzeit aufs Land gezogen und brachten jedesmal ein halbes Schwein für die Tiefkühltruhe mit. Jahre später erzählte die Oma immer noch von ihren Bridge-Damen, während mein Mann inzwischen ein gefragter Programmierer geworden war und nichts mehr tat, was er hätte erzählen können.

Und ich? Mir ging es gut. Ich hatte mich mit der Langsamkeit angefreundet, kochte, besuchte hin und wieder eine schmuddelige Philosophie-Vorlesung, las, telefonierte mit meinen Eltern, kochte, aß, begab mich in die Bibliothek, las, telefonierte mit Oma, las, kochte, besuchte eine Philosophie-Vorlesung, aß … Und irgendwann stellte ich fest, daß ich wohl niemals wieder einen Laufsteg betreten würde können, selbst wenn jemand Konkurs machen wollte, würde er sich nicht mich dazu aussuchen. Mein Mann war entzückt von meinen Rundungen. In der Fachsprache der Computerfreaks sagte er, er liebe es, darin zu surfen, und ich hatte allen Grund, glücklich zu sein.

Von Helena hörte ich nichts. Hin und wieder rief ich ihre Eltern an und fragte nach ihr. Ja ja, sagten sie mit gebrochener Stimme, es gehe ihr gut, und dann beeilten sie sich, das Gespräch mit mir zu beenden. Das Tü-tü-tü des aufgelegten Hörers klang in mir nach wie ein Geräusch aus riesengroßer Entfernung, und die Abstände, in denen ich nach ihr fragte, wurden immer größer. Als ich schließlich erfuhr, daß ihre Eltern ihren Lebensabend auf Mallorca verbringen wollten und ich keine Möglichkeit mehr hatte, sie nach Helena

zu fragen, vermißte ich sie immer weniger und allmählich gar nicht mehr.
Nach und nach stellte ich fest, daß das Studium keine Antworten auf meine Fragen brachte, und eigenartigerweise fragte ich auch gar nichts mehr. Nur eines fragte ich mich fast ununterbrochen: Ist das das Leben? Das kann es doch nicht sein! Bin ich ein Mensch? Alle anderen haben ständig Probleme, nur ich habe keines! Etwas stimmte da nicht. Ich mußte etwas anderes versuchen. Etwas suchen. Und eh ich mich's versah, hatte ich es gefunden.
Es war die kleine feine Hemdenfabrik, in die ich aus den Fenstern unserer Wohnung hineinsehen konnte und umgekehrt.
Die Marketingabteilung in dieser Hemdenfabrik war genau das richtige für mich. Freie Mitarbeiterin, das gefiel mir. Ich konnte kommen und gehen, wann ich wollte. Und bekam trotzdem jeden Monat mein eigenes Geld. Und wenn ich mehr tat, noch mehr. Plötzlich mußte ich geschäftlich verreisen. Hemdenmessen gibt es auf der ganzen Welt. Ich traf viele Menschen, und plötzlich lag ich in einem Hotelbett mit einem anderen Mann.
Eigentlich war es furchtbar. Denn es ging alles so leicht. Viel leichter, als ich gedacht hatte. Wie war es möglich, daß mein Mann mir alles glaubte? Leise und korrekt, wie er war, überprüfte er nie, wo ich mich wirklich aufhielt. Einmal kam ich von einer solchen Hemdenmesse mit Beißspuren auf den Oberschenkeln zurück. Man sah sogar die Abdrücke eines lusterfüllten Menschengebisses. Er aber nickte nur in

seinem Fernsehstuhl, als ich ihm sagte, ich hätte an den langen Abenden an einem Selbstverteidigungskurs teilgenommen, der von den Messeveranstaltern angeboten worden sei. Ein paar Sekunden später sprang er per Fernbedienung auf einen anderen Sender.

Und das war alles? Das war meine gute Ehe? Wo blieben die Aufregungen? Warum knallte bei mir nie eine Tür? Warum war alles so normal? Ich war inzwischen dreißig Jahre alt geworden, und noch immer hatte ich dieses Gefühl wie damals im kleinen Garten meiner Eltern, wo ich am Rand des Sandkastens gesessen war und darauf gewartet hatte, daß in dem Kasten ein Erdbeben ausbrach.

Es brach nichts aus in meinem Leben. Nur der Fernseher ging mir auf die Nerven. Lief ein schöner Film, sah ich mich an den tragischen oder komischen Gestalten leid, lief kein schöner Film, ärgerte ich mich über die Katastrophenmeldungen in den Nachrichten. Auch der Kühlschrank ging mir auf die Nerven. Das Vorgekochte, das Oma für uns in ihn hineinstellte, und das halbe Schwein, das meine Eltern in die Kühlfächer stopften, schmeckten immer gleich und machten dick. Mir ging unser Bett auf die Nerven, weil es nie durchbrach, die Wasserhähne gingen mir auf die Nerven, weil immer Wasser aus ihnen kam. Warum nicht einmal etwas anderes? Licht oder Musik? Was wollte ich nur? Das sind doch keine Probleme!

Ich hatte kein Problem.

Vom Psychotherapeuten erfuhr ich, daß jeder Mensch ein Problem habe – auch ich. Ich war ganz Ohr. Das

Geburtstrauma, sagte er. Das Geburtstrauma? Er wollte mich meine Geburt wiedererleben lassen, und wir begannen mit ein paar ausführlichen Atemübungen. Doch bald stellte ich fest, daß nur er ein Geburtstrauma zu haben schien, nicht ich. Er verglich mich die ganze Zeit mit seiner schönen Mutter, und da nicht er mich, sondern ich ihn bezahlte, verabschiedete ich mich von ihm mit den Worten, er sei der beste Therapeut der Stadt, ich fühle mich wie neugeboren. Er starrte mich an, und zu all den Problemen, die er schon hatte, mußte er jetzt auch das noch einstecken. Armer Kerl.

Was tun? Irgend etwas. Aber was? Ich wollte ein Mensch werden. Aber wie? Ich war ja schon einer. Nur war ich einer, der irgend etwas erlebt hatte? Natürlich, so wie jeder. Ich dachte, da müsse noch etwas anderes sein, ein Abgrund und ein Höhenflug, irgend etwas, was mich wissen läßt: Ich lebe!

Ich weiß nicht warum, doch in dieser Zeit kam mir wieder das Bild des wurzellosen grünen Stengels mit dem hellroten Blütenkopf in unserem Nachbargarten in den Sinn. Wurzellos? War es das, was ich vermißte? Wie konnte ich erwarten, daß ein wurzelloses Wesen bei mir blieb? Und wer war ich denn selbst mit meinen komischen Wurzeln, die sich auch dort festkrallten, wo es schon keinen Saft mehr gab? Nie war ich allein gewesen. Hatte aus dem Elternhaus in die Omawohnung meines Mannes hineingeheiratet. Und mein Mann, seine Oma und das Gekochte und das halbe Schwein im Tiefkühlfach – ich hielt es nicht mehr aus!

Nein. Ich hielt es nicht mehr aus. Auch meinen Lieb-

haber und alle meine Verehrer hielt ich nicht mehr aus. Und wäre ich nicht so feige gewesen, ich hätte auch die Hemdenfabrik nicht mehr aushalten können, diese sinnlose Produktion häßlicher Hemden, zu deren Verkauf ich beitrug, ohne daß mir das Ganze irgend etwas bedeutete.
Zwei Jahre lang dachte ich immer: nächsten Monat werde ich den Mut haben, im Februar, im März, im April, im schönen Monat Mai …
Wieder einmal wurde es Sonntag. Und plötzlich bat ich meinen leisen, korrekten Mann und meinen romantischen Liebhaber gleichzeitig in den Stadtpark. Wir saßen auf einer Bank, ich in der Mitte. Mein Liebhaber wußte von meinem Mann, hatte uns hin und wieder zusammen gesehen. Mein Mann hatte jedoch keine Ahnung von meinem Liebhaber, hatte uns nie zusammen gesehen. Ich kuschelte mich in meinen Regenmantel, und wir schwiegen, alle drei, und mir war, als erlebte ich jetzt genau das, wovon mir andere immer erzählten: die berühmte Ruhe vor dem Sturm.
Doch wo blieb er, der Sturm? Warum brach er nicht aus? Ich verkroch mich in meine altbewährte Unaufrichtigkeit. Anstatt die beiden Männer miteinander bekannt zu machen, tat ich so, als sei mein Liebhaber ein Fremder. Natürlich spielte er mit, dachte wohl, ein dummer Zufall habe uns drei auf diese Parkbank geführt. Der Wind schlug ununterbrochen meinen Regenmantel auf, zu, wieder auf, ich knöpfte ihn zu, auf, wieder zu. Doch diesmal, befahl ich mir, diesmal wirst du dich nicht in einem Mantel verstecken, diesmal wirst du stark sein. Diesmal führt kein Weg daran vor-

bei. Der Regenmantel ist zu klein, fand ich, zumindest unmodern. Ich mußte einen neuen kaufen. Oder ihn zumindest reinigen lassen. Wie sollte ich denn in einem solchen Regenmantel eine Entscheidung treffen? Eine Lebensentscheidung! Die Entscheidung, die alles grundlegend verändern würde?
»Findest du nicht«, fragte ich meinen Ehemann, »daß mein Regenmantel ein unmögliches Stück ist?«
»Nein«, lächelte er, »es ist nur der Wind.«
Dann schwiegen wir wieder. »Und meine Schuhe?« fragte ich nach einigen Minuten. Über das Gesicht meines Liebhabers zu meiner Linken huschte ein Lächeln. Eigentlich war mein Ehemann der Fremde neben mir, nicht mein Liebhaber. »Wie findest du meine Schuhe?« fragte ich meinen Mann. »Zu hoch?« fragte ich, »hättest du lieber flache? Ich meine nur.« Es war wirklich eigenartig, daß ich nie das sagte, was ich sagen wollte. »Ich könnte meinen Typ verändern, nicht ganz flache, aber halbhohe Absätze …«
Mein Mann schüttelte den Kopf. »Deine Schuhe sind in Ordnung«, sagte er leise, verschluckte sich, hustete, und dann sagte er, daß er sich von mir trennen wolle. Es sei schön gewesen, sehr schön, doch alles, hustete er, alles hat seine Zeit.
Ich war sprachlos. Was sagte er? Er? Ausgerechnet er? Ich hatte es sagen wollen. Ich. Oder vielleicht nur denken, nicht sagen, geschweige denn durchführen.
»Du willst dich scheiden lassen?« versicherte ich mich. Er schaute mich dankbar an, nickte und öffnete seine Arme, um mich aufzufangen. Ich fiel ihm um den Hals. Umarmte ihn. Küßte ihn. Was für ein wunderbarer

Mann! Immer hatte er mir das Schwere abgenommen, nie hatte er mir ein Problem gemacht. Und jetzt tat er auch noch diesen Schritt für mich. Aber wie grausam von ihm, mich einfach vor diese in ihm vollendete Tatsache zu stellen. Schließlich gehörten wir doch zusammen. Eine Ehe ist ja nicht so etwas wie ein Regenmantel, den man einfach wieder auszieht oder zur Reinigung gibt, wenn er einem nicht mehr gefällt. Noch dazu war mein Mann viel wertvoller als mein Regenmantel. Ich nahm seine Hand und wußte nicht, ob ich nun weinen oder mich bedanken mußte, ihn beschimpfen oder – ich war vollkommen verwirrt.

Selbstverständlich, sagte mein Mann, wolle er eine einvernehmliche Trennung, er trage mir nichts nach, Oma meinte, vielleicht habe es ja auch an ihm gelegen, daß ich nicht treu gewesen sei. Meine Augen wurden groß, meine Ohren rot. Er wußte es? Er wolle mir, fügte er noch hinzu, auch die Wohnung lassen, Oma sei einverstanden, er komme schon zurecht, und es eile ja auch nicht, nur einmal, meinte er, müsse der Schritt zugunsten unserer beider Entwicklung vollzogen werden. Dann stand er auf und ging.

»August!« rief ich ihm nach, »warte!«

August? Wie kam ich denn auf diesen Namen? Ach ja, es war August. Bald würde der Winter hereinbrechen. Mir war jetzt schon kalt. Mein Mann entfernte sich langsam, ohne sich umzudrehen. Ich schaute ihm nach und dachte: Man nimmt mir wirklich alles. Jetzt hast du mir auch das noch abgenommen, du guter, fürsorglicher, leiser und korrekter Mann, und du läßt mir sogar die Wohnung, du tust überhaupt alles, was ich will, so werde ich nie die Chance haben, eine Ahnung vom Leben zu bekommen, ein Mensch zu werden und irgend etwas zu verstehen. Ein unmöglicher Mann, dachte ich, steht einfach auf und geht, und das jetzt, im August. Er sah gut aus, fand ich plötzlich, gut gewachsen und von hinten sogar interessant.

Ich wandte mich zu meiner Linken, und was mußte ich sehen? Mein Liebhaber schlief. War Zeuge meiner Ehetrennung geworden und schlief. Der Kopf war ihm auf seine Brust gefallen, der Mund stand ein bißchen offen, ein kleines Rinnsal, das seinen Weg aus einem Mundwinkel über das Kinn nahm, tropfte auf sein Jeanshemd, ein Knopf fehlte, und die Augustsonne wärmte seinen Traum. Unmöglich, daß er sich nur verstellte. Ich wartete ein paar Minuten, räusperte mich, stupste ihn noch einmal. Träumte ich? Träumte er? Er schlief so fest, daß er meine Gebärden nur mit einem schlaftrunkenen Seufzer kommentierte. So leicht machte auch er mir den Abschied? Hatte ich das verdient?

Ich steckte ihm den vorbereiteten Abschiedsbrief in den Hosenbund und entfernte mich in die entgegengesetzte Richtung von meinem Mann.

Und das, dachte ich empört, als ich wieder zu Hause auf den Ikea-Möbeln saß, das war alles, alles, was ich zustandebrachte? Ich hatte mir die Trennung sehr kompliziert, schmerzlich, kriegerisch, katastrophal vorgestellt, mit Ausbrüchen, Diskussionen, Tobsuchtsanfällen, in denen ich stark und hart bleiben mußte, um mich zum Leben durchzukämpfen. Hatte an Fortgehen gedacht, an Züge, unter die ich mich würde wer-

fen wollen, an rote Autos, in die ich einsteigen würde, um gerade noch davonzukommen mit dem Leben. So einfach konnte man langjährige Beziehungen beenden? Was war nur los mit mir? Hatte ich überhaupt eine Daseinsberechtigung?
Diese Frage verstärkte sich, als ich plötzlich, kurz nach der Scheidung, vollkommen unvorbereitet, erfuhr, daß die Hemdenfabrik auf meine Mitarbeit verzichten müsse. »Es tut uns sehr leid«, sagte der Prokurist, »aber die Firma muß sparen, aber es gibt nichts mehr zu tun für Sie, aber Sie waren eine sehr gute Kraft, aber Sie haben eigentlich nie ins Team gepaßt, aber Sie werden schon etwas anderes finden …«
Ich wankte nach Hause. Auch das noch, dachte ich. Aber du hast es doch eigentlich selbst gewollt, sagte ich mir. Ja, aber jetzt bin ich doch irgendwie – ich wußte nicht was. In meinem Kopf hämmerte die Frage: Was soll aus mir werden? Ist das das Leben?
Als mir eine Kollegin erzählte, daß der Prokurist meine Arbeit seiner Geliebten anvertraut hatte, weil sie ihm drohte, alles auffliegen zu lassen, mußte ich lächeln. Und dann hörte ich von allen Menschen, daß auch sie schon einmal ohne Arbeit gewesen und in viel schlimmere Lagen geraten seien als ich, die ich ja nichts und niemanden zu versorgen hatte außer mich selbst.
In der ersten Woche meines Arbeitslosendaseins suchte ich jenes Pelzgeschäft in der Innenstadt auf, vor dessen Auslagen ich schon seit Jahren immer stehengeblieben war. Seit Jahren bewunderte ich die prächtigen Kreationen, seit Jahren malte ich mir aus, wie ich

in einem solchen Welteroberungsmantel aussehen würde. Jetzt hatte ich zwar kein Geld, aber Zeit, um alle Mäntel in dem Geschäft zu probieren, einen nach dem anderen, all die Nerze, Leoparden, Persianer, Füchse …

Während ich mich in einem aufwendig verarbeiteten Ozelot vor dem Spiegel drehte, entdeckte ich, daß sich in dem Geschäft auch ein Mann aufhielt, mit ungepflegten graubraunen Haaren, sympathischen Ohren und Händen wie ein Priester, dessen Kutte inzwischen am Nagel hing und der nun ohne Kirche versuchte, die Welt zu retten, so gut er eben konnte. Ich beobachtete ihn, wie er in seiner gewachsten Windjacke zwischen einem üppigen Fuchsmantel und einer wundervollen Patchworkarbeit aus Nutria und Seehund schwankte. Als er schließlich einen weißen Nerzswinger bewunderte, schaukelte ich mit meinem bewährten Gang auf ihn zu und flüsterte, falls er das Stück kaufe, würde ich seine skrupellose Tat bei den Tierschützern anmelden. Es war ein guter Zug, um mich und die Welt von meiner momentanen Mittellosigkeit abzulenken.

Der sympathische Mann starrte mich erschrocken an. Nachdem er sich wieder gefaßt hatte, lud er mich ein, mit ihm Kaffee zu trinken. Er sei, sagte er, und es klang wie ein Schuldbekenntnis, Obmann des Vereins »Rettet die Waschbären«. Eine interessante Aufgabe, und ich könne ihm glauben, er und Pelze – niemals! Ein Witz, daß ich ihn hier getroffen habe, noch nie habe er ein Pelzgeschäft betreten, was solle er, der Tierschützer, mit dieser Steinzeitbekleidung, das Ganze sei ein Mißverständnis. Er esse ja auch kein Fleisch, Eier und

Milchprodukte kaufe er nur mit dem Siegel des biologischen Anbaus.
Er redete immer schneller, ich konnte ihm kaum folgen, doch als er sagte, daß er eine Sekretärin suche, horchte ich auf. Eine Sekretärin? Offenbar meinte er, Sekretärin sei mir zu wenig. Er verbesserte den Job sofort in Richtung Öffentlichkeitsarbeit. Schließlich einigten wir uns auf die Bezeichnung Aktivistin, eine feste Anstellung und ein anständiges, monatliches Gehalt. Seine Gebetshände zitterten. Nur eines, beschwor er mich, müsse ich ihm versprechen. Daß ich meine Drohung nie wahrmache und nie ein Wort über seinen Aufenthalt im Pelzgeschäft erwähne. Er habe einfach kein Glück im Leben, er habe nur Probleme, sowohl beruflich als auch privat.
Natürlich versprach ich alles, was er wollte, und dann hüpfte ich nach Hause. Ich hatte nur Glück. Beruflich und privat. Und schon am nächsten Tag fing ich im Verein »Rettet die Waschbären« an.
Übrigens beschäftigt sich der Verein nicht nur mit Waschbären, sondern setzt sich für jegliche Art von Tierschutz ein. In jedem Zimmer des Vereinsbüros hängt ein gerahmtes Plakat mit einem Satz von Mahatma Gandhi. »Die Größe und den moralischen Fortschritt eines Landes kann man auch daran messen, wie es seine Tiere behandelt.« Ich Glückliche, endlich ein Philosoph, den ich verstehe. Und eine Arbeit, die einen Sinn hat. Und ein eigenes Zimmer mit Blick ins Grüne.
Vom ersten Tag an fühlte ich mich dort am richtigen Platz. Der Stolz auf die hohen Ziele, die der Verein

sich setzte, ließ mich in den ersten Tagen sogar mein Nickerchen nach dem Mittagessen vergessen. Ungefähr nach einer Woche hatte ich mir einen Überblick über die Aktivitäten verschafft, freute mich, daß die auswärtigen Termine immer von meinem Chef selbst übernommen wurden, und so konnte ich in aller Ruhe meinen altbewährten Arbeitsstil einsetzen. Er bestand daraus, daß ich eins nach dem anderen erledigte und, gut organisiert, wie ich war, wieder Zeit für mein Mittagsnickerchen fand. Wieder war alles gut ausgegangen, ja ich hatte es besser denn je, und wieder begann ich mich zu fragen: Werde ich jemals eine Ahnung haben davon, wovon alle ununterbrochen reden und weswegen sie nicht nur die Tiere, sondern sogar sich gegenseitig umbringen? Werde ich je etwas begreifen von dem, was wir unser Leben nennen?

Man sagt, durch einen Schicksalsschlag, einen Unfall oder einen schweren Verlust könne man dem verborgenen Schatz, den man suche, näher auf die Spur kommen. Ich hatte keinen Unfall, ich hatte eine Hyazinthe. Eine weiße, duftende Hyazinthe. Ich hatte sie als Knospe an meinem dreiunddreißigsten Geburtstag gekauft, und wie jedes Jahr, wenn ich mir an meinem Geburtstag eine Hyazinthe kaufte, war ich neugierig, ob sie tatsächlich wachsen, blühen und duften würde. Ich goß sie, sie wuchs, sie blühte und duftete. Ich freute mich an ihr, aber dann wurde sie mir zur Gewohnheit, und ich überließ sie ihrem Schicksal, das immer das gleiche war. Ich fand mich einfach damit ab, daß sie allmählich welkte, daß ihr schwerer Blütenkopf umsank, daß sie anfing zu stinken. Ich warf sie einfach weg. Sie freute mich nicht mehr, und sie bekümmerte mich nicht. Und so geschah es auch mit dieser Hyazinthe. Ich nahm sie und wollte mich von ihr befreien.

Plötzlich hielt ich in meiner Wegwerfgeste inne. Zuerst wußte ich nicht warum. Es war keine besondere Hyazinthe. Ich hatte sie nur ein wenig länger bei mir behalten als die meisten anderen in den letzten Jahren. Mein Mann, der immer aufgeräumt hatte, war nicht mehr da, und ich selbst war zu faul gewesen, um sie aus der Wohnung zu schaffen. Jetzt bot sie bereits einen jämmerlichen Anblick, und nachdem sie lange Zeit geduftet hatte, verströmte sie inzwischen einen Fäulnisgestank. Aber ich hatte schon soviel weggeworfen in meinem Leben, auch meinen Mann, wie mir jetzt schien. Dabei war er so gut gewesen, so lieb, so anständig, so leise. Und die Hyazinthe hatte so weiß, so duftend, so tapfer für mich geblüht.

Ich ließ mich auf einem Sessel nieder, lehnte mich plötzlich vollkommen erschöpft zurück und mußte an die ganze Geschichte denken. Nein, nicht nur an meine, auch an die der Hyazinthe. Sie war aus dem Blut eines tragischen Ereignisses entsprungen. Hyacinthos, der Gott der Vegetation, ein schöner Jüngling, war Apollon ans Herz gewachsen, eine Tatsache, die Zephyros, einer der vier Winde, in rasende Eifersucht trieb. Als sich Apollon und Hyacinthos eines Tages im Diskuswerfen übten, lenkte Zephyros die Wurfscheibe

Apollons heimtückisch so, daß sie den Kopf des Jünglings zerschmetterte. Der trauernde Apollon ließ aus dem Blut des Gemordeten die wunderschöne Blume Hyazinthe sprießen.

Und ich, dachte ich, ich weine nicht um die verwelkte Hyazinthe? Für mich ist es ganz normal, daß sie, nachdem sie für mich geblüht und geduftet hat, umknickt und vergeht? Es ist der Kreislauf der Natur, sagte ich mir, und doch fühlte ich plötzlich, daß ich die Kostbarkeit ihrer Zeit nicht wirklich begriffen, das Geschenk, daß sie überhaupt da war, nicht gebührend gewürdigt hatte. Ich hatte kein Herz gehabt, an das sie hätte wachsen können, um mich auf meinem Weg zu begleiten. Ja, ich hatte immer geglaubt, ich, ich müsse ans Herz eines anderen wachsen. Auf dieser Wanderschaft hatte ich mich, wie mir jetzt schien, einige Male verirrt und viel zuwenig mitgenommen. Und ich hatte viel zuwenig geweint, zuwenig gebangt, war zuwenig besorgt gewesen und hatte zuwenig getrauert. Woher hätte denn der Wind blasen sollen, der vor Eifersucht rast? Auf wen hätte er denn eifersüchtig sein sollen? Ich muß mir die Probleme anderer zu Herzen nehmen, wenn ich je etwas erleben und aus meinem gleichmütigen Dasein herausfinden will, und wenn ich auch kein Gott bin, der in seiner Trauer aus dem Blut eine Hyazinthe wachsen lassen kann, so ist es doch ein göttliches Geschenk, mich um eine Hyazinthe kümmern zu können. Auf daß sie mir ans Herz wachse, auf daß ich sie dort erblühen lasse …

Erst nach und nach wurde mir bewußt, daß dies vielleicht der schönste Gedanke ist all jener Gedanken, die die zweite Hälfte des Lebens einleiten. Und mit der zweiten Hälfte meine ich nicht das Alter, sondern die Zeit einer solchen Einsicht. Für manche beginnt diese zweite Hälfte schon in jungen Jahren, und bis sie so alt sind wie ich, ist ihr Herz über und über bewachsen. Andere wiederum sind letztendlich so versteinert, daß auch am Ende keine zweite Hälfte beginnt. Man kann sich also vorstellen, wie dankbar ich meiner Hyazinthe bin, daß sie zur rechten Zeit zu mir gesprochen hat.

Anders als in den früheren Jahren warf ich sie nicht einfach weg, sondern schnitt die welke Blüte ab, wartete, bis sie ihre Blätter einzog, buddelte dann ihre Zwiebel aus und legte sie in eine offene Schachtel. Wenn die Zeit kommt, dachte ich, werde ich die Zwiebel wieder einpflanzen, und sie wird neu erblühen.

Ich weiß nicht, ob es mit der Hyazinthe zusammenhing oder ob es Entwicklungen gibt, die durch ihre Erklärbarkeit noch mysteriöser werden als wenn sie unerklärlich bleiben. Hatte ich wirklich geglaubt, das Leben würde sich mir verweigern? Oder war ich ganz einfach lange Zeit zu jung gewesen?

Schon nach kurzer Zeit begann es. Mein Onkel starb an einem Herzinfarkt. Er wurde aus den Bergen in die Stadt gebracht. Er hatte sich ein kleines, stilles Begräbnis gewünscht, nur mit der engsten Verwandtschaft um seinen Sarg.

Meine Eltern kamen vom Land, wir trafen uns am Tor

des Friedhofes und wanderten zur Aussegnungshalle. Mein Vater sprach kein Wort, und ich hielt es für möglich, daß er überhaupt nie wieder ein Wort sprechen würde. Dann aber sah ich ihn lächeln. Es war nämlich wirklich nur die engste Verwandtschaft gekommen, wenngleich recht zahlreich, und bei weitem waren uns nicht alle bekannt, doch die strahlenden Gazellen und die engelhaften Madonnen, von denen der Onkel immer geschwärmt hatte, waren nicht da. Natürlich waren die wundervollen Geschöpfe in seinen Erzählungen in immer weitere und immer verklärtere Vergangenheit gerückt. So wie sie jetzt, nach vielen Jahren aussahen, konnten sie ruhig zur engsten Verwandtschaft zählen. Der Sarg war über und über mit Blumen geschmückt, und viele der gealterten Damen hielten auch noch ein Vergißmeinnichtsträußchen in der Hand.
Sie sind alle allein, dachte ich und vermißte plötzlich meinen Mann, als könnte er uns alle trösten, eine Fähigkeit, die er nie gehabt hatte. Jetzt, da er nicht da war, hätte er sie vielleicht haben können. Und dann überlegte ich, ob ich, wenn er stirbt, auch zu seinem Begräbnis gehen würde? Man kann doch nicht einfach alles vergessen? Ob ein Toter vergißt? Solange wir an ihn denken, fühlt er uns? Ob es wirklich stimmt, daß die Seele unsterblich ist, daß sie die körperliche Hülle wechselt wie ein Kleidungsstück? Daß sie nach dem Tod weiterlebt, nur anders? Daß sie zu uns spricht, wir sie aber nicht hören können?
Meine Gedanken wurden von einem seltsamen Geräusch unterbrochen. Musik? Musik. Doch keine

echte Musik, sondern ein dürftiges Schnarren mit Melodie. Als letzter wirklich naher Verwandter seines Bruders hatte mein Vater nur Orgelmusik vom Tonband bestellt. Sie rauschte kurz auf, und dann rühmte der Priester Gott und seine Barmherzigkeit. Ich konnte mir einfach nicht vorstellen, daß der Onkel gestorben war, ja, ich hatte das Gefühl, er säße auf einem der Stühle und sei eingeschlafen, mit einem dicken Buch auf den Knien, aus dem er uns hatte vorlesen wollen. Und eben als ich daran dachte, hörte ich ganz nah an meinem Ohr eine helle Stimme meinen Namen flüstern: »Lotti, du bist doch Lotti?«

Ich hielt mich still, drehte mich nicht um. »Lotti!« Es klang so sanft, so eindringlich und flehentlich, als wollte jemand noch einen letzten lebenden Zipfel erhaschen, der von dem Toten übriggeblieben war.

Das Gesicht meines Vaters regte sich überhaupt nicht.

»O wie schön!« flüsterte es hinter mir. »Wie ich mich freue! Weißt du, wer hier ist? Ich.« Und wenig später wieder: »Du bist doch Lotti Liebenhaus?«

Offenbar verstand sie nicht, warum ich mich nicht sofort umdrehte, aufsprang und sie umarmte. In meiner Verwirrung hielt ich es durchaus für möglich, daß ich eine Stimme hörte, die nur in mir war, nicht hinter mir, ein Engel vielleicht, der Engel meines Onkels? »Jeder Mensch«, sagte der Priester, »hat seinen Engel.«

»Warte auf mich«, flüsterte die Stimme. »Geh nicht weg.«

Später drehte ich mich doch um, beim Aufstehen zum Gebet. Ich sah alle. Sonst nichts.

Am Weg zum Grab war sie plötzlich neben mir. »Es ist

so traurig«, flüsterte sie, »so traurig. Erinnerst du dich? Genau vor zwanzig Jahren hab ich gesagt, daß er an einem Herzinfarkt sterben wird. Ganz genau hab ich es vorausgesehen.« In ihr Flüstern mischte sich so etwas wie Stolz. Ich blieb stehen, wandte mich zur Seite, und da stand sie unmittelbar vor mir. Helena. Helena Horn.

War sie es wirklich? Wo war der grüne Stengel mit der hellroten Blüte, und wo der Blumenstrauß, der zusammen mit den Jeansbeinen aus dem roten Auto gestiegen war? Wo das wunderschöne Mädchen mit den drei weißen Brüsten, ihr herrliches Leuchten im Toganachthemd, ihre unwiderstehliche und unvergängliche Schönheit in der alten Sage, über die der Onkel eingeschlafen war? Wo war sie?

Sie war hier. Was war geschehen?

»Es sind nicht zwanzig Jahre, erst neunzehneinhalb Jahre«, flüsterte ich zurück.

»Das ist doch dasselbe«, meinte sie. Wie war es möglich, daß ich sie kaum mehr erkennen konnte? Sie sah ja aus wie eine Hexe! Weder wie eine Göttin noch wie ein Engel, nein, wie eine Hexe. Hatte der Wind sie einmal im Liebreiz ihrer Weiblichkeit geschaukelt, so mußte er sich plötzlich gegen sie gerichtet haben, und aus dem Schaukeln war ein wilder Kampf geworden. Das einst so schöne lange rotblonde Haar reichte nur noch bis zur halben Wange, gerade so viel und so lang, daß sie ihre Ohren verdecken konnten. Ihre einst vollen Alabasterwangen waren eingefallen und gefurcht, durch die blasse Haut schimmerten die Backenknochen. Dunkle Ringe umrandeten ihre grünen Augen, und links und rechts von ihrem großen breiten Mund schienen unsichtbare Gewichte zu hängen, so daß seine Winkel tief hinuntergezogen wurden. Wenn sie sprach, hatte ich einen direkten Ausblick in ihren Abgrund.

Mit dem umständlich geschlossenen schwarzen Kostüm, das sie trug, demonstrierte sie eine hoffnungslose Bemühung. Bei genauerem Hinsehen bemerkte ich, daß das Kostüm sie überall einschnürte. Das war insofern seltsam, als daß es für Helenas derzeitige Figur überhaupt kein Kostüm zu kaufen geben konnte, jedenfalls keines, das ihr nicht viel zu weit war. Die Beine, die unter dem Röckchen hervorkamen, waren zwei Storchenbeine, ihre Hände so schmal und knochig, daß anscheinend alle Ringe von den Fingern herunterfielen, und von den drei Brüsten war keine einzige mehr sichtbar. Wer hatte sie so zugerichtet, so geschunden, wer hatte sie so verwundet und ihr dermaßen die Flügel gestutzt? Die neunzehneinhalb Jahre? Wie würde sie erst nach zwanzig Jahren aussehen?

Ich zwang mich, meinen Schrecken zu verbergen. Aufgeregt defilierte ich weiter, um den Anschluß an den Sarg wiederzufinden. Meine armen Eltern waren auch nicht mehr die Jüngsten. Sie mußten die Kondolenzhände entgegennehmen. Ich drückte nur Helenas Hand, hielt sie fest, ließ sie nicht mehr los. Ihr erbarmungswürdiger Anblick trieb mir die Tränen in die Augen. Auch, daß sie gekommen war. Der Sarg wurde jetzt hinuntergelassen, das Gewinde gab seltsame Töne von sich. Nur neunzehneinhalb Jahre hatte er noch ge-

lebt, dachte ich erschrocken, nicht zwanzig. Und die Prophetin war dermaßen verwandelt und verfallen.
Ein wenig später, als wir uns am Tor des Friedhofes wieder gegenüberstanden, lächelte ich sie an und sagte: »Helena, du siehst wunderbar aus. So jung, so schön, so strahlend!«
Sie legte den Kopf schief, zog die Augenbrauen zusammen und meinte: »Du bist der ehrlichste Mensch, den ich kenne, Lotti. So warst du auch damals.«

Während des Leichenschmauses saßen wir an getrennten Tischen. Ich bei meinen Eltern, sie unter unbekannten Frauen. Wir lächelten uns ununterbrochen zu. Es war kein Tod für mich im Raum, sondern ein Wiedersehen. Wahrscheinlich dachte auch sie von mir, wie sehr ich mich verändert habe. Sie stand mir nicht, die schwarze Bluse, die ich zum Anlaß trug. Und war ich überhaupt in Trauer? Der Onkel war schon so lange gestorben. Jahrelang war er nicht mehr zu uns gekommen, nicht einmal mehr zu Weihnachten, und jahrelang hatte er niemanden mehr zu sich gelassen. Es war eine Erleichterung, zumindest für meinen Vater. Er erbte das Haus in den Bergen, und er wollte es sofort verkaufen.
Ich aber dachte nur eines: Wiedersehen. Sie ist da. Sie ist gekommen. Sie lebt. Sie sieht schrecklich aus, aber eigentlich schön. Interessant. Sie spricht mit den anderen, wirft den Kopf nervös hin und her, vielleicht ist sie nur meinetwegen da. Vielleicht hat sie den Onkel gern

gehabt. Was sie wohl gemacht hat die ganze Zeit? Es gehe ihr gut, hatten ihre Eltern immer gelogen. Wahrscheinlich wußten sie nichts. Meine wußten ja auch nichts.

Es war klar, daß Helena und ich nach dem Leichenschmaus noch zusammenbleiben würden. An dem Kaffeehaustischchen, das wir uns ausgesucht hatten, sagte zunächst nur ich etwas. »Einen Apfelsaft bitte«, und als er mir gebracht wurde, trank ich das Glas mit einem Zug leer.

Helena schloß die Augen. »Ich fühle mich heute nicht gut«, flüsterte sie. Sie stützte ihren Kopf auf ihre Hand und wirkte wirklich erschöpft. »Das Begräbnis war schön, nicht?«

Ich lächelte verlegen.

Ihr breiter, einsam gewordener Mund drängte sich dicht an mein Ohr. »Ich bin nur gekommen, um dich wiederzusehen«, sagte sie. »Doch reden wir nicht von mir, Lotti, reden wir von dir. Siehst du mir an, was ich inzwischen mitgemacht habe? Mein Mann«, sie ergriff meinen Arm, »mein Mann wollte mich umbringen. Er sagt retten, ich sage umbringen. Alle Männer tun so, als wollten sie uns retten, und in Wirklichkeit haben sie nichts anderes im Sinn, als uns umzubringen.« Nachdem sie nach Luft geschnappt hatte, fragte sie: »Bist du verheiratet?«

»Ich war, aber ...«

»Natürlich«, unterbrach sie mich, schlug mit dem Zuckerlöffel ungeduldig gegen die Zuckerdose und sagte, die Heirat an sich sei noch keine Katastrophe, wenn man jedoch einen Mann heirate, der in Ordnung sei, dann sei man nicht nur gestraft, sondern in einer Weise ausgeliefert, daß es tödlich werden könne. Und ihr Mann, fuhr sie ohne Pause fort, sei in solchem Maße in Ordnung gewesen, daß sie, wie sie bereits gesagt habe, beinahe habe sterben müssen. »Ich konnte nichts machen, verstehst du. Gar nichts. Wenn ein Mann wirklich in Ordnung ist, dann haben wir Frauen keine Waffe.«

Keine Waffe? Wenn ein Mann in Ordnung ist, so wie meiner es gewesen war, dann haben wir kein Problem, dachte ich. Allerdings hatte ich noch keine Ahnung, von welcher Ordnung Helena sprach. Schloß ich die Augen, kam alles in mir durcheinander. Der Zaun zwischen unseren Gärten, der Sarg des Onkels, die Alabastergöttin, der Blumenstrauß und die Blumensträuße zu meiner Hochzeit, und jetzt am Grab des Onkels, und die Hyazinthe von meinem Geburtstag …

»Wie dumm ich war, wie unerfahren und naiv«, sagte sie.

»Ich auch«, nickte ich.

»Du auch? Schau mich an«, sagte sie, »was mein Mann aus mir gemacht hat. Ich habe einen Schneider geheiratet. Wenn man ihn sieht, mit seinem blauen Käppchen auf dem Kopf, seinen echten Mokassins und immer perfekt gebügelten Hosen, dann kann man sich nicht vorstellen, daß er in Ordnung ist.« Sie beugte sich zu mir, schaute mir in die Augen, und nun erfuhr ich, was sie meinte, wenn sie von der Waffe, beziehungsweise von der Ordnung sprach.

»Sag, kannst du dir einen Schneider vorstellen, der alles, aber auch alles verbucht?«

Ich dachte natürlich an das Verbuchen von Abwesenheiten, sogenannten Hemdenmessen, Beißspuren auf dem Oberschenkel ... Sie meinte jedoch etwas ganz anderes. Jede Naht. Jeden Stich, jeden Knopf, den er annähte, habe der Schneider verbucht. »Und für jeden Groschen, den er verdiente, hat er, stell dir vor, eine Rechnung geschrieben«, rief sie empört. »Und jede Rechnung, die bezahlt wurde, hat er in seiner Steuererklärung angeführt. Einnahmen, Ausgaben, alles vollkommen wahrheitsgetreu. Alles ganz genau so, wie die Gesetze es vorschreiben. Weißt du, was das bedeutet?«

Langsam begriff ich. Sie redete von den Steuern. In meiner Ahnungslosigkeit konnte ich mir nichts anderes vorstellen, als daß sie, so wie die meisten Menschen, das Geld lieber für sich behalten hätte, als es mit dem Staat zu teilen, aber ehrlich gesagt war ich ein bißchen erstaunt, daß sie mir eine solche Banalität erzählte, wo sie mir doch früher ganz andere Dinge anvertraut hatte, Liebe, Verzweiflung, Großes, Ergreifendes ... Und von all dieser Lebendigkeit, von all der Herrlichkeit ihrer Aufregungen sollte nichts als der Staat und die Steuern geblieben sein? Hatte sie mir wirklich nichts anderes zu erzählen? Noch dazu, nachdem wir uns so lange nicht gesehen hatten?

»Ich meine nicht den Staat«, murmelte sie. »Der Staat ist mir vollkommen gleichgültig. Da müßte ich mich sofort umbringen, wenn mir der Staat nicht gleichgültig wäre. Aber meine Position, verstehst du, meine Position als Frau ist mir nicht gleichgültig. Meine Position als Frau ist mir sogar sehr wichtig! Und wenn jemand

in Ordnung ist, dann bist du ihm gegenüber in einer unmöglichen Position.«
Sie nickte, und ich wunderte mich mehr und mehr. Warum in einer unmöglichen Position?
»Womit kannst du jemandem, der seine Steuern bezahlt, drohen? Was hat man einem solchen Menschen gegenüber in der Hand? Früher hat man sich vor dem Jüngsten Gericht gefürchtet oder vor der gesellschaftlichen Ächtung, vor der Meinung der anderen. Heute fürchtet man sich nur vor einem: vor dem Finanzamt. Ich arbeite im Finanzamt. Ich weiß, wovon ich spreche.« Sie schlug mit dem Löffel gegen die Zuckerdose, jetzt aber sehr leise. »Es gibt nur eine Drohung, die einem Mann imponiert: Der klare Hinweis darauf, daß man ihn jederzeit anzeigen kann. Wenn man es nicht kann, weil es nichts anzuzeigen gibt, weil der Kerl seine Steuern bezahlt, weil er das Finanzamt nicht betrügt, verstehst du, dann kann ein Mann mit uns machen, was er will. Und wenn er das kann, dann macht er es auch. Schau mich an. Hätte mein Mann fürchten müssen, daß ich ihn anzeige, glaubst du, er hätte es gewagt?«
Sie lachte, kurz und gekränkt, so wie man sich über bittere Tränen, die man innerlich vergießt, hinwegzulachen versucht. »Glaubst du, er hätte es gewagt, mich zu verlassen? Hätte ich sagen können, wenn du gehst, dann zeig ich dich beim Finanzamt an, dann mach ich dir einen Steuerskandal, er wäre nicht gegangen. Wegen Lieblosigkeit kann man ja niemanden anzeigen. Wegen Steuerbetruges fast jeden. Aber er? Bei ihm war alles in Ordnung. Ich versteh es nicht. Er war ja sonst kein solcher Angsthase.«

Mein Staunen ging in Fassungslosigkeit über. Hatte ich richtig gehört? Wie häßlich! Wie böse und brutal! Was ist aus ihr geworden! Und was, dachte ich plötzlich voller Schrecken, was ist aus mir geworden? Ich bin immer noch sieben Jahre, siebeneinhalb Jahre jünger als sie, und das werde ich immer bleiben. Was wollte ich mir damit sagen? Daß ich noch niemanden getroffen hatte, der so häßliche Gedanken hatte, so böse war und brutal? Ich mußte noch einen Apfelsaft trinken. Diese Göttin, und solch grobe Gedanken in ihrem Alabasterköpfchen.

Während das kalte Naß meine Kehle hinunterrann, versuchte Helena weiterhin, mir ihre Ungeheuerlichkeit zu erklären. »Und wenn ein Mann seine Frau verletzt, wenn er ihre Schwächen ausnützt, wenn er sich über ihre Gefühle hinwegsetzt, wenn er sie schließlich verläßt, nur weil er es plötzlich so will, ist das nicht häßlich, böse und brutal? Ich sage dir, ohne diese Waffe sind wir verloren.«

Mir war, als würde ich mit jedem Tropfen diese Idee hinunterschlucken müssen, so schlüssig, kämpferisch und überzeugend redete sie auf mich ein. Mein Leben lang hatte ich, wenn überhaupt an Waffen, immer an ganz andere gedacht. An das Psychologische zum Beispiel, mit dem wir alles Logische zunichte machen können. Innere Klugheit, hatte ich gedacht, sei eine weibliche Waffe, gegen die Männer mit ihren Karrieren nicht ankönnen, weil ihre Herzen versteinern, ehe sie eine solche Botschaft empfangen wie ich von meiner Hyazinthe. Das Weibliche, das Weibliche an sich, hatte ich immer geglaubt, sei eine Waffe, wobei ich ehrlich gesagt immer an solche Dinge wie High-Heels, tiefe V-Ausschnitte, himmlische Unterwäsche und Parfums gedacht hatte, an mein gerühmtes Lachen und meinen unwiderstehlichen Gang, und daß es nicht darauf ankommt, was man hat, sondern darauf, was man zu haben glaubt ...

Ich mußte nur ein halbes Wort sagen, und Helena schüttelte energisch den Kopf. »Darauf habe ich mich«, unterbrach sie mich, »nie verlassen. Man kann alles mögliche glauben, aber daß das Weibliche eine Waffe ist oder gar eine Waffe gegen den Mann, das kannst du einem verliebten katholischen Priester erzählen, und selbst der setzt sich darüber hinweg, wenn es um seinen Vorteil geht. Die Welt ist in Wahrheit noch immer eine Männerwelt. Nicht, weil die Männer nach wie vor die meisten wichtigen Posten haben, nicht, weil sie in Männerbünden ihre Karrieren beschließen, weil sie so wichtige Autos fahren, in ihren wichtigen Regenmänteln mit ihren wichtigen Aktenkoffern zum Flughafen hasten und mit wichtigen Handies wichtige Gespräche führen.

Das alles können auch wir Frauen. Und wir können einen Mann verlassen so wie ein Mann eine Frau. Doch schau uns an. Und schau dir einen Mann an, der so alt ist wie ich. Männer sind in diesem Alter jung. Von einer Frau in deinem Alter sagt man bereits: immer noch jung, und von einer Frau in meinem Alter sogar schon: noch nicht alt. Und glaubst du, daß ein junger Mann eine noch nicht alte Frau begehrt? Ja, es kommt vor. Wenn er einen Mutterkomplex hat und von einer jungen Frau tief verletzt und enttäuscht worden ist. Für die Männer kommen, je älter sie werden, um so mehr Frauen in Frage, und nicht nur solche mit Vaterkomplex. Ein Siebzigjähriger kann eine Siebzehnjährige haben. Denk an Goethe. Und jeder ist ein bißchen Goethe, oder will einer sein. Warum sonst sollte Goethe diese Bedeutung haben? – Für uns Frauen gilt das Gegenteil. Für uns kommen immer weniger in Frage, weil wir für immer weniger in Frage kommen. Vielleicht schätzt man uns, hat uns gern, doch müssen wir miterleben, wie uns die Pracht von den Flügeln fällt, gnadenlos, wie wir von Tag zu Tag mehr übersehen werden, wie wir verlieren und nichts dagegen tun können. Nichts bleibt für uns in der Ehe. Die Liebe geht, die Jugend geht, die Schönheit geht, die Zähne gehen, die Potenz geht, die Hoffnung geht, die Zeit geht … Nur eines bleibt: das Finanzamt. Übrigens«, fügte sie hinzu, »nicht nur in der Ehe.«

Sie erinnerte mich daran, daß eine Vergewaltigung weniger schwer bestraft wird als ein Steuerbetrug. Dies war für sie ein klarer Beweis dafür, daß die Gesetze immer noch von Männern gemacht werden, daß diese Männer jedoch nicht mit Klugheit, sondern mit Dummheit gesegnet seien.

»Denn sie rechnen nicht mit unserer Waffe. Eifersucht, Depression, Mord und Selbstmord, alles trauen sie uns zu. Nur daß wir sie wegen Steuerbetrugs anzeigen könnten, das halten sie nicht für möglich.« Sie schüttelte den Kopf. »Daß ich ausgerechnet einen solchen geheiratet habe, der mir diese Möglichkeit nicht gab …« Sie bedeckte ihr Gesicht mit ihren Händen, schüttelte den Kopf, atmete tief durch, setzte sich zu-

recht und sagte: »Ich hoffe nur, daß meine Tochter klüger ist. Daß sie irgend etwas aus den Fehlern ihrer Mutter lernt. Sie ist neunzehn. Aber genug jetzt. Ich will dich nicht strapazieren.«
»Du hast …«, stotterte ich. Eine Tochter? Sie hatte eine Tochter? Nicht nur mit der Steuer, auch mit einem Kind war sie bewaffnet, und darum lächelte sie jetzt mit der unerschütterlichen Selbstsicherheit, die nur Mütter und Kutscher haben. Kutscher, weil sie die Macht haben, die Pferde mit der Peitsche dorthin zu lenken, wo sie sie haben wollen, und Mütter, weil sie mehr oder weniger dasselbe mit ihren Kindern tun.
Auf einmal fühlte ich mich ihr gegenüber wieder so wie damals vor neunzehneinhalb Jahren, ein bißchen unbeholfen, ein bißchen daneben, wie auf Besuch, und zwar in meinem eigenen Leben. Ganz automatisch schob ich meine Hand zwischen den Knöpfen meiner Trauerbluse auf meine Fiji-Inseln und prüfte, ob sie noch da waren.
»Keine Sorge«, lächelte sie. »Henriette ist nicht von deinem Onkel.« Sie lächelte verschämt. »Könnte gar nicht von ihm sein. Darum war er ja so lieb. Weil er so alt war, und krank, sinnlos untreu und kein bißchen wählerisch. Und er schnarchte so laut und vergaß alles, auch mich, oder? Eigentlich war er unmöglich. Doch als ich von seinem Tod erfahren habe, bin ich zutiefst erschrocken, daß er noch so lange gelebt hat. Wenn ich das gewußt hätte, hätte ich ihn besucht.«
Ich beruhigte sie. Sie starrte mich an. »Sag ich doch«, klagte sie, »daß er mich vergessen hat. Trotzdem. Nach ihm kamen nur Ungeheuer in mein Leben. Und sie

waren noch viel, viel schlimmer als jemand, der einen eben vergißt.« Sie legte die Stirn in tiefe Falten. »Hast du noch Zeit?«

»Kein Problem«, lächelte ich.

»Findest du nicht, daß es hier stinkt? In der ganzen Stadt stinkt es nach Menschen, die lügen.« Sie schüttelte angeekelt den Kopf. »Meine Tochter konnte es hier nicht mehr aushalten. Sie ist nach Amerika, nach New Orleans. Und weißt du, wer bei ihr ist?« Sie stockte. »Er. Der Schneider. Nach unserer Scheidung hat er seinen Laden verkauft und ist verschwunden. Aber wenn die beiden glauben, in Amerika sei es besser als hier, dann kann ich nur lachen.« Doch sie lachte nicht, sondern wischte sich ein paar Tränen von den Wangen.

»Du hast kein Kind, nicht wahr?« flüsterte sie und faßte sich nur langsam. »Ich seh es dir an. Wer kein Kind hat, der wird alt, ohne daß er es bemerkt. Ich habe es heranwachsen sehen, das, was von mir ist. Wer kein Kind hat, der fühlt sich sein Leben lang wie einundzwanzig, mit sechzig bestenfalls wie einundvierzig. Ich«, sagte sie, »ich weiß, wie alt ich bin. Mein Kind hat mich alt gemacht. Und weil ich das weiß, daß ich schon alt bin, kann ich das machen, was ein junger Mensch nie machen kann: wieder jung werden.« Sie lächelte. »Klingt gut, nicht wahr? Nur leider ist es für eine Frau nicht wahr.«

»Du mußt es doch nur glauben, einfach glauben«, warf ich ein. »So wie du es mir damals gesagt hast.«

Sie nickte. Wir schauten uns in die Augen, und ich fühlte einen Funken, so stark, daß es fast brannte.

»Henriette ist noch ein Kind. Mein Kind. Der Schneider hat kein Kind. Doch er tut so, als wäre sie sein Kind. Daß er gegangen ist, ist nur das eine, aber daß er zu ihr gegangen ist, das verzeih ich ihm nie!« Sie ballte ihre Hände zu Fäusten. »Du entschuldigst«, murmelte sie, »daß ich mich so aufrege.«
»Kein Problem.« Ich fühlte mich auserwählt und war stolz, daß sie mir das alles erzählte. Und schöpfte Hoffnung, daß sie doch nicht nur ans Finanzamt dachte, daß es ihr doch ums Große ging, um das Eigentliche, um – ich seufzte – um die Liebe.
»Hennis Vater …«, sie stockte wieder und schlug gegen die Zuckerdose. »Hennis Vater ist ein« – sie begann wieder zu schluchzen, schlug die Hände vors Gesicht. Ich legte meine Hand auf ihren Arm und flüsterte möglichst tröstend: »Kein Problem.« Dabei rutschte meine Stimme nach oben und klang wie die einer Siebenjährigen.
»Sag nicht immer kein Problem!« fuhr sie mich an. »Alles ist ein Problem. Wenn ich daran denke, wird mir übel. Und weil ich immer daran denke, ist mir immer übel.«
Ich hielt den Atem an. Nickte verständnisvoll. Sie wippte nervös mit einem Bein, schüttelte ihren Kopf, strich sich die Haare aus dem Gesicht und wieder zurück ins Gesicht. »Soll ich weitererzählen?« fragte sie. Ich nickte heftig. Auch damals, ich erinnerte mich jetzt wieder, war es das Schlimmste, wenn ich sie unterbrach. Denn das, was sie erzählte, war immer von größter Wichtigkeit, hingegen reichte das, was ich dazu sagen konnte, nur für eine Unterbrechung.

»Angefangen hat alles mit einem kaputten Reißverschluß. Sofort einen neuen einnähen lassen, hab ich mir gedacht, nur dem Schicksal keine Chance geben. Der Schneider wollte für den Reißverschluß einen Hunderter haben. War mir ganz gleich, was es kostete und was er sich über meine Ungeduld dachte. Ich war verabredet mit einem Mann, der es liebte, meine Reißverschlüsse zu öffnen. Erinnerst du dich an das rote Auto und an den Blumenstrauß? Nach deinem Onkel bin ich wieder zu ihm. Seinetwegen bin ich von zu Hause weggegangen. Seinetwegen hab ich alles getan. Er ist Hennis Vater.« Sie lächelte, schluchzte kurz auf. Ja, das war Helena. Die schöne Helena.
»Er liebte die Reißverschlüsse, ich liebte ihn. Er wollte nicht heiraten. Und wenn ich fragte, warum nicht, dann sagte er: Etwas, was man nicht tue, müsse man doch nicht begründen. Das heißt, wenn er jemanden umbringt, muß er es begründen. Wenn er jemanden nicht am Leben läßt, muß er es nicht. Seither weiß ich, wie unsere Politik funktioniert. Und warum jemand Politiker werden will. Und warum die Politiker so gut bezahlt werden. Warum sie sich alles erlauben können. Warum sie so dumm und dreist sind. Weil sie immer recht haben. Weil sie gar nicht schuldig werden können. Bis auf eines, hahaha.« Begeistert flüsterte sie in mein Ohr: »Die Steuern!« Und lachte.
»Hennis Vater betrachtete unser Kind als seine Jugendsünde, die er sich verzieh. Und ich sagte mir, wenn ich glaube, daß er mich liebt, dann liebt er mich, mich, nicht die Reißverschlüsse. Aber wenn er, hab ich gedacht, die Reißverschlüsse braucht, um mich zu lieben,

dann soll mir der Schneider Kleider mit Reißverschlüssen nähen. Du kannst dir nicht vorstellen, was diese Kleider kosteten. Doch seit ich diese Kleider hatte, wollte Hennis Vater mich öfter sehen. Immer öfter und immer kürzer. Er hatte immer öfter, aber immer weniger Zeit. Ich klammerte mich an das Öfter und verdrängte das Kürzer. Und das bedeutete, ich brauchte immer mehr Kleider, mit immer raffinierter versteckten Reißverschlüssen, damit es länger dauerte, bis er sie fand.« Sie schüttelte den Kopf.

»Plötzlich war er im Fernsehen. Zurück zur Familie, propagierte er und beantragte höhere Steuersätze für Singles und günstigere Steuer- und Versicherungssätze für Familien, Erhöhung der Kinderbeihilfe für Verheiratete, der Staat brauche intakte Familien. Er forderte Belohnungen für langjährige Ehen. Er benützte Aids als Fingerzeig Gottes. Wenn ich ihn darauf ansprach, dann sagte er, es gehe um seine politische Karriere, nicht um mein kleines Leben. Politik sei etwas für das Volk, nicht für den einzelnen und schon gar nicht für einen selbst. Er erklärte mir, daß er einen klaren Kopf brauche, zog meinen Reißverschluß auf, riß mir das Kleid vom Leib, und du kannst dir nicht vorstellen, was er dann war. Ein Mann. Ein Mann, der mich in den Himmel hob. Danach warf er mich wieder ab, und ohne Fallschirm schlug ich unten auf. Und das Ganze wäre vollkommen sinnlos gewesen, hätte ich ihn nicht …« – sie schluckte, dann flüsterte sie – »von Anfang an geliebt. Schon damals, als Mädchen, als er mich …« Sie schluckte. »Kannst du deinen Ersten vergessen? Ich kann es nicht. Ich wollte immer zu ihm zurück.«

»Ein Problem«, murmelte ich echt betroffen.
»Ich wollte ihn heiraten. Dieses Ungeheuer von einem Vater, der von der psychischen Belastung unehelicher Kinder schwätzte und selbst sein eigenes Kind nie sehen wollte. Und weil ich nichts verlangte, nicht prozessierte, für meine Henni ganz allein sorgte, glaubte er, er müsse nichts zahlen. Trotzdem.« Sie seufzte. »Der Schneider nähte und nähte. Er wußte genau wofür. Während der Proben hab ich ihm immer alles erzählt. Er schwieg und nähte, bis ich nicht mehr bezahlen konnte. Trotzdem ließ ich weiternähen. Immer mehr, immer verzweifelter.
Eines Tages nannte er mir die Summe, die ich ihm schulde, und daß er nicht weiternähen wolle. Ich brauch es aber, schrie ich, ich muß es haben! Da fing der Schneider an zu brüllen, daß dieser Mann mich nie heiraten werde und daß ich nichts anderes für ihn sei als eine unbezahlte, bestens gekleidete Hure! Er könne, fauchte er, noch tausend Kleider mit Reißverschlüssen nähen, dieser Mann reiße sie nur auf und wisse überhaupt nichts zu schätzen. Weder die Stoffe, noch die Schnitte, geschweige denn die wunderbare Verarbeitung und die großartigen Ideen, seine raffinierten Spitzfindigkeiten, ja nicht einmal mich, schrie er. Der Schneider tobte, warf mit Stoffen um sich, er werde diesen Mann erwürgen, drohte er, wenn er noch einmal auch nur einen einzigen Reißverschluß an mir zu öffnen wage. Auch ich schrie. Und dann fiel ich ihm in die Arme.«
Ich stellte mir die Szene vor und murmelte wieder: »Ein Problem.«

»Sag nicht immer ein Problem«, schimpfte sie. »Du brauchst überhaupt nichts zu sagen!«
Ich nickte betroffen.
»Hör zu. Der Schneider bettete mich auf einen Stoffberg und beugte sich über mich. Sein blaues Käppchen, das er immer trug, saß ein bißchen schief auf seinem dicken Kopf, er blinzelte und sagte: Wenn du mich heiratest, mußt du deine Schulden bei mir nicht bezahlen.«
Sie schaute mich mit halb geschlossenen Augen an. »Was hätte ich machen sollen? Nur Probleme und keine Ahnung, daß so ein Mann, so ein guter, ordentlicher Mann, mein größtes Problem werden kann. Also versprach ich, die Geschichte mit dem Reißverschluß-Ungeheuer zu beenden, und wir heirateten. Und dann nähte er mir noch viel schönere Kleider, Kleider ohne Reißverschlüsse. Soll ich dir etwas sagen?«
Sie schlug wieder mit dem Löffel gegen die Zuckerdose. »Denk dir«, lächelte sie, »es stellte sich heraus, daß Hennis Vater gar kein Reißverschluß-Ungeheuer war, sondern Knöpfe noch viel spannender fand als Reißverschlüsse. Und Klettverschlüsse regten ihn noch mehr auf, Wickel- und Bindfäden noch mehr, Druckknöpfe und komplizierte Posamentierverschlüsse am allermeisten. Als Politiker, sagte er, müsse er flexibel sein, sich der jeweiligen Situation anpassen können, und so kam es, daß er mir das Kleid einfach über den Kopf zog oder es zerriß. Jahrelang ging es so dahin, jahrfünftelang. Und mein Mann war ahnungslos. Jedenfalls glaubte ich das.«

Sie schloß jetzt die Augen, faßte sich an den Hals und öffnete nervös die umständlichen Verschlüsse ihrer komischen schwarzen Kostümjacke.
»Verzeih mir, Lotti, verzeih mir, daß ich soviel rede.«
Noch ehe ich etwas sagte, fuhr sie fort. »Ich habe Hennis Vater nie etwas erzählt von meiner Heirat. Nichts von der lieben kleinen Familie, die ich gegründet hatte. Er hätte gar keine Zeit gehabt, sich so etwas anzuhören.«
Helena lachte plötzlich laut, wurde geschüttelt, hielt sich den Mund zu, faßte mich am Arm und kreischte: »Er war einer von den ganz Wichtigen geworden. Kein schlechter Mann. Ein sehr schlechter Mann.« Sie schaute über die anderen Tische des Cafés in die Ferne. Alle schauten zu unserem Tisch. Doch das schien ihr nichts auszumachen. Was hatte sie mit den anderen zu tun?
»Er hat mir diese Stelle im Finanzministerium verschafft. Als Sachbearbeiterin eines Ombudsmannes. Zuerst war ich todunglücklich dort, inzwischen weiß ich, daß es das Beste ist. Als Sachbearbeiterin erfahre ich mehr als der Ombudsmann selbst. Die Leute rufen an, und vor ihm bin immer ich am Telefon, und kaum habe ich den Hörer in der Hand, fangen sie an zu klagen. Sie beschweren sich. Natürlich. Die Steuergesetze. In meiner Abteilung geht es um die Einkommenssteuer. Das sind die besten Gesetze, die wir haben, denn es sind die grausamsten. Wenn es Frauen sind, die anrufen, frage ich mich in ihre privaten Verhältnisse hinein. Und vorsichtig, so daß sie glauben, sie selbst hätten die Idee gehabt, laß ich sie wissen, wozu

diese Gesetze gut sind. Es sind Gesetze, sage ich, die uns Frauen stark machen. Gesetze, durch die wir die Männer in der Hand haben. Ich sage ihnen das Geheimnis. Drohen Sie Ihrem Mann, sage ich, daß Sie seine Betrügereien bei uns am Finanzamt anzeigen werden. Die meisten wissen über das Einkommen ihres Mannes Bescheid, und zwar genausogut wie über seine Geliebte. Es ist immer dasselbe. Je mehr Geld, desto wahrscheinlicher der Steuerbetrug und desto eher eine Geliebte. Welcher Mann, sage ich, will das totale Fiasko? Lieber der Verlust der Geliebten als der finanzielle Ruin, Strafe und Gefängnis.

Den Männern sage ich, wie sie diese schrecklichen Gesetze umgehen können. Ich studiere die Methoden der Steuerberater. Firmengründungen, Anleihe-Verfahren, Abschreibposten, erfundene Kompagnions und Gesellschafter, für sich selbst ausgestellte Schecks und was es da alles gibt. Ich sage den Männern, daß die Gesetze dazu da sind, um sie zu brechen. Mache ihnen Mut, verstehst du. Damit sie sich ausliefern, ohne es zu bemerken. Sie fühlen sich klug und stark, wenn sie schlauer sind als die Gesetze und ihre Steuern nicht bezahlen. Wenn schon kein Westernheld, so wenigstens ein Steuerheld.«

Sie legte sich die knochige, blasse Hand auf den Mund. Was für eine Frau, dachte ich aufgeregt. Was sie aus ihrem Leben macht, und aus dem Leben der anderen! Auf was alles sie kommt! Was in ihr vorgeht! Mir wäre das nie eingefallen. Warum bin ich immer, wie ich bin, und nie besonders?

Sie wisperte: »Natürlich ist es schrecklich, wenn sich

jemand so benimmt, daß eine Drohung nicht mehr ausreicht. Verstehst du? Ich wollte meine Waffe nicht einsetzen. Ich wollte nur drohen. Doch eines Tages, stell dir vor, eines Tages war es vorbei. Ich liebte Hennis Vater nicht mehr.«

Sie schluckte mehrmals. »Er hatte eine andere. Eine schreckliche. Eine junge Ziege. Das mußt du dir einmal vorstellen. Nach allem, was ich mit ihm mitgemacht habe, hatte er plötzlich eine andere.«

Sie faßte sich, schneuzte sich, sprach weiter. »Es war ein Dienstag, ein ganz gewöhnlicher Dienstag, da wurde er für mich ein ganz gewöhnlicher Mann mit einem ganz gewöhnlichen roten Auto und einer ganz gewöhnlichen, geradezu dummen Sprache. Und auch am Mittwoch war alles so und am Donnerstag. Wie konntest du dir nur, hab ich mich gefragt, von diesem ganz gewöhnlichen Mann soviel gefallen lassen? Er war so grauenhaft gewöhnlich, daß ich kotzen mußte. Und diese junge, schöne, schlanke Ziege, eine Journalistin natürlich, war das Gewöhnlichste überhaupt! Und ich war jahrelang immer für ihn dagewesen, so oft und so kurz wie er wollte, und jetzt fuhr er mit der Ziege auf irgendwelche blöden Südsee-Inseln! Jetzt muß er zahlen, hab ich gesagt, jetzt muß er. Er aber stritt die Jugendsünde ab. Rechtsanwälte, Gerichtsverhandlungen, peinlich für ihn. In mir wuchs die Wut. Sie wuchs und wuchs, ich konnte nichts dagegen tun. Und ich wollte auch nichts dagegen tun. Zumal sie dort wuchs, wo ich arbeite. Im Finanzministerium. Sie wuchs sozusagen auf seinem Mist. Ich konnte nicht mehr anders denken, als daß es ja nicht nur mein Geld

ist und Hennis Geld, mit dem er seine Karriere aufbaut und mit dem er auf diese Inseln fuhr mit der Ziege, sondern auch das Geld aller Bürger. Und abgesehen davon wußte ich natürlich auch von seinen dubiosen Geschäften, von seinen Vereinsgründungen und Firmenüberlagerungen und Gesellschaftern im Ausland. Er war ein Steuerheld von größtem Ausmaß. Und weil er mich so oft so herzlos abgeworfen hatte und ich so oft so hart unten aufgeschlagen war und dann auch noch die junge, schöne, schlanke Ziege ...«
Helena preßte ihre Hände aneinander, die Lippen, alles preßte sie zusammen. »Da hab ich ihm gar nicht erst gedroht, sondern ihn eines Tages einfach angezeigt.« Sie atmete auf und lächelte mit halb geschlossenen Augen, als würde sie diese Tat noch einmal auf der Zunge zergehen lassen wollen. »Ganz nach Vorschrift angezeigt. Und dann war es aus mit uns. Und mit ihm.« Ihre Augen wurden glasig. »Aus mit seiner Karriere. Aus. Ende. Vorbei.«
Im Gegensatz zu ihr, die nicht mehr aufhören konnte zu reden, konnte ich nicht mehr aufhören zu schweigen.
»Warum sagst du denn nichts? Was sagst du!«
»Noch einen Apfelsaft bitte«, war alles, was ich hervorbachte.
»Apfelsaft?« fragte sie erstaunt. »Was hat denn ein Apfelsaft mit der wichtigsten Sache meines Lebens zu tun? Du bist doch kein Kind mehr, Lotti!«
Ich stammelte etwas vom tiefen Einblick in ihr Leben, den sie mir mit dieser Geschichte gewährt habe, und daß ich jetzt wisse, was sie fühle und daß es wunder-

voll sei, was sie alles erlebt und erkannt habe … Tatsächlich war ich so verwirrt, so beeindruckt, so ergriffen, daß ich gar nicht wußte, wie ich mich verhalten sollte, zumal sie ja nicht unterbrochen werden wollte. Aber wenn ich nichts sagte, immer nur nickte und schluckte und noch einen Apfelsaft bestellte, dann war das auch nicht das, was ich mir unter mir, Lotti Liebenhaus, vorstellte.

»Du weißt noch fast gar nichts«, unterbrach sie mich in meinen Gedanken und schüttelte energisch den Kopf. »Denn du weißt noch nichts von meinem Ende. Schau mich an. Mit mir war es auch schon vorbei.«

Ich schaute sie an. Gibt es im Laufe eines Lebens vielleicht mehrere Male ein Ende? Wie sonst kann jemand die Geschichte von seinem eigenen Ende erzählen?

Helena ergriff meinen Arm. »Niemand kannte meinen Körper so gut wie mein Mann. Nicht, weil er mein Mann, sondern weil er mein Schneider war. Das ist das Tragische an diesem Beruf. Sie kennen den Körper ihrer Kundinnen besser als jeder Liebhaber, wissen ganz genau, um wieviel der eine Schenkel, die eine Hüfte, die eine Brust größer ist als die der anderen Seite, sie kennen alle Maße auf den Millimeter, müssen immer verhüllen, nicht enthüllen. Der arme Teufel hat fast nichts von mir als Ehefrau gehabt. Er durfte nur nähen, mich bewundern, sehr selten durfte er mehr. Trotzdem hat immer alles gepaßt.

Doch eines Tages war mir das Kleid, das er für mich zugeschnitten hat, zu eng. Ich erschrak. Schob es auf den Stoff, doch bei der nächsten Anprobe war es mir

wieder zu eng. Er sagte, ich hätte wohl andere Maße entwickelt. Mit dem Älterwerden, sagte er, verändere sich die Figur. Andere Maße? Ich? Ich hatte andere Maße? Das muß, dachte ich, mit der Trennung von Hennis Vater zusammenhängen. Sofort stieg ich auf Trennkost um. Andere Maße. Begann, makrobiotisch zu essen. Dann nur noch Äpfel, nur noch Sauerkraut, nur noch Knoblauch. Älterwerden. Andere Maße. Ich wurde nicht älter, und ich entwickelte keine anderen Maße. Nur noch Astronautenpulver. Nur noch Gemüsesäfte. Aus lauter Angst kaufte ich keine Waage. Ich wollte meine anderen Maße nicht in Ziffern ausgedrückt sehen. Immer zittrige Knie. Abnehmen, sagte mein Mann, muß nicht zur Folge haben, daß man dünner wird. Und stell dir vor, mir wurden jetzt auch die alten Kleider zu eng. Ich befahl dem Schneider, die Problemzonen zu kaschieren. Ich schrie ihn an. Andere Maße, wie entsetzlich! Stell dir vor, bald paßte mir kein einziges meiner Kleider mehr. Und der Schneider konnte kein neues Kleid vollenden, denn von Probe zu Probe war es wieder zu eng. Du verstehst, daß ich immer weniger aß. Dann wieder stopfte ich alles in mich hinein. Und dann, dann ging ich aufs Klo. Und dann, immer stärker das Zittern. Das war der Anfang, der Anfang von meinem Ende.
Irgendwann kaufte ich doch eine Waage. Eine Digitalwaage. Ein Sonderangebot. Und ich hatte es immer gewußt, daß auf Waagen kein Verlaß ist. Sie zeigte fünf Kilo mehr, fünf Kilo weniger, immer wie es ihr gerade paßte. Ich stand vorm Spiegel und verzweifelte. Was ich auch aß oder nicht aß, die Trennung von Hen-

nis Vater machte mich dick. Ich saß am Tisch und verzweifelte. Was blieb mir anderes übrig, als nach jedem Bissen, den ich zu mir nahm, zu kotzen? Panisch. Ich dachte den ganzen Tag ans Essen. An die kleinen Karottenstückchen, an die Gurkenscheibchen. Konnte mich nur ertragen, wenn ich Hunger fühlte. Rasend wurde vor Hunger. Den Kühlschrank leeraß und anschließend stundenlang kotzte.
Henni schüttelte mich, schrie mir ins Gesicht. Mama, du hast die Magersucht, schrie sie, und ich solle mich schämen! So viele Menschen auf dieser Welt müssen hungern, und du, schrie sie, du tötest dich! Was habe ich mit Indien zu tun, schrie ich zurück, laß mich in Ruhe mit dieser Banalität!
Später gewöhnte ich mich an das Hungergefühl. Es war das einzige, was ich fühlte. Ich hatte Hennis Vater ruiniert, und ich empfand nichts mehr für ihn. Henni wurde mir gleichgültig, ich war sogar froh, als sie die Flucht ergriff. War mir egal, wohin sie ging. Hauptsache, ich mußte ihre Vorwürfe nicht mehr hören, ihre Aufregung nicht mehr mitansehen. Mein Mann, der Schneider, war mir am gleichgültigsten von allen. Wenn er anfing, von seinem schweren Schicksal zu reden, schlief ich ein. Sein Schicksal ist sein Schicksal, dachte ich und kam gar nicht auf die Idee, daß es etwas mit mir zu tun haben könnte. Seit unserer Hochzeit hatte ich ihn nur angelogen. Ich hatte geglaubt, er hat keine Ahnung von mir. Ich sagte mir, was ich erlebe, ist ganz normal, und daß ich lüge, ganz normal, und daß er keine Ahnung hat, alles ganz normal.«
Ich nickte.

»Du meinst wirklich, daß es normal ist, wenn man mit dem Vater des eigenen Kindes ein heimliches Verhältnis haben muß, nur weil der Ehemann verlangt, daß man keines hat? Obwohl der Ehemann spürt, daß man ihn nicht liebt, verlangt er, daß man niemand anderen liebt. Und in unserer Gesellschaft ist das ganz normal. Was Menschen als normal erklären, Lotti, das ist alles Wahnsinn. Wenn in Südamerika ein Gast die Ehefrau seines Gastgebers liebt, wird er von seinem Gastgeber getötet. Bei den Eskimos ist es für den Gastgeber die größte Beleidigung, wenn der Gast nicht mit seiner Ehefrau schläft. Wenn der amerikanische Präsident eine Frau umarmt, wird das zur Schlagzeile in allen Zeitungen. In Frankreich kann der Staatspräsident ein illegales Kind haben, fast niemand kümmert sich darum. Wenn die Tochter eines Beduinen vor der Ehe ihre Jungfernschaft verliert, wird einer ihrer Brüder ausgewählt, sie zu töten, und dann sitzt dieser Bruder sein Leben lang im Gefängnis, so muß es sein, und so ist es für die Beduinen normal. In der westlichen Welt fragt man sich, ob alles in Ordnung ist, wenn eine Frau bei der Eheschließung noch Jungfrau ist. Und für alle ist immer alles ganz normal?«
Helena war jetzt so aufgeregt, daß ich nichts anderes zu tun wußte als ihre schöne, geschundene Hand zu streicheln. Sie duftete nach einer Blume. War es die Haut, das Blut oder ein Parfum?
»Ich werde verrückt«, sagte sie noch einmal. »Wenn ich daran denke, was normal ist, Lotti, dann fühle ich, daß nichts davon normal ist. Was ich empfunden habe, meine Gefühle, und was mein Mann, der Schneider,

empfunden haben muß ...«, sie schluckte, schüttelte den Kopf. »Es ist ein altes Gesetz. Wer betrogen wird, der betrügt. Und wer lügt, Lotti, der wird auch belogen. Ich kam ins Krankenhaus. Dort erfuhr ich, daß ich sterben würde, wenn ich nicht wieder zu essen beginne. Ich hing am Tropf und gelobte, alles zu essen, wenn ich in meine Kleider hineinpasse. Ich konnte mir nicht mehr erklären, warum sie immer enger wurden, wo ich doch nichts mehr aß. Doch was nützt eine Erklärung, wenn das Ergebnis eine Katastrophe ist? Und was die Ärzte mir erklärten, das war die größte Katastrophe überhaupt. Sie diagnostizierten hormonelle Störungen, nahmen mir die Gebärmutter und die Eierstöcke heraus. Daran haben die Ärzte gut verdient, mich hat es jedoch nicht gerettet. Einige Tage nach der Operation brachte mir mein Mann einige Kleider ins Krankenhaus. Mit Bestürzung stellte ich fest, daß ich nach der Operation dicker geworden sein mußte. Nichts paßte, alles zu eng. Die Ärzte wollten weiteroperieren, wollten mich in einen Tiefschlaf versenken, in dem ich künstlich ernährt werden sollte, wollten aus mir eine alte, dicke, gebärunfähige Matrone machen. Wollten mich anbinden, stell dir das vor! Wenn ich in meine Kleider nicht mehr hineinpasse, hab ich gesagt, dann bring ich mich um.

Nachts, bei klarem Sternenhimmel, bin ich davongelaufen. Ich war schwach, sehr schwach, aber ich lief und lief, lief bis zum nächsten Taxistand. Ich fuhr nach Hause. Erbrach im Taxi. Hatte Schmerzen. In meinem Kopf war nichts als Nebel.

Zu Hause angekommen, schlich ich durch die Tür,

um meinen Mann nicht zu wecken. In seinem Laden unter unserer Wohnung brannte Licht, und ich hörte das Schnarren der Nähmaschine. Die hintere Tür stand eine Handbreit offen. Und was sah ich? Ihn sah ich, ihn mit seinem blauen Käppchen auf dem Kopf, ihn vor der Nähmaschine, und neben ihm meine Kleider. Er hatte mich nicht kommen hören und arbeitete weiter. Weißt du, was er tat? Ich traute meinen Augen nicht. Er nähte meine Kleider enger, Stück für Stück, Naht für Naht. Das Weggenähte schnitt er weg, ließ die Fetzchen sofort in einem großen Sack verschwinden, und mit dem Futterstoff machte er seine Tat unsichtbar. Es ging sehr schnell. Dieses Kostüm hatte er soeben in Arbeit. Er drehte den Rock um, nähte ihn enger, flink, dann die Jacke. Und plötzlich wurde mir klar, daß er das die ganze Zeit getan haben mußte, daß er nicht nur die neuen Kleider zu klein zuschnitt, sondern mit einer unsäglichen Emsigkeit auch die alten verkleinerte. Und nicht nur einmal. Jedesmal, wenn ich noch dünner geworden war, nähte er alles enger, wieder und immer wieder. Und mich hatte er glauben gemacht, ich sei dicker geworden. Er habe recht, hat er immer gesagt, er, nicht die Waage. Ich bin einfach nicht auf die Idee gekommen, daß ein Sonderangebot von einer Waage ein solcher Mist sein kann, und schon gar nicht, daß ein Schneider die Kleider seiner Frau enger und enger näht.« Sie flüsterte: »Es war die Rache eines Eifersüchtigen, verstehst du. Ich war nur mehr Haut und Knochen, Knochen und Haut, und er war eifersüchtig, rachsüchtig, alles.«

Sie schluckte aufgeregt, und ich bestellte noch einen Apfelsaft.
»Ich hab dir schon gesagt, du sollst nicht soviel Apfelsaft trinken«, zischte sie mich an. »Davon bekomme ich Durchfall. Ich vertrage überhaupt keine Säfte mehr.« Und dann fuhr sie fort: »Ich schaute eine Zeitlang zu. Dann öffnete ich die Tür und stand vor ihm. Die Nähmaschine verstummte, er wurde blaß, starrte mich an, und dann brach es aus ihm heraus. ›Kommst du von ihm?!‹ brüllte er. ›Du hast mich belogen, Hure! Du schmutzige Hure, du Ungeheuer, du Monster der Grausamkeit!‹ Er beugte sich vor, die Nähmaschine begann wieder zu schnarren, hastig legte er diese Jacke unter die Nadel, fuhr die Nähte auf und ab, und dann hörte ich noch, daß ich der Teufel sei. Sein Kopf sank auf diese Jacke, das blaue Käppchen fiel auf den Boden, und er weinte.«
Helena wischte sich die Tränen von den Wangen. Ja, es waren Tränen, und augenblicklich meinte ich, mit ihr weinen zu müssen. Die schöne Helena.
Sie aber fragte jetzt leise: »Kannst du dir so etwas vorstellen? Ist es nicht großartig, wieviel Zeit er für mich verwendet hat! Alles von ihm war auf mich eingestellt. Solange eine Frau so schön ist, wie ich es gewesen bin, wird sie nur begehrt, und sie gibt den Männern keine Möglichkeit, sie zu lieben. Du weißt, ich konnte alle haben, irgendwie konnte ich alle haben, aber eben nur irgendwie. Denk an deinen Onkel. Solange wir so schön sind, haben wir keine Chance, glücklich zu werden. Denn wenn eine Frau so schön ist, dann wird sie begehrt, aber nicht geliebt.«

Ich saß da und wandte mein Auge nicht von ihr, war sprachlos und dachte gleichzeitig wirres Zeug. Ich oder sie? Hatte ich richtig gehört? Schön und glücklich, das soll es nicht geben? Und eine Frau, die einmal alle haben konnte, schätzt sich glücklich, daß niemand mehr sie will? Verzichtet ganz bewußt darauf, gewollt zu werden, ja hat angeblich sogar alles dazu getan, um dahin zu kommen? Helena … Wenn es wahr ist, dachte ich. Wenn sie nicht nur so redet, weil niemand mehr sie will mit ihrer Waffe, noch dazu mit Kind. Oder bin ich die Dumme, weil ich immer alles tue, vom Scheitel bis zur Zehe, von der Seele bis zum Geldbeutel, um alle haben zu können, um von allen begehrt zu werden? Bin ich schön? Bin ich jung? Bin ich reich, und wenn nicht an Geld, so doch an allem anderen?

Wir schwiegen einige Sekunden lang. Dann sagte Helena: »Übrigens bin ich nicht sicher, ob der Prozeß nicht umgekehrt war. Ob ich nicht zuerst wirklich dicker geworden bin, die Kleider zu eng, und dann dünner und er danach die Kleider enger nähte. Aber was ändert es?«

»Gar nichts.«

»Vielleicht. Der Schneider hat behauptet, er habe mich und meine Würde vor dem Bösen retten wollen.« Sie schaute um sich und flüsterte: »Er hat gesagt, es sei ihm nicht gelungen, und er werde mich verlassen. Mich verlassen? Auch er? Ich beteuerte, schwor, daß die Geschichte mit Hennis Vater längst vorbei sei. Aber er traute mir nicht mehr, jetzt, wo sie wirklich vorbei war. Er liebe, sagte er, jetzt jemand anderen. Er

sagte nicht wen, doch an der Telefonrechnung konnte ich es ablesen. Er telefonierte täglich nach Amerika, Vorwahl New Orleans. Und da auch Henni nichts sagte …« Sie nickte. »Was konnte ich machen?« Sie seufzte. »Ich wollte ihn nicht ruinieren. Nein. Ihm wollte ich wirklich nur drohen. Ihn behalten, verstehst du. All die Jahre hatte ich mich nicht um seine Einnahmen gekümmert. Jetzt setzte ich mich jedoch hin und überprüfte alles. Sämtliche Rechnungen über all die Jahre, jede Steuererklärung, jede Einnahme und Ausgabe. Ich prüfte und prüfte, Nacht für Nacht, doch stell dir vor: Ich fand nichts. Das gibt es nicht, dachte ich, bekam die Panik, wie ist das möglich, ein Schneider, er kann doch nicht in Ordnung sein! Aber der Kerl war in Ordnung. In allerbester Ordnung. Allein daß er mich alles untersuchen ließ, und das in dieser Lage, war schon ein Zeichen dafür, daß er in Ordnung war. Was konnte ich tun? Um Himmels willen, was? Da wurde mir klar, daß ich gar nichts tun konnte. Ja. Er alles, und ich nichts. Er konnte mich verhungern lassen und mußte keine Rache fürchten. Er konnte fortgehen, ich hatte nichts, um ihn zu halten. Ich mußte aus der Wohnung raus, für mich allein war sie zu teuer, und dann mußte ich auch noch die Hälfte unserer Scheidung bezahlen. So ist es, wenn einer in Ordnung ist. Von einem menschlichen Argument, noch einmal neu zu beginnen, davon wollte er nichts wissen.«
Sie schaute mir in die Augen, und dann sagte sie mit fester Stimme: »Du verstehst das Prinzip? Lieben ja, lieben ist das Schönste im Leben. Aber jemanden lie-

ben, der keine Steuerprobleme hat, das ist der kürzeste Weg in die Katastrophe.«
Sie drückte meine Hand und lächelte. Sie hatte wieder diesen Blick, der den Funken entfacht. Nach einer Weile fragte sie: »Was sagst du?«
Sie unterbrach mich, noch ehe ich etwas sagen konnte. »Ich bin jetzt allein. Ich bin in ein schreckliches Loch gefallen, und selbst aus dem muß ich bald hinaus. Ich suche eine Wohnung« seufzte sie. »Alles ist ein riesiges Problem.« Und nach einem raschen Atemholen: »Wirst du mich anrufen? Wir Frauen müssen zusammenhalten.«
Als wir aufstanden, nahm sie mich bei der Hand und zerrte mich in die Toilette. Dort hatte es diesen Geruch, der mich seltsamerweise immer an meine Kindheit erinnerte, ein Gemisch aus Urin, Seife, Suppe und Kaffee, und Helena verzog das Gesicht. »Unerträglich«, murmelte sie, stellte sich vor den Spiegel, öffnete ihre komische schwarze Jacke, unter der ein dünner Body über ihren Rippen schlotterte, und fragte: »Bin ich dick?«
»Helena!«
»Schau her, diese Formen.« Sie zog die Jacke ganz aus. Ihr Busen war so winzig, daß ich erschrak, und zwar mehr vor meinem eigenen als vor ihrem. Sie war sehr dünn, eigentlich mädchenhaft.
»Schön, nicht wahr?«
Wenn sie es glaubt, dachte ich und nickte verlegen. Sie wollte doch nicht mehr schön sein. Oder wollte sie doch? Sie nickte stolz.
»Schau«, wisperte sie, schlüpfte aus ihrem Strumpf

und streckte mir ihren Fuß entgegen. Er war von einem kleinen roten Feuermal gezeichnet. Ich konnte mich nicht erinnern, es damals an ihr gesehen zu haben, und starrte es wohl ein wenig übergebührlich an.
»Schrecklich, nicht wahr? Und ich kann gar nichts dagegen tun.«
»Ich bitte dich«, wollte ich sie beruhigen und machte meine Fiji-Inseln frei. »Das ist doch wirklich nur ein kleines, vollkommen unwesentliches, eigentlich gar keines, ja im Gegenteil ...« Daß der Onkel nur für mein Mal einen Namen gefunden hatte? Gewiß hatte er bei ihr vom Feuerland gesprochen.
Ihre Augen weiteten sich, und ihre Stirn legte sich in Falten. »Hast du wirklich keine Ahnung von jener altindischen Weisheit, die uns lehrt, daß alles mit allem zusammenhängt?« wehrte sie meine Besänftigung ab. »Weißt du wirklich nicht, daß alles ein Teil des großen, umfassenden Systems ist? Wie das Atom, so das Universum, wie der Mikrokosmos, so der Makrokosmos, wie das Feuermal am Fuß, so der ganze Fuß!« Sie umarmte mich und sagte: »Du hast wirklich noch keine Ahnung vom Leben, Lotti, wie schön, daß du so unbeschädigt in deiner heilen Welt geblieben bist!«
Wir verließen das Café, ihre blassen Wangen schimmerten im kalten Abendlicht des Frühlings. Der Wind blies ihre Stirnfransen aus dem Gesicht, und das Kostüm schnürte sie ein. »Ich ziehe es manchmal an«, lächelte sie, »um mich an den Schneider zu erinnern. Verstehst du? Dabei denke ich soviel an ihn. Ich meine nicht ihn, den Schneider, sondern ihn, du ver-

stehst.« Ihr Blick schweifte in die Nacht hinaus. Auch ich dachte an ihn. Aber ich merkte, daß ich mich nicht konzentrieren konnte, plötzlich waren so viele in meinem Kopf, und mir wurde fast schwindlig, denn alle, an die ich dachte, würden eines Tages die Augen schließen, und alle, an die ich nicht dachte, auch.
Sie schaute mich an, und dann sagte sie: »Mein Problem ist, daß ich nur Probleme habe.«
Ihre zarte, anmutige Gestalt bog wie ein tanzendes Licht um die Ecke. »Du rufst mich an, ja?!« rief sie mir zu. Ich folgte diesem Licht mit den Augen, solange ich konnte. Es war schon nicht mehr da, da hörte ich noch die Stimme: »Mein Problem ist, daß ich nur Probleme habe ...«

Jedesmal, wenn ich sie anrufen wollte, rief sie an. Im Büro rief sie höchstens vier oder fünf Mal am Tag an. Dazwischen dachte ich, daß ich sie am Abend anrufen werde. Wenn ich jedoch beschloß, es jetzt, jetzt gleich zu tun, klingelte das Telefon, und sie flüsterte: »Hallo Lotti, wann rufst du mich an?« Sie betonte immer, daß sie in Arbeit ersticke und ihre Arbeit unsere Gespräche eigentlich nicht zulasse. Daß sie jedoch in den verschiedensten Konfliktseminaren gelernt habe, sich nicht nur die eine oder andere Pause zu genehmigen, sondern sich auch während der Arbeitszeit mehrmals etwas Gutes zu tun. Dieses Gute, flüsterte sie in den Hörer, sei die gemeinsame Vorfreude mit mir auf den Abend, an dem ich sie anrufen würde und wir dann

ausführlich über alle Probleme sprechen konnten. »Wie gut«, sagte sie, »daß ich dich gefunden habe. Der Himmel hat dich geschickt. Damals so wie heute.«
»Mich hat der Himmel geschickt!« rief ich in den Hörer und wunderte mich, daß ich so etwas zu einer anderen Frau sagte.
Es dauerte nicht lange, und wieder rief sie an. Sie fragte: »Bin ich dir unsympathisch?«
»Wie kommst du denn darauf?«
»Weil du mich nicht anrufst.«
»Wir haben doch soeben ...«
»Ja, den meisten Menschen sind Wahrheiten unsympathisch. Auch ihre eigenen. Die vor allem. Ich meine, die Sache mit der Steuerwaffe, vielleicht bin ich dir sogar unheimlich.«
Unheimlich? Das war nicht ganz falsch. Und zwar, weil das ganze Leben unheimlich ist, nicht nur wegen der Steuer, dachte ich, auch weil wir nicht wissen, woher wir kommen und wohin wir gehen, weil wir eigentlich gar nichts wissen.
Beim nächsten Anruf sagte Helena, Menschen, die Großes leisten und viel zustande bringen, die haben auch Zeit, und zwar, weil sie gut organisiert sind und weil sie wissen, was ihnen wichtig ist. »Mir ist es wichtig, mit dir zu reden«, sagte sie.
Wieder fühlte ich, wie mich das Glück und der Schrecken streiften, und augenblicklich fragte ich mich, ob auch ich zu den gut Organisierten gehörte, zu denen, die Großes leisten und darum Zeit haben. Nicht daß ich das Gefühl gehabt hätte, in meiner Arbeit zu ersticken. Aber was machen diejenigen, die

Großes leisten, mit ihrem Chef, der seinerseits ebenfalls Großes leistet und alle Zeit der Welt zu haben scheint, so daß er sich nicht in seinem eigenen Zimmer aufhält, um zu arbeiten, sondern dort, wo er stört. Ich mochte ihn gern, ich schätzte ihn, wir führten ein gutes, gleichwertiges Ausgeliefertendasein. Er hatte mich mit dem Job in der Hand, ich ihn mit dem Pelzmantel, den er letztendlich doch für seine Geliebte gekauft hatte.

Ich dachte »Pelzmantel«, und mein armer Chef trollte sich aus meinem Zimmer. Aber auch wenn er draußen war, fühlte ich hin und wieder Anflüge von Besorgnis. Seit Helena war mein Telefon dauernd besetzt, für andere war ich kaum mehr erreichbar. Am schwierigsten wurde es, wenn mein Chef zwar aus meinem Zimmer ging, jedoch die Tür offen ließ, sich in der Nähe dieser offenen Tür aufhielt, und gleichzeitig Helena einen Kommentar von mir erwartete.

Fragte sie mich, was ich ihr gegen ihre Kopfschmerzen empfehle, war es noch verhältnismäßig einfach, denn es konnte sich genausogut um den Kopf eines armen Tieres handeln. Wenn sie jedoch auf das Reißverschluß-Ungeheuer zu sprechen kam und ob es so etwas wie Verzeihen gäbe, daß sie aber nicht wüßte, wer wem verzeihen sollte und so weiter, dann wurde es bedeutend schwieriger. Denn Tiere brauchen keine Reißverschlüsse, sie zahlen keine Steuern, betrügen das Finanzamt nicht und kennen auch kein Verzeihen. Und Helena begriff nicht, warum ich so allgemein von der Laus im Pelz, von der undichten Stelle im System und von naturgemäßer Kopulation redete.

Am allerwenigsten verstand sie, warum ich meinem Chef nicht die Stirn biete, ich hätte doch ein Recht auf eine gewisse Freiheit und eine geschlossene Tür. Vor lauter Kampf für die Freiheit der Tiere vergesse ich meine eigene, meinte sie, lasse mich einsperren und quälen, und nenne mich Aktivistin. »Daß ich nicht lache«, spottete sie.

»Nein, es ist keine Qual.« So etwas konnte der Chef ruhig hören. Sie verstand nicht, daß ich meine Arbeit liebte.

»Vielleicht liebst du die Tiere«, meinte sie. »Nur was haben die Tiere mit deinem Chef zu tun?«

»Um dem Kreislauf der Natur seine Ruhe zu lassen«, argumentierte ich.

»Ruhe?« empörte sie sich. Was sei ich denn für eine – das Wort »Frau« mochte sie jetzt gar nicht aussprechen, denn eine Frau, die Ruhe haben wollte und die sich auch noch so geschwollen ausdrückte, die war es ihrer Meinung nach gar nicht wert, im Zeitalter der Emanzipation, des neuen weiblichen Selbstbewußtseins und der Gleichberechtigung »Frau« genannt zu werden, geschweige denn »Aktivistin«. »Du mußt doch wissen, wer du bist!« empörte sie sich. Ich konnte ihr nicht klarmachen, was für eine Ruhe es war, von der ich sprach. Denn so genau wußte ich es ja selbst nicht. Ich solle sie doch, bat sie, auch einmal von mir aus anrufen.

»Du kommst mir immer zuvor.«

»Dann sei nicht so langsam.«

Ich tröstete mich, daß andere schon ganz andere Telefonprobleme gehabt hatten als ich. Es galt nur, durchzuhalten, die Nerven nicht zu verlieren.

Ich eilte nach Hause, hörte es im Treppenhaus klingeln, hastete die Stufen hinauf, schloß die Tür auf, stürzte zum Telefonhörer. Helena! Sie habe es sich überlegt. Es sei zwar eine Illusion, an so etwas wie Ruhe zu denken, aber eigentlich könne sie mich verstehen. Eigentlich wünsche auch sie sich nichts sehnlicher als endlich einmal Ruhe zu haben. Doch allein die Vorstellung, daß der Schneider, jahrelang von ihr frustriert, sich an ihrer kleinen Henriette vergreifen könnte, bereite ihr solche Sorgen, daß sie sich einfach nicht beruhigen könne.
Wir sprachen darüber bis spät in die Nacht, dann rief sie noch einmal an, um sich für das hilfreiche Gespräch zu bedanken, es gehe ihr jetzt wesentlich besser. Als sie dann noch einmal anrief, weit nach Mitternacht, war sie allerdings wieder zutiefst beunruhigt, denn in New Orleans sei es jetzt Abend, und sie frage sich, warum Henni nicht anrufe.
Natürlich wollte ich für sie da sein. Immer. Denn noch nie hatte mich jemand so sehr dasein lassen für sich wie sie, oder ich hatte es nicht gekonnt. Sie sagte, sie kenne lauter Menschen, die nur noch im Internet surfen, Computerspiele spielen oder vor dem Fernseher sitzen und mit denen sie nicht reden könne. Ich kannte auch viele solche, und zuweilen mußte ich mich sogar selbst dazuzählen – aber jetzt, das fühlte ich deutlich, jetzt war die große Chance gekommen, mich darauf zu besinnen, was uns Menschen doch eigentlich ausmacht: das Reden, miteinander, gegeneinander, zueinander …
Eines Tages sagte sie, sie habe am Nachmittag im Büro

so ein seltsames Gefühl gehabt. Als ob sie mich störe. Und vielleicht, meinte sie plötzlich, störe sie mich zu Hause noch mehr.

Störung? Zu Hause? Im Gegenteil! Ich hatte alles vorbereitet, den Telefonapparat neben mein Sofa gestellt, und während ich, selbstverständlich vollkommen geräuschlos, meine Käsebrote verzehrte, dazu ein Gläschen Sekt trank, meine Quarkcreme löffelte und einige Rippen Schokolade auf der Zunge zergehen ließ, hörte ich ein Problem nach dem anderen.

Alles in allem, sagte sie, sei ihr vollkommen klar, daß sie sich in der Mitte des Lebens befinde. »Merkst du nichts davon?« fragte sie, »es kann sein, daß du nichts davon bemerkst. Wenn du ehrlich bist, wirst du verstehen, daß ich mir die Frage stelle: Wozu das alles?«

»Das frage ich mich auch die ganze Zeit«, murmelte ich in den Hörer und war plötzlich so schwer, zu schwer für jede der Säulen, von denen sie jetzt redete. Niemand solle ihr, sagte sie, von den drei Säulen erzählen, auf denen angeblich die Liebe errichtet werde. Wer vom Körperlichen, Seelischen und Geistigen rede, der rede eigentlich vom Körperlichen, vom Finanziellen und vom Lügen.

»Ich will nicht mehr lügen, Lotti, ich will nicht mehr!«

Es war drei Uhr in der Nacht, und ich war glücklich. Denn noch nie hatte ich mich so lebendig gefühlt wie jetzt. Diese Art von Erschöpfung hatte ich mir immer gewünscht. Plötzlich war ich jedoch nicht nur erschöpft, sondern ich fühlte auch eine unaufhaltsame, beklemmende Müdigkeit in mir aufsteigen. Eine unmögliche Müdigkeit. Eine sehr angenehme Müdigkeit, gegen die ich nichts tun konnte. Ich atmete fest durch. Doch war ich zu müde, das Fenster zu öffnen, obwohl ich wußte, daß frische Luft mich eventuell noch hätte retten können. Helenas Stimme war nicht weniger laut, nicht weniger schön, und alles, was sie sagte, wurde immer wichtiger.

Meine Lippen wollten sich gar nicht mehr bewegen. Doch ich bewegte sie, oder? »Dienstag«, murmelte ich, oder etwas Ähnliches. Ich hörte Helena nur noch von fern, konnte ihr nicht mehr folgen, ab und zu schnappte ich noch ein Wort auf, oder waren das Wörter von vorher? Das darfst du ihr doch nicht antun, befahl ich mir, jetzt einfach einzuschlafen. Aber auch dieser Befehl war schon so weit weg, und das Sofa mit der bequemen Kopfstütze so nah. Alles wurde still und stiller.

Erst spät am Vormittag wachte ich auf. Zu meiner Rechten hörte ich ein leises, unaufhörliches Tü-tü-tü. Ich lag auf dem abgenommenen Telefonhörer. Erschrocken sprang ich auf, wußte im ersten Augenblick nicht, was los war. Dieses Tü-tü-tü hatte sich schon einmal in Zusammenhang mit Helena in mein Ohr gefressen, damals, als ihre Eltern den Hörer aufgelegt hatten. Als mir einfiel, was jetzt los war, wurde ich von einer solchen Panik erfaßt, daß ich sofort bei ihr anrief. Zuerst mußte sie erfahren, daß nichts passiert war, dann erst wollte ich mich in meinem Büro melden.

Ich erreichte sie in ihrem Büro. Sie war sehr leise, sehr betroffen, eigentlich nicht sonderlich besorgt um mich, nur voller Selbstvorwürfe. Sie hätte mich überstrapaziert, sie werde sich in Zukunft zurückhalten, vielleicht, murmelte sie, die nächsten Tage gar nicht anrufen, um mir ein wenig Zeit für mich selbst zu lassen. So jedenfalls könne es nicht weitergehen. Es sei ja auch, fügte sie noch hinzu, eine unleugbare Tatsache, daß immer sie mich, und nie ich sie angerufen habe. Sie wolle mir keinen Vorwurf machen, nur könne man doch daraus schließen, daß sie mir nicht nur unsympathisch und unheimlich, sondern bereits auch lästig sei. »Keineswegs, nichts davon, im Gegenteil!« beschwor ich sie und spielte mein Schlafbedürfnis herunter, nur einmal im Monat befalle es mich so extrem. Auch wenn sie sich selbst bezichtigte, spürte ich doch ihre große Enttäuschung über mich, und das tat mir so leid, daß ich am liebsten zu ihr ins Finanzamt gelaufen wäre, was natürlich nicht möglich war, da in den Finanzämtern nicht nur der Ombudsmann von seiner Sachbearbeiterin, sondern auch die Sachbearbeiterinnen von weiteren Sachbearbeiterinnen abgeschirmt werden. Was konnte ich tun? Ihr am Eingang ihres Finanzamtes auflauern? Oder zu Hause vor ihrer Tür? Ich war den Tränen nahe, und als ich nichts mehr hervorbrachte, sagte sie, nicht ohne den Ton eines Gnadenaktes: »Ich ruf dich an.«

In meinem eigenen Büro meldete ich mich für diesen Tag krank. Schließlich mußte ich irgendwann einmal auch meinen Haushalt erledigen, außerdem wollte ich ungestört erreichbar sein. Doch es klingelte nicht. Abends rief ich bei ihr an. Sie erwarte, sagte sie, einen Anruf von Henni, sie müsse die Leitung freihalten, sie werde sich dann melden.

Damals hatte ich noch nicht gewußt, daß ein »dann« ein paar Tage bedeuten kann. Tage des Wartens, der Ungewißheit, des Grübelns. Unruhige Tage. Immer wieder überprüfte ich, ob mein Telefon funktionierte oder vom stundenlang abgenommenen Hörer vielleicht eine Störung erlitten hatte. Sie war mir nicht unsympathisch, nicht unheimlich, nicht lästig. Nur ein bißchen von all dem, das schon. Doch kann man das nicht von allen und allem sagen? Ich wünschte nichts so sehr als ihren Anruf. Wenn sie mich nur bald anrief. Im Büro erledigte ich alles sehr rasch, wollte die Telefonleitung freihalten, war kurz angebunden und hin und wieder schnippisch. Als ich erfuhr, daß mein Chef zu einem Kongreß fahren wolle, kamen mir wieder die Tränen. Er war so rührend gewesen in diesen Tagen, hatte mich scheu beäugt und gemeint, ich sei noch nicht ganz gesund, er werde sich diesmal sein Hotel selbst buchen, er wolle mich nicht damit belasten. Wenn er selbst buchte, fuhr er mit seiner Geliebten, das hatte ich längst herausgefunden. Was hatte Helena gesagt? Lieben sei das Schönste im Leben. Und einen Mann zu lieben, der keine Steuerprobleme habe, das sei der kürzeste Weg in die Katastrophe. Hoffentlich hatte er welche. Eigentlich, dachte ich, müßte ich das seiner Geliebten sagen. Aber eigentlich, dachte ich, will ich gar nicht daran denken. Nichts von all dem denken. Lieben ja, nicht denken. So war ich immer gewesen, und darum hatte ich keine Probleme.
Ich hatte auch jetzt keines. Nach drei Tagen, an denen Helena nicht anrief, pendelte sich alles wieder ein. In aller Ruhe verfaßte ich meine aktivistischen Tierschüt-

zerbriefe, entwarf einige Strategien zur Schließung der Pelztierfarmen, verfaßte eine Liste mit den skandalösen Zuschüssen der Regierung für die Entsorgung von Kälbern, redigierte die Artikel, die mein Chef für die Tierschützerzeitung schrieb, und spürte, wie meine Zufriedenheit hochkroch. Und vor allem, wie meine alte Ruhe wieder einzukehren begann. Warum, fragte ich mich gelassen, hatte sie immer nur telefonieren wollen? Nicht genug Zeit für ein Treffen? Die viele Zeit, die wir telefoniert hatten, hätten wir da nicht zusammen essen können? Sie mochte eben nicht essen, nicht nur kein Fleisch, sondern nichts, und schon gar nicht gemeinsam. Wahrscheinlich brauchte sie den Schutz ihrer eigenen Wände, und ein Telefongespräch war letztlich doch leichter zu beenden als eine Begegnung mit mir.

In dem Augenblick, da es mir ganz natürlich schien, daß wir nicht mehr telefonierten, rief sie an. »Störe ich?«

»Helena! Wie schön, daß du anrufst! Oh, ich freue mich!«

Ich freute mich wirklich. Nicht ganz so, wie meine Stimme jubelte, aber doch, einfach weil ich wissen wollte, wie sie sich fühlte und ob sie inzwischen vielleicht etwas Neues, etwas Schreckliches erlebt habe.

»Ich habe nachgedacht«, sagte sie. »Es tut mir leid. Ich bin unerträglich.«

Ich versuchte, sie zu beruhigen, und es gelang mir sofort.

»Weißt du«, seufzte sie in den Hörer, »so kann es nicht weitergehen. Ich bin vollkommen zugedeckt von allem, ich kann einfach nicht soviel telefonieren, ich schaffe es nicht. Die Zeit, und meine Unerreichbarkeit, und auch wenn es nur Stadtgespräche sind, es läppert sich doch zusammen, ich habe viel größere Ausgaben als du. Du hast kein Kind. Du bist gesund. Du bist jünger als ich. Du hast überhaupt keine Probleme!« schrie sie plötzlich so aufgebracht, daß ich meinte, ihre Nervenenden würden durch meinen Telefonhörer zum Vorschein kommen und wild um sich schlagen. Wir atmeten beide rascher und lauter, ich hörte ihren Puls, sie vielleicht meinen.

»Mein Leben ist nicht leicht«, fuhr sie etwas gemäßigter fort, »sei mir nicht böse, versteh mich, du verstehst, daß ich jetzt nicht kann.«

»Ich verstehe.«

»Es war mir schon zuviel, dieses ewige Telefonieren mit dir. Laß uns ehrlich zueinander sind. Hören wir auf damit.«

Wir beendeten das Gespräch, wünschten uns gegenseitig alles Gute, und meiner Natur entsprechend war ich ihr sogar ein wenig dankbar dafür, daß sie mir eine Wiederholung einer solchen Schlafmisere und meines anschließenden Unglücklichseins ersparte. Trotzdem brach ich in Tränen aus. Es tat mir weh, was sie gesagt hatte, und auch der Gedanke, daß ich ihr wohl doch nicht so wichtig gewesen sein konnte, wie ich geglaubt hatte, tat mir weh, und ich war traurig.

Traurig, daß der Onkel gestorben war, daß mein Vater das Haus in den Bergen verkaufen wollte und wir nicht mehr hinfahren konnten. Auch wenn ich seit damals nie wieder hatte hinfahren wollen, so ist es doch

etwas anderes, wenn man nicht mehr hinfahren kann. Wie traurig, daß nun alles vorbei war. Ich wollte Anteil nehmen an ihr, aber was konnte ich tun, wenn sie sich wieder entzog? Vielleicht, dachte ich, werde ich sie in einigen Tagen anrufen, ihr vorschlagen, gemeinsam spazierenzugehen oder ins Grüne hinauszufahren. Vielleicht aber werden wir nie wieder etwas voneinander hören. Oder erst dann wieder, wenn jemand gestorben ist, nach neunzehneinhalb Jahren.
Ich bin allein, dachte ich ergeben, letztlich ist jeder allein. Hin und wieder erleben wir ein wenig Nähe, aber wir können sie nicht erzwingen, sie ist ein Geschenk, das man nicht einfordern darf.

Ich war imstande, mich auf eine Dimension von weiteren neunzehneinhalb Jahren einzustellen, bis ich wieder etwas von dieser Nähe fühlen würde, doch bereits drei Minuten später war sie wieder am Apparat.
»Lotti«, rief sie, »Lotti! Lotti! Ich hab die Lösung! Ich hab sie!«
Aufgeregt, hell und begeistert rief sie: »Die Lösung!«
Zuerst begriff ich nicht.
»Wir werden zusammenziehen!«
Das war wirklich das letzte, womit ich an diesem Abend noch gerechnet hatte.
»Wir ziehen zusammen, du und ich. Soll ich vielleicht wieder mit einem Mann ...? Ich bin frei! Ich möchte, daß wir das Vergangene vergangen sein lassen.«
Das Vergangene ist immer vergangen, dachte ich, es

kann gar nicht anders. Dennoch fand ich es großartig, daß sie so etwas sagte. Sie, die mit all ihren Kapiteln so schwer am Vergangenen trug.

»Wir sind beide frei. Wir haben beide keine Männer, Henni ist erwachsen, meine Eltern leben auf Mallorca, deine Eltern leben auf dem Land. Wir sind frei, so frei wie kaum jemand auf dieser Welt. Und jetzt sag ich dir die Wahrheit, unsere Wahrheit, Lotti: Wir brauchen nicht mehr die Bestätigung, die man als Frau fühlt, wenn ein Mann uns erobern will. Wir brauchen dieses Erlebnis nicht mehr, zu sehen, wie er sich aufplustert wie ein Pfau. Und wir sind auch nicht mehr bereit, irgend etwas mit irgend jemandem zu haben. Wir können sehr gut ohne Männer leben. Wir sind stark genug, wir sind erfahren genug, wir haben schon genug erlebt. Und wenn wir es recht bedenken, wer käme denn noch in Frage? Die Noblen sind ausgestorben wie die Dinosaurier. Und die Gleichaltrigen wollen jüngere Frauen, und wenn nicht jetzt, dann doch bald. Für jüngere sind wir vor allem Mütter. Und mit einem alten Mann käme nichts als Düsternis und Leiden auf uns zu. In jedem Fall würde es darauf hinauslaufen, worauf es immer hinausläuft: Wir müßten unsere Waffe einsetzen, du weißt, die einzige, die wir wirklich haben. Und nichts bliebe zurück als unsägliche Bitterkeit, Wut und Haß.«

Und auf die große Liebe, dachte ich, auf die große Liebe hofft sie gar nicht mehr? Ist es nicht unerheblich, wie alt jemand ist, wie schön, wie gesund, wie reich, wie verschlagen, wie ehrlich oder unehrlich, und könnte es nicht jemand sein, der alles Liebenswerte in

sich vereint, und bei dem es keine Rolle spielt, ob er seine Steuern zahlt oder nicht, einfach weil er ein wunderbarer Mensch ist?
Helena lachte. »Träumerin!« rief sie, »Glaubst du wirklich, irgend etwas würde bleiben? Willst du zu denen gehören, die aus einem dummen Traum heraus in einen Esel einen Engel hineininterpretieren? Viele Frauen bekommen in meinem Alter die Torschlußpanik. Auch schon in deinem. Dabei haben wir die wunderbare Möglichkeit, das Tor selbst hinter uns zu schließen. Eigentlich«, lächelte sie in den Hörer, »eigentlich wollte ich schon immer mit einer Frau zusammenleben. Versteh mich richtig. Ich brauche niemanden. Es ist nur so schön, mit einem anderen Menschen zusammenzuleben und dabei frei zu bleiben. Mit einem Mann ist das unmöglich. Bei zwei Frauen ...«
Auch wenn ich anders dachte als sie, wenn es mich ehrlich gesagt immer noch freute, von einem Mann umschwärmt zu werden, und ich mich geschmeichelt fühlte, wenn ich einem jüngeren Mann oder einem älteren gefiel und bei einem gleichaltrigen tatsächlich Hoffnungen empfinden konnte und meine Panik nicht der Möglichkeit eines geschlossenen Tores galt, sondern dem ewig offenen, vor dem ich stand und nicht wußte, wohin ich gehen sollte – Helena hatte in allem vollkommen recht. Und daß sie mich dazu auserkoren hatte, mit ihr zusammen recht haben zu dürfen, das verschlug mir vor Rührung die Stimme.
»Sag doch was!« rief sie in den Hörer.
»Ja ...«
»Du wünschst dir das auch, nicht wahr? Du kannst mir

nur guttun, Lotti, immer hast du mir nur gutgetan, auch damals.«

Der grüne Stengel mit dem roten Blütenkopf obenauf, der Blumenstrauß, der aus dem Auto stieg, die drei weißen Brüste, das Fellbett und die Sage von der schönen Helena …

»Hör zu. Ich habe soeben in der Zeitung ein Inserat entdeckt. ›Etage in Villa an kultivierte Inländer zu vermieten.‹ Klingt das nicht wundervoll?«

Wir beschlossen, die Etage gleich am morgigen Sonntag zu besichtigen. Und dann telefonierten wir nicht mehr allzu lange, nur noch zwei Stunden, in denen wir uns unser Zusammenleben ausmalten. Niemandem gefällt die Vorstellung, alt und krank, allein und vollkommen vereinsamt in einer dunklen Wohnung ohne Aussicht das Ende abzuwarten, verlassen, vergessen, ausgeliefert und hilflos. Niemand möchte das Schicksal all jener teilen, die niemand vermißt und die man dann irgendwann tot in ihrer Wohnung auffindet. Helena hat immerhin ein Kind, dachte ich. Sie sagte, ein Kind dürfe man nicht dazu mißbrauchen, es zu haben, ein Kind müsse frei sein, und wenn Henni in Amerika bleiben wolle, würde sie sie nicht daran hindern.

»Immer habe ich mir gewünscht, mit jemandem zusammen alt zu werden«, sagte sie. Sie hatte wirklich recht. Vor kurzem war ich noch sieben gewesen und sie doppelt so alt, dann war ich vierzehn und irgendwann doppelt so alt, und wenn es auch immer länger dauert, bis man wieder doppelt so alt ist, so geht es doch immer schneller.

Helena wollte nicht, daß ich sie zu Hause abholte. Wir trafen uns an der Haltestelle der Straßenbahn. Ich kannte die Strecke sehr genau, denn seit ich im Verein »Rettet die Waschbären« arbeitete, fuhr ich einen Teil davon jeden Tag. Zusammen mit Helena war es jedoch etwas ganz anderes. Uns entzückte alles. Unser Wiedersehen, die Sonnenstrahlen, die Straßenbahn, die Menschen, die nach und nach ausstiegen, der Frühling und sogar die zwei Coladosen, die auf dem Boden hin und her rollten.
Helena nahm meine Hand. »Es ist doch so, Lotti, daß dich keine Männer mehr interessieren? Männer bringen nur Unglück. Männer zerstören alles. Männer sind das tödliche Gift. Und je mehr wir sie lieben, desto giftiger werden sie.«
»Und Frauen?« fragte ich sie.
»Liebe ist immer ein tödliches Gift. Darum ist es einfach klüger, wenn wir uns erst gar nicht mehr einlassen darauf.«
Obwohl ich mir, wie gesagt, noch jeden Mann an meiner Seite und in meinem Herzen vorstellen konnte, sagte ich natürlich: Es sei vollkommen undenkbar für mich, noch einmal mit einem Mann …
»Versprich es mir.«
»Ich verspreche es dir.«
Nicht nur sie bewunderte mich in meinem schwarzen V-Ausschnitt-Kleid und wie ich in meinen Stöckelschuhen defilierte, auch ich bewunderte sie aufrichtigen Herzens. Ich weiß nicht, ob sie seit unserer letzten Begegnung voller geworden war, jedenfalls strahlte sie etwas Blühendes aus. Sie war kein grüner Stengel, son-

dern eine Erscheinung. Diesmal paßte alles perfekt, die lange weiße Hose verdeckte ihre Storchenbeine, und die weiße Bluse leuchtete zusammen mit ihrem hellroten Haar in der Frühlingssonne. Wir waren sozusagen Schwarz und Weiß, und noch nie hatte ich die stundenlange Vorbereitung meiner Erscheinung als so sinnvoll empfunden wie diesmal. Denn es war einfach schön, schön zu sein, ohne damit etwas bewirken zu wollen, einfach schön, für mich und für sie.
Helena duftete, und ihr großer roter Mund flüsterte mir ins Ohr, daß sie sich heute sehr gut fühle, und damit sie sich weiterhin so fühlen könne, solle ich ihr etwas versprechen. Sie schaute mir in die Augen und sagte: »Sag mir immer die Wahrheit, Lotti, versprich es mir.«
Ich versprach auch das.
»Und denk daran, die halbe Wahrheit ist immer noch besser als eine volle Lüge.«
Ich verstand, und leichten Fußes betraten wir das Villenviertel. Die Gartenhecken blühten, und die Vögel empfingen uns mit ihrem Frohlocken. Da und dort bellte ein Hund, da und dort strich ein Kätzchen um die Ecke, und aus einem offenen Fenster tönten jubelnde Stimmen, begleitet von einem wilden Cembalo, das die beiden Stimmen zusammenhielt. Ich lauschte gebannt.

Wir eilen mit schwachen, doch emsigen Schritten
O Jesu, o Meister, zu helfen zu dir.

Mir war, als sei ich es, die jubelte, die hellere der beiden Stimmen war meine, ja es war ein so herrliches

Singen und Klingen, das aus diesem Fenster flutete, die eine Stimme holte die andere immer wieder ein, dann waren sie zusammen, dann wieder die eine, die andere, zusammen …
Helena konnte den Zettel mit der Hausnummer und dem Namen des Vermieters nicht finden. Sie durchwühlte nervös ihre Handtasche, hatte plötzlich die Panik, sie könnte auch ihr Portemonnaie verloren haben. Sie stülpte den Inhalt der Handtasche auf den Gehsteig.
»Diese schreckliche Musik macht mich verrückt! Hörst du, was die singen? Wir eilen mit schwachen, doch emsigen Schritten, hörst du das?« schimpfte sie, »bei offenem Fenster! Und diese Nähmaschine dazu! Ich kenne dieses Geräusch. Meine armen Ohren! Wir eilen mit schwachen, doch emsigen Schritten … Das ist wahr. Aber es macht mich blind, ich seh überhaupt nichts mehr …«
Ihre Stirn, ihre Wangen, ihre Nase, ihre Hände, alles wurde plötzlich alt und hart, Tränen stiegen ihr in die Augen, ihr Mund vereinsamte, nichts leuchtete mehr, und ich hielt den Atem an vor Schrecken, wie schnell sie sich in ein Häuflein Elend verwandeln konnte. Sie habe, klagte sie, all ihre Kreditkarten in ihrem Portemonnaie, Geld, Fahrausweise, einen Glücksbringer, ein unwiederbringliches Foto von Henriette, alles, und wenn sie es verloren habe, dann sei sie am Ende, und zwar ein für allemal.
Das Portemonnaie fand sich, der Zettel mit der Adresse jedoch nicht. Blaß vor Zorn meinte sie, jetzt sei alles verloren. Bis der Zettel wieder auftauchte,

würde die Etage anderweitig vergeben sein. Wahrscheinlich sei es ohnehin dieses Haus mit dieser furchtbaren Musik, das lauteste Haus von allen!
Ich hörte die beiden Stimmen, die immer weiterjubelten, und nach und nach konnte ich immer mehr heraushören, was sie sangen.

Du suchest die Kranken und Irrenden treulich.
Ach, höre! Ach, höre! Ach, höre! Wie wir
Die Stimmen erheben, um Hilfe zu bitten.
Es sei uns dein gnädiges Antlitz erfreulich!

Nicht nur die Musik war die schönste, die ich je gehört hatte, auch das Fenster, aus dem sie drang, gehörte zum schönsten Haus des ganzen Viertels. Der Efeu kletterte die Jahrhundertwände hoch, umwucherte die Erker und wand sich rund um alle Öffnungen. Von zarten, gedrehten Säulen wurde ein kleiner Balkon im ersten Stock gestützt, und das Dach sah aus wie die rostrote Häkelkappe, die mir die beiden Modeschöpfer geschenkt hatten. Im wilden Garten stand ein kleines Häuschen, ein Gartenhäuschen für lustwandelnde Verliebte, ebenfalls von Efeu bewachsen. Da ich etwas so Märchenhaftes, Schönes und Verzauberndes noch nie aus so großer Nähe gesehen hatte, stimmte ich ein in die herrliche Musik und sang leise diese seltsamen Worte mit. Wir eilen mit schwachen, doch emsigen Schritten …
Es war die Hausnummer 72. Sie erinnerte sich jetzt. 72. »Entweder hier oder nirgendwo.« Ich wurde halb ohnmächtig von den überirdischen Klängen dieser Musik. Helena wischte sich die Tränen von den Wan-

gen, gewann allmählich wieder an Farbe, lächelte und drückte sich kurz an mich. »Hör auf mitzusingen«, flüsterte sie, »noch sind wir nicht drin. Aber wenn wir drin sind, dann bleiben wir drin.« Ich sah sie erstaunt an. »Besitzer einer solchen Villa können gar nicht in Ordnung sein«, lächelte sie.

Wir passierten das angelehnte Gartentor, und zum Himmlischen der Musik gesellte sich nun auch noch ein Duft, der meinen Geist einnebelte. Er war mir vertraut, wurde immer stärker. Mir fiel nicht ein, woher ich ihn kannte.

»Läute du, Lotti, und frag nach der Wohnung. Sei klug.«

»Gemeinsam«, stotterte ich.

»Für dich ist es einfacher. Du bist jünger, stärker. Und außerdem, ich fühle mich so dick. Ich hab soviel gegessen.«

»Aber du ...«

Ich solle ihr nicht dauernd widersprechen, sie habe sich soeben zu sehr aufgeregt, sie wisse schon, warum ich läuten solle. »Geh schon«, drängte sie.

Ich eilte mit schwachen, doch emsigen Schritten ... Ja, ich sang schon wieder. Auf der Treppe hinauf zur Haustür winkte sie mich noch einmal zurück. Sie habe sich mit ihrem Namen angemeldet, flüsterte sie hastig, ich solle nicht vergessen, sie zu erwähnen, ich solle sie nicht warten lassen, und wenn wir hier richtig seien, solle ich sie gleich holen.

»Denk daran, Villenbesitzer sind eigenartige Menschen«, zischte Helena zwischen die ausdauernd jubelnden Klänge, streckte ihre magere Hand nach mir aus und flüsterte: »Ich bin so froh, daß ich mich auf dich verlassen kann.« Sie ließ mich los und setzte sich auf die Gartenbank unter einem Magnolienbaum. Sie wippte mit den Beinen. Sie strahlte jetzt wieder, und ich war gerührt über ihre Dünnhäutigkeit. Natürlich hatte sie Probleme. Wenn man kein Elefant ist, sondern mit einem Feuermal am Fuß durchs Leben wandelt, dann verbrennt man sich eben, immer wieder und überall. Während ich ganz einfach auf die Fiji-Inseln fliehen kann.

»Laß mich nicht warten.«

Ich nickte, hörte die Jubelstimmen und stieg wieder die Stufen hoch. Lange Zeit hatte hier niemand gekehrt. Auf der einen oder anderen Stufe wuchs bereits ein kleines Bäumchen, und das Laub vom Herbst, im Winter vermodert, war in die Winkel geweht. Ich mochte diese moosige Romantik.

Neben der Tür entdeckte ich zwei Klingeln. Bei der oberen das Namensschild mit Ludwig Holub, bei der unteren Armin Holub. Eine dritte Klingel gab es nicht, und wie mir schien, auch keine dritte Etage. Ludwig und Armin. Männer. Ich jubelte und überlegte, ob ich ihr das sagen sollte, warf einen Blick auf das Gartenhäuschen, und dann hatte mein Finger auf die Klingel von Armin gedrückt.

Er erschien in der Tür, schaute mir tief und lang in die Augen, dann abwärts bis zur Gegend, wo mein Herz schlägt, und sagte: »Ach.« Ich sah uns beide wie von einer unsichtbaren Hand gegenübergestellt, und so wie man sich bei manchen Menschen hinterher fragt, wie konnte es geschehen, so wußte ich augenblicklich: Es wird geschehen.

»Bin ich hier richtig?« fragte ich. Lächelte.

Natürlich geisterte in meinem Kopf herum, was Helena und ich soeben beschlossen hatten. Kein Mann mehr. Und vor mir stand ein Mann. Nein, dachte ich, kein Mann mehr. Doch wer solche Beschlüsse faßt, der muß nicht nur wissen, warum, sondern auch eine Grenze ziehen können. Das heißt, es muß einen Letzten geben.

Ich hatte einige Erste, aber noch keinen Letzten erlebt. Und das war es auch, warum ich gegen das Unvermeidliche nichts würde tun können. Wie er dieses weltumspannende Ach gesagt hatte, so poetisch, so leidend, so umfassend gekränkt. Er war noch nicht alt, genaugenommen nicht mehr jung, und plötzlich meinte ich, ihn schon einmal gesehen zu haben. Viele Menschen haben Halbglatzen, der Haarkranz von Armin Holub schmückte sein Haupt jedoch wie ein halber Lorbeerkranz, der in der Sonne silbrig schimmerte, und es gefiel mir, wie lang und lockig seine Haare im Nacken wucherten. Seine abstehenden Ohren verrieten ein unruhiges, aufgeregtes Leben. In seinen traurigen dunkelblauen Augen spiegelte sich die ganze Sehnsucht nach allem, was wir Menschen nicht erreichen können, und eigentlich hätte er gar nichts sagen müssen. Denn nicht nur seine Augen sprachen mich an, sondern auch sein sogenanntes sprechendes Kinn. Zu all dem trug er ein graues Hemd und eine schmale hellgraue Krawatte, eine weite schlabbernde, verknitterte Leinenhose, mit Edelweiß bestickte Hosenträger und geflochtene Schuhe, die wahrscheinlich einmal weiß gewesen waren.

Ich dachte daran, was Helena gesagt hatte. Daß jeder Mann wenigstens ein bißchen Goethe ist oder sein will. Doch mir schien der Vergleich mit Goethe viel zu gering. Und plötzlich wußte ich, an wen er mich erinnerte. An den lieben Gott, wie ich ihn mir als Kind vorgestellt hatte. Jedesmal, wenn ich den lieben Gott gesehen hatte, und in meiner Vorstellung war er nie unrasiert gewesen, war er nach einem einzigen Wimpernschlag wieder weg, und nie hatte er mich hineingelassen in seinen Saal. Der liebe Gott, hatte ich als Kind gedacht, ist eben jener, mit dem ich zuletzt werde sprechen können, vorher muß ich mit vielen anderen reden, über alles mögliche, Wichtiges und Unwichtiges, über irgend etwas, bis ich endlich die Antwort bekäme auf die ewige Frage: Wofür habe ich gelebt?

Als Kind hatte ich mir nicht vorstellen können, was ein Priester im Fernsehen jeden Sonntag verkündete: Daß Gott auch in meinem Inneren wohnt. Mein Onkel sagte, der liebe Gott würde sich, müßte er sich verstecken, das Innere des Menschen auswählen, weil man ihn dort am wenigsten vermuten würde. Diese Vorstellung fand ich lustig, dachte aber, das sei nur etwas für Auserwählte, und selbst, wenn ich eines Tages zu diesen gehören sollte, wollte ich nicht daran denken, wie er in mein Inneres gelangen konnte.

Und nun stand er vor mir und sagte: »Ach.« Was für

eine Erregung. Ich folgte ihm durch ein mit Schachteln vollgeräumtes Vorzimmer. Magisch angezogen, ging ich hinter ihm her und fühlte, daß ich ihm überallhin folgen würde, nur um hinter ihm hergehen zu können. Er roch so interessant, und er ging so eigenartig, als wäre er ganz mit seinem Gang beschäftigt. Natürlich, ich war ja hinter ihm, er konnte meinen nicht sehen. Mit diesem Mann zu tanzen, dachte ich, muß lustig sein, aber ihn aufzufangen, wenn er stürzt, unmöglich. Genaugenommen erinnerte er mich nämlich nicht nur an den lieben Gott, sondern auch an ein Faß, und Liebe und Haß wohnen in einem Faß, sagt ein alter Spruch, der immer wahr sein soll.

Wir kamen in einen großen hellen Raum, einst wohl der Salon der Villa. Die prunkvollen, abgewetzten Möbel, die verstaubten Lüster, die verschmutzten Fenster, das alles war genau so, wie man es von einer solchen Villa erwartet. Überwältigt wurde ich von etwas anderem, von etwas, von dem ich zunächst nicht wußte, was es eigentlich war. Ratten? Nein, es war Kunst. Massenweise ein und dieselbe Kunst. Alles war voll von hand- bis armgroßen Frauengestalten, stehende, sitzende, liegende, einzelne und gruppierte, alle nackt, mit großen Brüsten, beeindruckenden Pos und wollüstigen Oberschenkeln. Sie wirkten weich und leicht, und da auch eine Menge unfertiger Püppchen herumlagen, ahnte ich, daß er selbst, Armin Holub, sie schuf.

Ein Künstler, pochte es in mir. Vor Aufregung wußte ich gar nichts zu sagen. Immer schon hatte ich mir gewünscht, einmal einen Künstler aus der Nähe zu

sehen, ihn persönlich sprechen zu hören, einmal die Kunst und den Künstler zusammen zu erleben, nicht in irgendeiner Ausstellung, sondern ich allein, mit ihm allein, am besten bei ihm zu Hause, in seinem Atelier.
Ich solle mich nicht wundern, sagte er, sondern ihn bewundern, auch wenn er noch lebe. Um eine Legende zu werden, sagte er, hätte er längst sterben müssen, denn alle Legenden seien früh gestorben, ob Mozart, Presley, Monroe, Kennedy, Warhol. Für den Ruf eines Propheten habe er jedoch durchaus noch Chancen. Denn er wisse es einfach, daß man die jetzige Zeit später einmal als Wattezeit bezeichnen werde.
»Manche Menschen haben ihre Erkenntnisse immer im nachhinein, ich habe sie im voraus«, lächelte er. Zum Beispiel habe er schon am Beginn seines Schuldienstes gewußt, daß er in Frührente gehen werde, weswegen er ein ehrlicher Lehrer gewesen sei. Wären alle so ehrlich wie er, hätte man das Pensionsalter der Lehrer längst obligatorisch herabgesetzt, denn alle, die den Lehrerberuf ergreifen, wollen möglichst viel Ferien haben und möglichst früh in Rente gehen. Ohne Ehrlichkeit könne man nichts voraussehen, sagte er, und die Künstler, die immer noch mit Stein arbeiten oder mit Bronze oder sonstigen schweren Metallen, seien hochgradige Selbstbetrüger. »Sie wollen etwas für die Ewigkeit schaffen«, meinte er, ein vollkommen absurdes Ansinnen. Heutzutage sei alles leicht und luftig und billig, und weil in Zukunft alles noch viel leichter, luftiger und billiger werden würde, arbeite er mit Watte und Seidenstrümpfen, nicht mit Stein oder Bronze, ja auch Holz oder Polyester sei ihm zu ge-

wichtig. »Ich habe meinen Schülern immer gesagt: Wer heute noch mit Stein arbeitet, der macht es sich zu schwer. Und, habe ich gesagt, wenn ihr glaubt, daß die Frauen keine Macht haben, dann werdet ihr eure Wunder erleben. – Es gibt nur ein Material, aus dem der Korpus sein kann, das ist Watte, und nur ein Material, mit dem man alles zusammenhält, das sind die Seidenstrümpfe von Frauen. Weil es nur eine Macht gibt auf der Welt: das Weibliche.«

Es konnte keinen würdigeren Letzten geben als ihn. Künstler, das hatte ich schon mehrmals gehört, sind die besten Letzten. Entweder weil sie so großartig sind, daß danach kein anderer mehr bestehen kann, oder so unerträglich, daß man nie die Kraft haben wird, sie zu vergessen. Und frühpensionierte Kunsterzieher haben zudem den Vorteil, daß sie dauernd reden und meistens zu laut, wie vor dreißig Leuten, so daß man beginnt, sich nach Stille und Alleinsein zu sehnen, und froh sein kann, wenn es wirklich still geworden ist.

Ich weiß nicht, ob die Tatsache, daß Helena draußen auf der Bank unter dem Magnolienbaum wartete, das Ganze belastete oder noch aufregender machte. Um mit ihr ein Leben zu beginnen, brauchte ich einen Letzten, das war mir inzwischen vollkommen klar. Natürlich konnte dieser Letzte meine Pläne mit Helena auch zerstören, nämlich wenn ich sie zu lange warten ließ. Doch wie sollte ich ihn in diesen Augenblicken, da er mich in das Geheimnis seiner Kunst einführte, etwas so Banales fragen wie: Vermieten Sie eine Wohnung? Was kostet sie? Ab wann kann man

einziehen? Wie viele Zimmer? Schöne Aussicht? Und so weiter. Außerdem suchte er soeben seine Brille, schon seit gestern, sagte er, und ich Glückliche entdeckte sie auf einem Tisch direkt neben mir.
Er nahm sie entgegen, legte sie auf einen anderen Tisch und sagte: »Das ist nur die eine. Ich suche die andere. Ich habe drei. Von allem habe ich drei. Denn eine werde ich nicht finden, eine will ich benützen und eine werde ich vergessen. Ja, ein Mensch mit Voraussicht wie ich weiß einfach, daß er von allem drei braucht.«
Er schaute mir tief in die Augen, mit dem Ach-Blick, der wieder hinunter zur Herzgegend wanderte, und murmelte: »Frauen können so etwas nicht verstehen. Dabei bin ich nicht der einzige, der von allem drei braucht, nur der einzige, der es auch weiß. Es ist doch so. Jede Familie hat drei Autos, jeder Kranke mindestens drei Ärzte, jedes Kind hat heute drei Elternteile, Mutter, Vater und Geliebte, und so weiter. Man spricht nur nicht darüber, nicht wahr?«
Ich verstand.
»Meine Frau …«, hob er an.
Seine Frau? Er hatte eine Frau? Nun gut, ich verstand alles, alles, nur nicht mich selbst. Was ging mich seine Brille an, seine Voraussicht, seine Kunst, seine Frau? Helena wartete draußen, das allein war jetzt wichtig, und ihre Probleme waren groß genug, um meine ganze Aufmerksamkeit in Anspruch zu nehmen. Ich hatte endlich die Chance, einem Menschen wirklich nahe sein zu dürfen, da durfte mich doch kein Mann interessieren, und noch weniger die Frau dieses Mannes,

geschweige denn die üblichen Probleme zwischen Frau und Mann.
Doch leider hatte dieser Armin etwas zu bieten, was mir, so bin ich nun einmal, einfach nicht gleichgültig sein konnte. Er war zwar verheiratet, jedoch von seiner Frau verlassen worden. Und sofort empfand ich so etwas wie Mitleid mit ihm, konnte gar nichts dagegen tun und mußte ihm zuhören. Noch dazu, da seine Frau Illi hieß und die Schachteln im Vorzimmer ihr Hab und Gut enthielten. Er warte immer darauf, sagte er, daß sie sie abhole.
Wir saßen auf dem abgewetzten braunen Ledersofa, er neben mir, die Beine übereinandergeschlagen, die Eierlikörflasche in der Hand, als er mir offenbarte, daß Illi, seine Frau, von ihm verlangt habe, daß er nur sie brauche. Mit dem Ergebnis, daß er jetzt vollkommen einsam sei, Schmerzen habe, nicht mehr arbeiten könne. Das gehe zwar vielen seiner Kollegen so, er könne sich jedoch nicht daran gewöhnen. Denn lange Zeit, sagte er, habe er etwas gehabt, was er dem schrecklichen Lehrerdasein entgegensetzen habe können: die Aussicht auf die Frührente. Und dann, sagte er, habe er dem schrecklichen Frührentnerdasein seine Kunst entgegengesetzt. Doch was, klagte er, könne er jetzt seiner schrecklichen Kunst entgegensetzen?
Ich nickte.
»Seit Illi fort ist«, hüstelte er, »ist alles aus. Ich habe immer geahnt, daß sie fortgehen wird. Wie die Selbstmörder, die dauernd von ihrem Selbstmord reden, so ist auch meine Frau, die ihr Fortgehen jahrelang angekündigt hat. Von früh bis spät hat sie von nichts

anderem mehr gesprochen. Sie sagte immer, daß ich alles dazutue, daß sie eines Tages fortgehen wird. Ein Selbstmörder bringt sich dann wenigstens selbst um. Jemand, der fortgeht, bringt den anderen um. Schauen Sie mich an. Sie sind seit Wochen die erste, die an meiner Tür geläutet hat. Denn seit Illi fort ist, kommt niemand mehr. Keine Käufer, keine Interessenten, nicht einmal mehr Neugierige, geschweige denn jemand von einem Museum. Verstehen Sie?«

»Ich verstehe, ich verstehe alles«, nickte ich berührt von soviel Offenherzigkeit.

Er füllte zwei schmutzige Gläschen mit Eierlikör und reichte mir eines. Ein schönes Gläschen, ich meine, wie er es mir reichte, war schön, und daß ich jetzt etwas in der Hand halten konnte, machte mich mutig.

»Wie lange sind Sie verheiratet?« fragte ich.

»Interessiert Sie das?«

»Ich interessiere mich für alles«, lächelte ich, »und für so etwas ganz besonders.«

»Für Probleme?« fragte er. »Eigenartig.«

»Probleme sind mein Lieblingsproblem«, lächelte ich.

Er zog die Augenbrauen hoch und flüsterte: »Ach ja? Dann sind Sie hier richtig.« Und von da an war er dem lieben Gott noch ähnlicher.

Mein ganzes Leben wäre anders verlaufen, hätte Helena mich nicht allein läuten lassen, auch ihr ganzes Leben, sein ganzes Leben, das Leben aller. An diese uralte Philosophie mußte ich denken, als die Musik in der oberen Etage verstummte. Armin warf einen Blick gegen die Zimmerdecke und seufzte.

»Liebende Frauen«, sagte er, »sind wie ein Würge-

band. Liebende Männer übrigens auch. Sie zerstören alles. Spätestens nach acht Jahren gehen zwei Ungeheuer aus dieser Liebe hervor.« Er lehnte sich zurück und erzählte, seinen Schülern habe er immer gesagt, wenn einer von ihnen unter die Gesetzgeber gehe, dann solle er als erstes ein Gesetz entwerfen, nach dem jede Ehe nach acht Jahren wieder geschieden werden müsse. Wer dann noch zusammenbleiben wolle, könne erneut heiraten. Ein solches Gesetz würde viel Kummer und Leid ersparen, man würde sich nicht erst trennen, wenn alle zutiefst verletzt worden seien. Illi und er, sagte er, seien nicht acht, sondern achtundzwanzig Jahre zusammen gewesen, und während dieser ganzen Zeit habe nur ein einziger seiner Schüler eine juristische Laufbahn eingeschlagen und habe, sagte er, in alter Anhänglichkeit an seinen Kunstlehrer, tatsächlich ein solches Gesetz entworfen. »Aber bis in unserem Land ein Gesetz verabschiedet wird, dauert es weitere achtundzwanzig Jahre«, klagte er, »und bis dahin wird es noch Hunderttausende von zerrütteten Ehen geben.«
Ich war froh, daß er nur sich nachschenkte und nicht daran dachte, auch mein Gläschen erneut zu füllen. Denn erstens war ich ohnehin schon berauscht, wenn auch nicht vom Alkohol, und dann ist es gut, wenn Letzte nicht allzu zuvorkommend sind, noch dazu, wenn es ein kurzer Letzter sein sollte, denn draußen auf der Bank unter dem Magnolienbaum …
Er habe immer gewußt, daß seine Frau eine Furie werden würde, schon als er sie geheiratet habe. »Sie war sehr jung«, seufzte er, »jung und schön und reich, und

man hätte meinen können, sie würde immer so bleiben. Doch als Künstler sieht man alles. Glauben Sie mir, an ihren Augenbrauen habe ich gesehen, daß sie einmal ein unmögliches Gesicht bekommen würde, und ihr Rücken, verstehen Sie, nicht ganz gerade, und ihre Oberschenkel, na ja. Aber ich liebe kleine Fehler, ich liebe all das, was eine Kreatur unverwechselbar macht, und ich habe meinen Schülern immer gesagt: Makellosigkeit ist absolut uninteressant. Makellosigkeit tötet unsere Phantasie, macht uns stumpf und arm. Und ich schwöre Ihnen: Es war nicht Illis Alter, das für mich ein Problem geworden ist. Mit jungen Mädchen kann ich sowieso nichts mehr anfangen, ich wüßte nicht, was ich mit ihnen reden sollte. Sie haben keine Ahnung von den Problemen, die ein Mann wie ich hat, und ich habe keine Ahnung von den Problemen, die eine Neunzehnjährige quälen.«
Er runzelte die Stirn. »Ich hätte Illi nicht verlassen. Sie konnte es jedoch nicht verstehen, daß ich ein Künstler bin und von allem drei brauche. Noch dazu, wo ich ein Frührentner bin.«
Ich nickte. Lächelte.
»Ich habe meinen Schülern immer gesagt, das Problem ist nicht, daß man bekommt, was man sich wünscht. Das Problem ist, daß man damit dann nicht umgehen kann. Ich werde Ihnen erklären, was das Problem ist.« Er deutete auf den dünnen weißen Vorhang, der einen der beiden Erker umspannte. »Ich brauche meine Frau. Ich weiß einfach nicht, was ich tun soll, jetzt, wo sie fort ist.« Er stürzte den Eierlikör wie Wasser hinunter. »Nicht, daß ich sie, Illi, brauche. Aber ich brau-

che sie für meine Existenz, verstehen Sie. Für mein Geschäft. Kunst hin, Kunst her. Ich bin ein ehrlicher Mensch. Und ich weiß ebenso gut wie Sie, daß sich kein Mensch für die Kunst interessiert. Das ist die nackte Wahrheit. Doch für meine nackte Illi haben sich alle interessiert. Aus der ganzen Stadt sind sie gekommen, um das Modell meiner Kunst hinter dem Vorhang zu sehen. Ich habe meinen Schülern immer gesagt: Nicht darauf, was ihr macht, kommt es an, sondern darauf, wie ihr es schmackhaft macht. Ich habe genau gewußt, wie ich meine Kunst schmackhaft machen muß. Mit der Präsentation meines Modells hinter dem Vorhang. Jeder wollte das sehen. Auch meine Schüler. Die nackte Frau ihres ehemaligen Kunstlehrers zu sehen bedeutete für sie …«
Er hustete. »Sie können sich vorstellen«, hustete er, »das war noch mehr, als wenn sie mich selbst nackt gesehen hätten. Meine Schüler haben mich gefürchtet, zu Recht. Aber sie werden ihren Kindern nicht sagen: Wenn du dich vor jemandem fürchtest, dann stell ihn dir in der Unterhose vor. Sie werden ihren Kindern sagen: Wenn du dich vor jemandem fürchtest, dann stell dir seine nackte Ehefrau vor. Die nackte Illi, eine reife Frau von fünfzig Jahren, wie gesagt eine Furie, die als Modell meiner Kunst hinter dem Vorhang posiert, natürlich sprach sich das herum. Und darauf, verstehen Sie, nur darauf kommt es in der Kunst an. Daß sich etwas herumspricht, egal was.«
»Und Ihre Frau«, fragte ich erstaunt, »hat über sich herumsprechen lassen?«
»Na ja«, sagte er, »sie hat sehr gut dabei verdient. Um-

satzbeteiligung. Je länger sie hinter dem Vorhang posierte, desto teurer wurde meine Kunst. Die Preise stiegen mit jeder Minute. Und wenn sie ihre nackte Zehe unter dem Vorhang hervorstreckte oder gar den ganzen Fuß – ein Exemplar kostete dann soviel wie, na ja, soviel wie, Sie wissen schon. Und solange Illi da war, kamen alle meine Kunden wieder, und sie kauften, kauften!«

Ich nickte, dachte natürlich an Helena, wie sie gesagt hatte, alles geht, die Liebe, die Jugend, die Schönheit, die Zähne, die Potenz, die Hoffnung, die Zeit, nur eines, hat sie gesagt, eines bleibt: das Finanzamt. Deswegen, würde ich zu ihr sagen, habe ich mich so lange in dem Haus aufgehalten, um herauszufinden, ob der Mann in Ordnung war oder nicht. Schon aus Prinzip würde Helena das als erstes wissen wollen.

»Illi ist eine starke Frau. Sie sehen, allein ihre Formen, ihr ganzer Körperbau. Sie war sich nicht zu gut«, fuhr er fort, »nur ich war ihr zu schlecht.«

Er ist, das fühlte ich jetzt noch sicherer, wirklich der beste Letzte von der ganzen Welt.

»Sie sind wirklich die erste, die seit Illis Fortgehen geläutet hat«, wiederholte er noch einmal, rückte ein wenig näher und lächelte. »Und die erste, der ich meinen Kummer erzähle. Weder als Lehrer noch als Künstler kann man seine Kümmernisse erzählen. Und einem Frührentner hört man schon gar nicht zu. Wirklich, Sie sind die erste.«

Ich weiß nicht warum, aber ich hatte plötzlich das Bedürfnis, mich ihm vorzustellen. »Verein Rettet die Waschbären«, sagte ich, »Aktivistin.«

»Wen wollen Sie retten?« fragte er. »Was sind Sie?«
Ich bemühte mich, das Gandhi-Zitat richtig wiederzugeben, verhaspelte mich aber und sagte, daß man die Größe und den moralischen Fortschritt eines Tieres daran messen könne, wie es sein Land behandelt ...
Er schloß die Augen. Ich sah, daß sie unter den geschlossenen Lidern hin- und herrollten. Dann erhob er sich langsam, nickte, öffnete seine Augen und sagte, Mahatma Gandhi sei nicht nur ein großer Philosoph gewesen, sondern auch ein Mann. »Nur ein Mann weiß, wovon er spricht, wenn er darüber spricht. Frauen sind imstande, eher die Tiere zu schützen als den Mann vor dem Tier.« Er setzte sich wieder, beugte sich sehr nah an mein Ohr und flüsterte: »Daß Illi fortgegangen ist, das ist nur das eine Problem. Das eigentliche Problem ist ein ganz anderes.« Er starrte vor sich hin. Dann starrte er mich an. Dann den Boden. »Das eigentliche Problem ist, daß nach ihr keine mehr kommen kann.«
Ich legte meine Hand auf seine Schulter. »Aber, aber«, lächelte ich.
»Kann nicht«, beharrte er.
»Kommt Zeit, kommt Rat.«
»Das haben meine Kollegen auch immer gesagt. Doch meine Kollegen lügen. Alle Lehrer und alle Künstler lügen. Ich allein sage die Wahrheit, und die lautet: Kommt Zeit, kommt«, er stockte, dann seufzte er: »Kommt Zeit, kommt nichts.«
»Aber eine, eine letzte wird doch noch kommen.« Sie ist schon hier, wollte ich sagen, traute mich aber nicht.
Er schüttelte den Kopf. »Nicht für mich. Es kann nicht sein.« Und nach einer Pause: »Ich kann nicht.«

»Sie werden es verwinden, Sie müssen es nur versuchen«, wollte ich ihn trösten.
»Sie verstehen mich nicht«, hüstelte er. »Ich bin Ihnen nicht böse deswegen. Ich meine nur: Kommt Zeit, kommt nichts.«
Ich war gerührt, daß er, wie ich meinte, Illis Fortgehen nicht verwinden konnte. Denn viele Männer atmen nur auf, sind erleichtert und froh. Wie schön er ist, dachte ich, wie schön, daß er nicht so ist …
In diesem Augenblick ertönte in der oberen Etage wieder das Cembalo, jedoch nicht so wie vorhin mit dieser himmlischen Musik, sondern so, als würde ein Kätzchen vom Deckel auf die Tasten springen und von den Tasten polternd auf den Boden fallen. Und wieder hinauf und wieder von vorn. Ich hörte eine helle Stimme und eine dunkle, aber es waren andere als vorhin. Schritte. Schwache, doch emsige. Nein, eilige, als liefe jemand hinter jemand anderem her.
Armin Holub warf einen Blick gegen die Decke, begann, mit beiden Händen zu fuchteln, hielt sich die Ohren zu, bekam ein schmerzverzerrtes Gesicht, fuchtelte wieder und schnaubte: »Hören Sie? Hören Sie das? Das ist Ludwig, mein Halbbruder. Und Sie hören, was er tut? Hören Sie? Sibylle, seine Frau, ist noch kein Jahr tot, und hören Sie, hören Sie es?«
Er hielt sich die Ohren zu. »Er ist ein Casanova«, rief er. »Ihm gefallen alle. Ich habe meinen Schülern immer gesagt: Der große Casanova ist nicht jemand, der allen Frauen gefällt, sondern jemand, dem alle Frauen gefallen. Er hat so viele, weil er nicht wählerisch ist. Doch daß er jetzt, nach nicht einmal einem

Jahr, schon wieder anfängt damit … Illi ist jetzt fast ein Jahr lang fort, und ich würde nie, ja ich denke nicht daran. Noch dazu, wo Ludwig und ich beschlossen haben, damit aufzuhören. Wir haben gesagt: Ende schlecht, alles schlecht. Und was macht er? Hören Sie, was er macht? Nach nicht einmal einem Jahr!«
Er warf mir einen düsteren Blick zu. »Schließlich sind wir auch nicht mehr die Jüngsten, er und ich. Und es ist lächerlich. Verantwortungslos. Gefährlich. Es ist ekelhaft, gemein, es ist tierisch, triebhaft und dumm!«
Ich bildete mir ein, daß er, nach vorn auf seine Knie gesunken, wie er jetzt war, weinte. Zumindest dachte er nach.
»Wir haben auch beschlossen, damit aufzuhören«, flüsterte ich und streichelte seinen Rücken.
Er schaute mich erstaunt an. »Wer wir?« fragte er.
»Meine Freundin und ich.« Ich sagte nicht, daß sie im Garten wartete, aber ich sagte: »Sie denkt genau wie Sie.« Ich lächelte ihn an und streichelte in der Luft über seinen Lorbeerkranz. »Meinen Sie nicht auch, daß man es schön beenden soll? Ich meine«, er schaute mich immer noch so erstaunt an, »ich meine«, ich brachte es nicht heraus. »Mahatma Gandhi sieht keinen Unterschied der Seelen von Mensch und Tier. So wie du die Menschen behandelst, so sollst du zu den Tieren sein.« Ich wollte sagen, daß ich nicht nur die Tiere schützen wolle, sondern auch die Menschen.
»Die Tiere schützen uns Menschen nicht. Und es ist nicht wahr, was man uns von den Tieren verspricht. Um die Wahrheit zu sagen: Ich wurde betrogen. Unglaublich hereingelegt.«

Ich schmiegte meinen ganzen Arm um seine Schultern und fühlte durch sein graues Hemd, daß er zu schwitzen begann.
»Illi hatte recht. Sie hat gesagt: Ich lasse dich allein mit deiner …« Er stockte. »Ich lasse dich allein mit deiner …« – wieder stockte er. »Mit deiner Umtata«, sagte er.
Ich schaute ihn fragend an.
»Ich lasse dich allein mit deiner Umtata, hat sie gesagt.«
»Umtata?«
»Bitte nehmen Sie das nicht in den Mund. Es ist mein Problem. Allein meines. Sie hören ja, nicht einmal der eigene Halbbruder im selben Haus bringt das Taktgefühl auf, darauf auch nur ein bißchen Rücksicht zu nehmen. Und nicht nur, daß er keine Rücksicht nimmt, er findet auch immer wieder eine, mit der er rücksichtslos sein kann. Gegen mich, gegen seine tote Frau, gegen jede lebende Frau, gegen die ganze Welt. Und dabei wollen wir mit Frauen nichts mehr zu tun haben, wie ich Ihnen bereits gesagt habe.«
»Vielleicht«, flüsterte ich, »möchte er ganz einfach noch ein letztes Mal, ich meine, ehe er das Gelöbnis hält. Ein Mal noch.« Das Geräusch verstummte. Er lauschte, ich lauschte – es war vorbei.
»Sie entschuldigen mich für eine Sekunde«, sagte er, erhob sich und verließ den Raum.
Verwirrt blieb ich auf dem Sofa zurück. Hatte ich ihn verletzt? Heute weiß ich natürlich, was er mit »Umtata« meinte. Der arme Mann. Damals verunsicherte mich dieser Ausdruck, und mehr noch sein seltsames

Verhalten. Das Unvermeidliche hatte doch bereits in der Tür begonnen, und warum tat er so, als könnte es doch vermeidbar sein?
Die Sekunde zog sich. Jede Sekunde, die ich wartete, mußte auch Helena warten. Ich zückte meinen kleinen Taschenspiegel und mußte lachen, als ich mich darin erblickte. Ich weiß nicht, warum, aber die ganze Zeit hatte ich immer Helena an meiner Stelle hier sitzen sehen, als wäre ich so zart wie sie, so blaß und geheimnisvoll, mit grünen Augen und diesem riesigen roten Mund. Kein Mann mehr, dachte ich, als ich mich im Spiegel sah. Besser, man weiß das zu früh als zu spät. Sonst passiert es am Ende, daß man eines Tages den Postboten für einen Liebhaber hält, so wie es mir jetzt schon passierte, daß ich den ersten, den ich nach meinem Beschluß mit Helena antraf, als meinen letzten erkor, und dieser letzte, sagte ich mir, wird der erste sein, den ich Helena verheimlichen muß, auch wenn wir uns versprachen, nicht zu lügen. Der erste und letzte, dachte ich und konnte mir nicht erklären, was er so lange tat? Vielleicht wäre es doch besser gewesen, ihm zu sagen, daß meine Freundin draußen, unter dem Magnolienbaum, auf der Gartenbank in Anbetracht dieser Villa mit Sicherheit an nichts anderes dachte als ans Finanzamt …
Endlich hörte ich die Klospülung, und dann war er wieder da. Er sah unglücklich aus, zerschlagen, fummelte an seiner hellen Leinenhose herum, ein anderer Mensch als der, der mir die Tür geöffnet hatte.
»Ich hätte Ihnen das nicht sagen sollen«, murmelte er.
»Aber natürlich, alles, ich bin für alles«, lächelte ich.

Es war, als hätte er eine Wand zwischen uns aufgestellt, und ich fühlte, daß es mir weh tat.
Er blickte gegen die Zimmerdecke. »Ich werde mit ihm reden. Wenn das so weitergeht, dann muß ich meine Pläne ändern.« Er setzte sich neben mich, jetzt wieder sehr nah, und zu meiner großen Überraschung legte er für einen Augenblick seinen Kopf auf meine Schulter. »Wissen Sie«, sagte er, »was das für einen Mann wie mich bedeutet, für einen Künstler, müssen Sie wissen, wenn er ...«, er stockte, »wenn er diese Sache ...«, er stockte wieder, »die Sache mit der Umtata hat?«
»Ich kann es mir vorstellen«, sagte ich ohne die geringste Ahnung, was er meinte.
»Dann sollten Sie sich nicht gerade mich aussuchen«, klagte er.
»Natürlich. Gerade Sie. Ich fühle es. Sie sind mein ...«, jetzt stockte ich, »mein letzter.«
Er setzte sich auf und schaute mir tief in die Augen, so daß ich mich in seinem dunklen Meer spiegelte. »Ihr letzter?« funkelte er erstaunt. Die Wand war wieder fort. Er nahm meine Hand, legte sie in seinen Schoß und sagte: »Als Tierschützerin wissen Sie wahrscheinlich, daß die Rhinozerosse und die Tiger vom Aussterben bedroht sind.«
Ich nickte.
»Auch durch meine Schuld«, murmelte er. »Denn ich habe mich überzeugen lassen, daß mir das Pulver des gemahlenen Horns des Rhinozerosses helfen wird. Man sagt, es bringe dem Mann die Manneskraft zurück. Ich habe Unsummen ausgegeben für ein paar Gramm von

diesem gemahlenen Horn. Illi hat gleich gesagt, daß es nichts nützen wird. Aber mein Guru schwor darauf. Bis ich mich mit ihm zerstritt. Dann trank ich wieder das frische Blut wilder Stiere. Hat auch nichts geholfen. Wurde nur schlechter alles. Kräuter, Hormone, dann nach Amerika zur Kälteschockbehandlung, Vitamine … Sie machen sich keine Vorstellung.«
Jetzt begann ich, mir eine Vorstellung zu machen. Und jetzt konnte ich wirklich nichts dagegen tun, daß Helena noch ein wenig warten mußte. Es war ganz still geworden im Haus, anzunehmen, daß der Casanova sein Opfer bereits wieder hinauskomplimentiert hatte. Nicht so mein Armin. Er nahm meine Hand und küßte sie. Er schwitzte. Er sei, sagte er, so aufgeregt, denn all das habe bisher nur Illi von ihm gewußt, weswegen es für ihn ja so schwer sei, daß er sie verloren habe. Doch jetzt sei es schon einerlei, jetzt könne ich auch den Rest erfahren.
»Ich habe«, sagte er, »meinen Schülern immer gepredigt, daß sie nicht aufgeben dürfen. Das Leben, habe ich immer gesagt, ist voll von Problemen, aber man darf nicht aufhören zu kämpfen.« Er schaute mich an. »Und auch ich höre nicht auf. Ich tue alles. Ich bin nach Indien gefahren, um einen Heiler aufzusuchen, von dem man sagt, er würde Wunder wirken. Er legte mir seine Hand auf die Stelle. Es wurde warm, ich fühlte mich gut, doch zurück in Europa sagte man mir, es sei nicht besser geworden. Ich fuhr wieder nach Indien, mein Guru blinzelte. Er faltete die Hände und sagte, dann gäbe es nur noch ein Mittel, das wirklich hilft.«

»Eine Frau?« fragte ich erwartungsvoll.

»Nein.«

Ich schaute ihn fragend an.

»Sie wollen es wirklich wissen?« Er hielt meine Hand so fest, daß es mir weh tat. Ich nickte.

»Wirklich?«

»Bitte.«

»Ich aß den Penis eines Tigers. Roh.«

Ich bekam glasige Augen, und auf einmal war mir alles klar. Nur eines nicht. Wie kann man den Penis eines Tigers essen? Roh?

»Es hat geholfen«, sagte er. »Mehr als alles andere zusammen.« Nach einer kurzen Pause fügte er hinzu: »Jedoch nicht so sehr, wie ich es erwartet habe. Es blieb etwas zurück. Inzwischen freilich ist es wieder schlechter geworden. Ich müßte noch einen essen. Leider habe ich nicht soviel Geld, um jedes Vierteljahr einen Tigerpenis essen zu können. So wie bei allem, das wirklich hilft, zahlt die Krankenkasse nichts dazu. Ja nicht einmal von der Steuer kann man einen Tigerpenis absetzen. Ich muß das alles aus eigener Tasche bezahlen, Sie verstehen, darum brauche ich Käufer für meine Kunst. Wenn ich zu meiner Rente nichts dazu verdiene, dann bin ich verloren.«

Du armer Mann, dachte ich, und es war vollkommen klar, daß ich jetzt nicht aufstehen und nach der Wohnung fragen konnte. Im Gegenteil, ich mußte sitzenbleiben, einen Trost finden, etwas, was ihn aufbaute, seelisch, körperlich …

»Dabei muß man froh sein«, sagte er, »wenn man nur das hat, was ich habe. Ich kann selbständig gehen, kann essen, sehen, reden, ich kann mit meinen Händen machen, was ich will, und denken, was ich will. Man muß froh sein, wenn man noch ein Mensch ist, wenn auch schon kein ganzer Mann mehr.«

Ich nickte und war so berührt, daß ich seine Hand nahm und sie an meine Lippen führte. Er ließ es geschehen, und ich spürte, daß seine Hand ganz leicht zu zittern begann, was mich noch mehr rührte.

»Das alles«, flüsterte er mir ins Ohr, »ist unser Geheimnis, ja? Niemand auf der Welt soll wissen, daß ich diese Krankheit habe. Das würde Illi in ein noch schlechteres Licht rücken. Und das möchte ich nicht.« Und jetzt küßte er mir die Hand.

Noch nie war ich mit jemandem mit einem Handkuß per du geworden. Und es waren ja auch keine gewöhnlichen Handküsse. Nicht solche, mit denen man als Mann seine guten Manieren beweisen will und als Frau aus Wut in einen männlichen Finger beißt, sondern wirkliche Küsse auf die Innenfläche der Hand, dort, wo die Lebenslinien laufen. Es waren Liebesküsse, die mich so sehr erregten, daß ich nichts mehr sagen konnte.

»Ich möchte nicht, daß man schlecht spricht über meine Frau. Über Tote spricht man ja auch nicht schlecht«, fuhr er etwas verwirrt fort. Er deutete gegen die Zimmerdecke. »Sibylle hieß Ludwigs Frau. Wäre sie nicht gestorben, Illi wäre auch noch da, davon bin ich überzeugt. Ich habe gesagt, daß ich von allem drei brauche.« Er flüsterte mir ins Ohr: »Illi und Sibylle haben sich zutiefst geliebt und zutiefst gehaßt. Ich sage dir die Wahrheit.«

Ich spürte seinen Atem auf meinem Haar.
»Auch Sibylle trat hinter dem Vorhang auf. Na ja. Ich habe jeder gesagt, daß sie mein einziges Modell sei. Aber sie wußten voneinander. Alles in einem Haus, was hätte ich machen sollen?« Er küßte nochmals meine Hand. »Darum hab ich mir die dritte außer Haus gesucht, du verstehst. Sie war die ehrlichste von allen. Sie sagte, ich sei ein Mann, der beste, den sie je erlebt habe. Als ich zu ihr kam und sagte, jetzt bin ich ein Mensch, hat sie mich hinausgeworfen.«
»Unglaublich«, seufzte ich sehnsüchtig. »Ich könnte das nicht.«
»Wirklich nicht?« fragte er mit dem Ach-Blick.
»Niemals.« Ich war ganz sicher.
Plötzlich packte er mich am Arm, drückte mich aufs Sofa und murmelte, daß ihn nur eines interessiere. Nämlich ob ich, an Stelle von Illi und Sibylle, hinter dem Vorhang posieren würde? »Du mußt gar nichts tun. Nur nackt sein und manchmal die Zehe, manchmal den Fuß unter dem Vorhang hervorstrecken. Und dann teile ich mit dir, so wie ich mit Illi geteilt habe. Ich teile immer mit den Frauen.« Er lächelte. »Ein hübsches Nebeneinkommen. Und es kann uns gar nichts passieren. Denn die Käufer meiner Kunst können sowieso keine Rechnungen gebrauchen. Stell dir vor, ihre Ehefrauen würden das sehen. Wenn eine Ehefrau erfährt, daß ihr Mann für ein solches Püppchen ein paar Tausender ausgegeben hat, dann ...«, er lachte, »dann wird sie sofort zu kontrollieren beginnen, ob er auch das Sextelefon benützt und wer weiß welche Nummer immer wieder wählt, sie wird alle

seine Taschen durchsuchen, all seine Schubladen, ja seinen ganzen Untergrund wird sie durchstöbern, so lange, bis sie genügend Beweismaterial gefunden hat dafür, daß es ein Gesetz geben sollte, daß jede Ehe nach acht Jahren wieder geschieden werden muß.
Nun?« fragte er. »Bist du bereit?«
Im ersten Augenblick war ich erschrocken, dann fühlte ich mich ein bißchen beleidigt, und dann fand ich dieses seltsame Angebot das natürlichste von der Welt, viel natürlicher als meine Idee vom Letzten oder Ersten. Ein klares Geschäft ist immer viel natürlicher als irgendwelche Hintergedanken oder rein gefühlsgelenkte Schnapsideen, das wußte selbst ich, obwohl ich bisher über mein Einkommen an meinem Arbeitsplatz hinaus noch nie an Geschäfte gedacht hatte. Wie hatte es mir in den Sinn kommen können, ihn einfach verführen zu wollen?
»Ich werde es mir überlegen«, lächelte ich.
Augenblicklich verfinsterte sich sein Gesicht. »Ach so«, murmelte er enttäuscht »Überlegen. Es war nur ein Angebot.«
Dieses Ach-so klang wie das Brummen eines zutiefst frustrierten Herrschers eines anderen Planeten. Hatte nichts mit seinem ursprünglichen »Ach« zu tun. Es war eindeutig: Ich hatte einen Fehler gemacht.
Überlegen. Männer wollen nicht, daß eine Frau etwas überlegt. Noch dazu, wo ich soeben noch so einladend dahergeredet hatte. Jetzt dachte er gewiß, ich spiele mit ihm. Männer denken das immer, wenn man nicht gleich ja sagt zu ihren Angeboten. Hätte ich nur ja gesagt, einfach ja. Ich hätte es dann nicht tun müssen.

Nackt hinter dem Vorhang die große Zehe hervorstrecken, und das nicht für ihn, sondern für irgendwelche Kunden seiner komischen Wattepüppchen. Wirklich sehr eigenartig. Ich hätte auf einer Generalprobe mit ihm allein bestehen können, und dann hätte alles anders werden können, als er sich das dachte, und dann wäre er in meiner Hand gewesen, nicht nur für einen Kuß, nein, er als Ganzes.

Aber nein. Arrogant und blasiert und dümmlich und hart hatte ich gesagt: Ich werde es mir überlegen. Ohrfeigen hätte ich mich können für mein Zögern und Zaudern. Begegnete meinem Letzten, hatte überhaupt keine Zeit und wollte es mir überlegen.

»Wo ist meine Brille?« fragte er mürrisch. »Ich kann sie nicht finden.« Er meinte natürlich die andere. Ja, ich hatte ihn beleidigt. Solange man sie hat, ist die Potenz ganz selbstverständlich. Erst wenn man sie nicht mehr hat, wird sie zum allumfassenden Thema, und alles, was darum kreist, ist eine Beleidigung. Auch die Brille ist, solange man sie hat, einfach da, und wenn man sie nicht hat, ist ihr Fehlen eine Beleidigung. So hat man immer ein Problem im Leben, dachte ich, denn man verliert immer. Verliert eine Chance, verliert einen Menschen, verliert an Stärke, an Kraft, täglich verliert man zigtausend Gehirnzellen, darum verliert man auch seine Brille, und das Gefühl für die Zeit und dafür, im richtigen Augenblick das Richtige zu tun.

Immerhin hatte ich das Glück, daß ich in aller Ruhe mit Helena zusammenziehen konnte ohne eine volle Lüge. Zwar würde ich ihr nicht sofort von Armin Holubs Angebot erzählen, also nur die halbe Wahrheit, aber eigentlich konnte sie ruhig die ganze wissen. Es änderte gar nichts für sie und mich. Im Gegenteil. Es zeigte, daß ich ihre Idee, nichts mehr mit Männern zu tun haben zu wollen, ernst nahm, wenn auch im Augenblick das Gegenteil in mir pochte. Hätte ich nur, und hätte ich nur nicht, hämmerte es in meinem Herzen.

Die Abendsonne beleuchtete eine Wand des Gartenhäuschens draußen, und da sah ich, zwischen allerlei Unkraut, im Schutz der beleuchteten Wand, weiße, rosa und blaue Hyazinthen blühen. Es waren viele, nicht zu zählen. Ihr Duft war es gewesen, der mich hier empfangen hatte.

»Kennst du die Geschichte der Hyazinthen?« fragte ich ihn. Ich wollte ihm die Geschichte erzählen, doch für ihn war es wichtiger, daß ich erfuhr, daß er einmal wöchentlich in verdünnter Löwenzahnmilch bade, die angeblich potenzsteigernd sei. Nach jedem dieser Bäder merke er eine gewisse Veränderung, könne jedoch noch nicht sagen welche.

Wie gut, daß er jetzt wieder so weiterredete, als sei nichts gewesen. Es war ja auch nichts, leider. Was nicht ist, das kann noch werden. Mit dieser Binsenweisheit tröstete ich mich über meine Feigheit und die dadurch entstandene Ferne hinweg und lächelte wieder, innerlich. Auch ein Letzter kann letztlich ein bißchen warten, und ich war sicher, er würde an mich denken. Auch ein Letzter kann sich ein bißchen anstrengen, ein bißchen bemühen um mich. Ohnehin gab es nichts mehr daran zu rütteln, daß er mir ans Herz zu wachsen begann. Und plötzlich hatte ich das seltsame Gefühl, als gehörte mir die ganze Welt, und in dieser Stimmung verließ ich, irgendwann bei Sonnenuntergang, beflügelt von allen aufgeregten Geistern, das Haus. Kaum war ich draußen, stellte ich erstaunt fest, daß ich nun wirklich nicht nach der Wohnung gefragt hatte.

Natürlich saß sie nicht mehr unter dem Magnolienbaum auf der Gartenbank. Es war Abend geworden und kühl. Ich durchstreifte das Cottage-Viertel in der Meinung, sie würde sich vielleicht die Gegend anschauen. Mein Büro war nur eine halbe Stunde zu Fuß stadteinwärts entfernt – nur was sollte ich am Sonntag in meinem Büro? Wenn ich sie nur fände! Es war ihr doch nichts, nein, das durfte ich gar nicht denken, daß ihr etwas zugestoßen sein könnte. Warum hatte sie nicht geläutet, als ihr das Warten zu lang geworden war? Warum war sie einfach weggegangen? Weggelaufen. Jemand wie Helena geht nicht in solchen Situationen.

Aus der nächsten Telefonzelle rief ich bei ihr zu Hause an. Sie war nicht da. Ich suchte im Telefonbuch die Nummer von Armin Holub. Er war da. Und zu meiner größten Freude sagte er: »Ach«, als er mich hörte. Und nachdem er »ach« gesagt hatte, sagte er »Löttchen« und daß er bester Stimmung sei, daß sein Leben wieder einen Sinn bekommen habe, nun gehe es bergauf, ja, er fühle, wie seine Kraft zurückkomme, nicht

die eine, aber alle anderen, und das mache ihm Mut und Hoffnung.
Er klang so, als würde es ihm gar nichts ausmachen, daß ich mir sein Angebot überlegen wollte. Er jubelte geradezu, trällerte, ja er tat so, als wäre schon alles vollbracht. Man sagt, daß Männer nach dem Liebesakt kurzweilig an Gedächtnisschwund leiden können, sie vergessen, daß sie Präsident sind oder verheiratet, sie wissen nicht mehr, wo sie sind. Daß ein Mann jedoch schon vor dem Liebesakt vergißt, daß der Liebesakt noch gar nicht stattgefunden hat, das hatte ich noch nie gehört.
Hauptsache, er war mir gut gesinnt. Hauptsache, ich hatte es mir mit ihm nicht verdorben. Vielleicht war er so gut gelaunt, weil auch er hoffte, es würde etwas wachsen. Er ist ein Künstler, hat Phantasie, dachte ich, er kann das Wünschen genießen. Eine alte Weisheit sagt, daß man das, was man sich sehr und von ganzem Herzen wünscht, auch bekommt. Mir war, als hätte er, seit er mich gesehen hatte, einen solchen Wunsch. Jedenfalls hatte ich ihn. Ein so aufregender Mann sollte seiner Männlichkeit beraubt worden sein? Ein Mann, der sagt: »Ich bin voll von Schaffenwollen. Voll von Lebenwollen. Voll von Liebenwollen.«
Ja, das sagte er. Ich weiß nicht, warum, aber ich konnte meine aufgeregten Glücksgefühle nicht anders ausdrücken, als schon wieder umständlich zu werden. »Ja, das ist schön«, lächelte ich in den Hörer, »aber meine Freundin ist nicht mehr da. Ja, ich freue mich mit dir, aber meine Freundin ist auch nicht zu Hause. Ja, ich bin sehr berührt von dir, aber ich weiß nicht, wo

ich sie suchen soll«, nuschelte ich und steigerte mich in eine solche Zerrissenheit hinein, daß ich, obwohl zutiefst erfreut über seine gute Stimmung, beinahe weinen mußte.
»Freundin?« fragte er am anderen Ende. »Eine Freundin, die du suchen mußt? Glaube mir, es gibt keine Freundschaft. Frauen können keine Freundinnen sein, weil sie beide immer dasselbe wollen, folglich streiten sie sich darum. Mann und Frau können keine Freunde sein, weil jeder von ihnen etwas anderes will. Sie will ihn, er will sie, folglich können sie sich nicht verstehen. Und Männer fühlen sich erst als Mann, wenn sie im Krieg gewesen sind. Folglich führen wir Krieg, im Kleinen wie im Großen. Ich habe meinen Schülern immer gesagt, wer glaubt, er habe einen Freund, der wird erfahren, er hat einen Feind.« Er lachte heiser.
Es hatte zu regnen begonnen. Es war sehr erotisch, wie die schweren Tropfen aufs Dach der Telefonzelle klatschten und sich mit seiner Stimme vermischten. Wer so schlecht über die Menschen denkt, der hat einen tiefen Kummer, dachte ich, war jedoch im Augenblick nicht ganz sicher, wer eigentlich schlecht über die Menschen dachte: Helena, Armin, ich? Wer auch immer, ich fühlte einen inneren Aufruf zu helfen. Nur wem?
Es war keine Frage. Ich mußte Helena suchen. Sollte ich ihr sagen, daß er eine imposante Erscheinung ist? Auf gar keinen Fall. Imposante Erscheinungen sind immer ein eindeutiges Zeichen für Verliebtheit. Wenn sie auch nur das Geringste davon roch, konnte sie zu Recht über mich empört sein. Keine Männer mehr,

schwören wir uns, und zwei Minuten später finde ich einen Liebegottmann, der mir nicht nur sein Vertrauen schenkt, sondern auch ein Geschäft anbietet. Gott sei Dank habe ich gesagt, daß ich es mir noch überlegen werde. Denn mannstoll und geldgierig zugleich, das ist wirklich unmöglich. Ich sage Helena kein Wort.

Aber was sage ich? Wer hat mir geöffnet? Der Letzte. Das war die Wahrheit und konnte heißen, daß es die letzte Sache der Welt wäre, mich für ihn zu interessieren. Warum war ich so lange geblieben? Ein Anruf kam, und er hatte so lange telefoniert, und zwar mit seiner Frau, die gestorben ist … Nicht verhaspeln, keine Details. Und wenn sie fragt, warum ich sie nicht geholt habe? Nur weil sie mich vorausgeschickt hatte, das war doch kein Grund. Er ist verkalkt, werde ich sagen, vergißt von einem Satz zum anderen, was er gesagt hat, das hat mich, werde ich sagen, vollkommen durcheinandergebracht, so daß auch ich vergessen habe, nach der Wohnung zu fragen.

Reg dich nicht auf, befahl ich mir. Dasselbe sagte ich innerlich zu Helena. Was ist denn schon passiert. Nichts? Ich hatte das Gefühl, daß in diesen Minuten mehr passierte als in meinem ganzen bisherigen Leben. Dieses Gefühl hatte ich immer, wenn ich nicht wußte, wie es weitergehen sollte – und dann ging es weiter, einfach so.

Diesmal war ich jedoch nicht so sicher, zumal ich sie auch von zu Hause aus nicht erreichte. Auch spätabends nicht. Die Sorge ließ mich im Telefonbuch ihre Adresse suchen und jagte mich mit dem Taxi zu ihr.

Sie wohnte in einer unsympathischen Gegend in einem häßlichen Neubau. Nur Beton, Hunderte Klingeln neben der Tür, und ich brauchte eine ganze Weile, bis ich ihre gefunden hatte. Die Gegensprechanlage blieb tot, niemand meldete sich. Zum Glück mußte ich nicht lange warten, bis jemand kam und ich unauffällig ins Haus huschen konnte. Keine Ahnung, welche Treppe zu ihrer Tür führte. Es roch nach Öl, Zwiebeln und Knoblauch, und hinter den meisten Türen lief der Fernseher in unangenehmer Lautstärke. Natürlich ist sie hier unglücklich, dachte ich, solche Wohnverhältnisse drücken aufs Gemüt. Arme Helena. Ein so scheußliches Haus hatte ich noch nie gesehen. Natürlich wollte sie weg von hier.

Endlich fand ich ihre Tür. Im Hochparterre, auch das noch. Und andere Türen so dicht an ihrer, daß ich mir ausrechnen konnte, wie groß ihre Wohnung war. Ein Loch mit Kochnische. Ein Notquartier einer Geschiedenen, die weniger Glück hatte als ich.

Ich klingelte. Immer wieder. Sturm. Niemand öffnete. Was tun? Einen Zettel an die Tür. Mit dem Taxi zurück in meine Wohnung. Ich wählte ihre Telefonnummer, jede Stunde, die ganze Nacht. Verbot mir, noch einmal ihn anzurufen. Wurde hin und her geschüttelt von seltsamen Gefühlen. Hätte ich nur nicht, nein, ich hätte sie nicht warten lassen dürfen. Warten und Suchen sind Erfindungen des Teufels. Eigentlich ließ nämlich auch sie mich warten, und zwar nachts, was noch viel schlimmer ist, als wenn man tagsüber warten muß.

So hing ich also am vertrauten Hörer vollkommen erfolglos. Irgendwann bei Sonnenaufgang schlief ich

dann doch ein und träumte von der Villa. Vom Salon. All die unzähligen Frauenfigürchen kopulierten miteinander wie Ratten. Sie vermehrten sich so schnell, daß in Kürze kein freies Plätzchen mehr war im ganzen Raum. Er, Armin, war mitten unter ihnen, konnte sich nicht mehr rühren, und um sich einen kleinen Luftraum zu verschaffen, fraß er die kleinen Gestalten rund um sich auf und trank dazu Eierlikör. Gleichzeitig fraßen sie ihn, und sie waren schneller als er. Ich war hinter einem durchsichtigen Vorhang und schaute zu. Konnte den Vorhang nicht verschieben, er war aus kugelsicherem, schlagfestem Glas. Ich war geschützt, aber auch verbannt. Ich preßte meine Handinnenfläche aufs Glas. Wünschte mir, ihm mit meiner Hand durchs Glas alle positiven Kräfte schicken zu können. Wenn eine Hand eines Königs Kranke heilen kann, dann kann die Kraft einer Liebenden die bösen Tiere verscheuchen. Ich wußte, daß es nicht lange dauern wird, und sie werden ihn aufgefressen haben.
Mit dem Geräusch des Nagens und Schmatzens im Ohr wachte ich auf. Sofort überprüfte ich, ob vielleicht auch ich gefressen wurde. Es gibt in diesem Leben nur drei Möglichkeiten, hatte ich einmal gelesen: fressen oder gefressen werden, und als dritte Möglichkeit, sich selbst zu verzehren. Und nach allem, was ich mit Helena bereits erlebt hatte, und besonders gestern ohne sie, hätte ich mich wirklich verzehren müssen. Dafür braucht man jedoch ein Bewußtsein, das einen über das Fressen und Gefressenwerden erhebt, und so weit war ich wahrscheinlich noch nicht.
Mit einer beträchtlichen Verspätung kam ich ins Büro

und tat so, als widmete ich mich sofort der Post. Mein Chef war zurück vom Kongreß. Das heißt, er und seine Geliebte. Jetzt wollte er mir die Kongreßergebnisse erzählen, um sein schlechtes Gewissen zu verbergen, und stolz berichtete er, daß unser Verein die nächste internationale Jahrestagung veranstalten werde. Die nächste, das konnte irgendwann sein, inzwischen würde er noch hundertmal von Kongressen zurückkommen und nicht verstehen lernen, daß es Situationen gibt, in denen man dringend allein sein möchte. Drei Viertelstunden vergingen, bis er sich endlich in sein Zimmer begab.
Ich wählte ihre Nummer. Zuerst die von zu Hause, nichts, dann die vom Büro. Dort erfuhr ich, daß sie heute noch nicht da sei. Doch kaum hatte ich den Hörer aufgelegt, rief sie an. Mir schlug das Herz bis zum Hals. Helena! Sie ist da! Sie lebt! Sie ruft mich an!
»Guten Morgen«, hauchte sie jetzt mit dunkler Stimme. Warum guten Morgen? Es war fast Mittag.
»Ich muß mich entschuldigen«, hauchte sie weiter, »daß ich nicht länger warten konnte.« Sie sagte, sie habe sich plötzlich daran erinnert, daß Henriette anrufen wollte, darum sei sie aufgesprungen von der Gartenbank und nach Hause geeilt, abgesehen davon, sagte sie, daß sie es nicht ertragen könne, länger als fünf Minuten zu warten. Diesmal hätte sie natürlich gewartet. Henriette, sagte sie, sei so eigenartig in letzter Zeit, gewiß wegen ihrer Geschichte mit dem Schneider. »Ich habe stundenlang mit ihr telefoniert. Junge Menschen haben es wirklich schwer. Sie sehen

nur sich selbst, sind vollkommen mit sich beschäftigt, dazu kommt die unsichere Zukunft und die Frage nach dem Sinn.«
Ich hörte sie schlucken. »Es gibt solche Tage, an denen ich stundenlang mit ihr sprechen muß. Auch nachts. Wegen der Zeitverschiebung. Und deswegen habe ich dich nicht anrufen können. Ich habe die ganze Nacht kein Auge zugedrückt. Ich habe Henni gesagt, daß ich umziehe, in eine wunderschöne Villa. Es hat sie überhaupt nicht interessiert.«
»Wir wissen doch noch gar nicht«, unterbrach ich sie und biß mir im selben Moment auf die Zunge. Denn jetzt würde es aufkommen, daß ich alles mögliche herausgefunden hatte, nur nichts über die Wohnung.
Zum Glück war Helena selbst so jung wie die Jugend, von der sie sagte, sie interessiere sich nur für sich selbst. Ich mußte meine Ausreden gar nicht heranziehen, denn ich kam sowieso nicht zu Wort.
»Wir haben uns versprochen, Lotti, daß wir uns die Wahrheit sagen. Ich sage dir, diese Nacht war eine der anstrengendsten meines Lebens. Ich weiß gar nicht mehr, was Henriette alles zusammengeredet hat, unaufhörlich, verstehst du, auch daß ich hinüberkommen soll und solchen Unsinn.«
Bitte nicht, nicht jetzt, flehte ich lautlos. Wir dürfen uns jetzt nicht gleich wieder aus den Augen verlieren. Auch wenn du mich anschwindelst. Oder hatte ich die ganze Nacht die falsche Nummer gewählt? Wenn sie telefoniert hatte, dann wäre doch besetzt gewesen, und als ich an ihrer Tür geklingelt hatte, hätte ich dahinter ihre Stimme hören müssen, wenn sie mir schon nicht

öffnete. Doch besser sie schwindelte, als daß ich es hätte tun müssen. Und schließlich war das alles noch im Rahmen der halben Wahrheit und bei weitem noch keine volle Lüge. Trotzdem machte es mich, ich gebe es zu, ein bißchen traurig. In diesem Augenblick flüsterte sie: »Ich bin traurig.«

»Warum denn?« wollte ich sie sofort aufheitern.

»Weil du vielleicht denkst, daß ich mich wegen meines Kindes herausrede. Menschen, die keine Kinder haben, glauben immer, daß diejenigen, die Kinder haben, ihre Kinder als Ausrede für alles und jedes benützen. Und sie tun es auch. Alle. Ich nicht. Übrigens sollst du es mir immer gleich sagen, wenn dich etwas stört. Wir wollen nicht dieselben Fehler miteinander machen wie Männer und Frauen untereinander. Ich hasse diese Ausbrüche von angestauter Wut.«

Ich schwieg. Sie blieb am Hörer und schwieg ebenfalls. Mitten in diese unbarmherzige Qual kam mein Chef ins Zimmer. Ich dachte, Pelzmantel, geh hinaus, sonst fange ich vom Pelzmantel an. Bisher hatte das immer gewirkt. Er schaute mich forschend an. Irgendwie schien er an Stärke gewonnen zu haben und ich mußte acht geben, ihm gegenüber nicht an Schwäche zu gewinnen. Schweigen am Telefonhörer im Büro ist der eindeutigste Hinweis auf ein Privatgespräch. Ich war Aktivistin, und Aktivistinnen schweigen nicht. Also schwieg ich mit heftig demonstriertem Kopfschütteln, machte mir wichtige Notizen und betete, daß Helena nicht plötzlich losschreien würde. Am Ende wußte sie ja doch, wo ich so lange gewesen war.

Sie wußte es nicht. Aber ich wußte es bald von ihr.

»Wir wollen uns das Leben nicht noch schwerer machen, als es schon ist!« hauchte Helena in die unangenehme Bürofolter hinein. Sie sagte es in einem weichen, fast schmeichelnden Ton, und ich sah ihren Blick von damals, als sie mir den Blumenstrauß übergeben hatte. »Ich muß alles vergessen, ich bin gerade noch mit dem Leben davongekommen, es war großartig, aber ich muß alles vergessen ... Und jetzt sage ich dir etwas sehr Wichtiges«, flüsterte sie in den Hörer.
Endlich trollte sich mein Chef wieder aus meinem Zimmer. Ich preßte den Hörer ans Ohr. Obwohl ich kaum geschlafen hatte, war ich kein bißchen müde. Im Gegenteil. Mir war, als säße ich in einem roten Auto. Es fuhr sehr schnell, und zwischendurch blieb es ganz plötzlich stehen.
»Heute ist Montag«, flüsterte Helena weiter. Nach einer kleinen Pause fuhr sie fort: »Was Frauen alles auf sich nehmen, nur damit sie einen Mann haben, das ist grotesk. Was sie sich alles gefallen lassen, mit wie wenig sie sich zufrieden geben. Schöne, begabte, kluge Frauen.«
So wie wir beide, dachte ich, vor allem am Montag sind wir ganz genau so wie alle anderen auch. Meine Ohren wurden heiß und rot wie das Auto. Und das Herz pochte auf einmal so heftig in meinem Hals, daß ich glaubte, es würde gleich durchschlagen.
»Was Frauen alles tun, nur für diese Männer. Wie sie sich erniedrigen!« schrie sie jetzt in den Hörer.
»Ja. Und was hat das mit Montag zu tun?« unterbrach ich sie.
Helena holte Luft, räusperte sich, dann sagte sie: »Am

Dienstag nach Ostern ziehen wir in die Villa. Ich sage dir die Wahrheit. Ich habe die Sache in die Hand genommen. Ich bin die Ältere, und ich wußte gleich, du würdest es allein nicht schaffen.«
Mir blieb der Mund offen stehen.
»In der Villa wohnen zwei Brüder«, sagte sie.
»Halbbrüder«, korrigierte ich sie und freute mich, daß ich wenigstens das beitragen konnte.
»Den einen hat die Frau verlassen«, lächelte sie in den Hörer, »der andere ist Witwer geworden. Der Witwer zieht zum Verlassenen hinunter. Sie wollen nicht jeder allein leben. Und mit Frauen wollen sie nichts mehr zu tun haben.«
Sie war also doch nicht gleich nach Hause geeilt. »Ich weiß«, murmelte ich gedankenverloren.
»Du weißt? Warum sagst du es dann nicht? Was weißt du denn noch?«
Daß du beim Oberen warst, während ich mir beim Unteren etwas überlegte – du hingegen hast beim Oberen nichts überlegt, nicht wahr?
Wie so oft wartete sie meine Antwort nicht ab, sondern begann zu jubeln. »Wir bekommen vier wunderschöne Zimmer in der oberen Etage, mit einem wunderschönen Balkon. Es ist phantastisch! Geld kostet es nur, weil die Brüder anständige Männer sind. Hörst du?«
»Ich höre.« Ich hätte nicht sagen können, ob ich in diesem Augenblick richtig hörte. Als ich die Höhe der Miete erfuhr, fühlte ich eine Ohnmacht nahen.
»Ja aber«, ja aber das geht doch nicht, wollte ich sagen, wir sind doch nur zwei kleine, ich wußte schon

nicht mehr was, es war auch egal, denn eine solche Miete bedeutet den sicheren Ruin, wenn man nicht das ist, was wir mit Sicherheit nicht waren. Da nützte uns auch das Bewußtsein nichts, mehr zu sein als schön und klug und begabt.
»Mach dir keine Sorgen«, lächelte sie in den Hörer.
Ich? Sie machte sich doch immer Sorgen. Und jetzt auf einmal war sie blind und unbekümmert? Sie war das Kätzchen, das der Casanova auf die Tasten stieß, dachte ich, und jetzt wollte sie um jeden Preis dorthin. Nun, irgendwie konnte ich es nachvollziehen.
»Der Witwer oben«, erzählte sie weiter, »heißt Ludwig, weil sein Vater die Musik von Mozart so sehr liebte, daß er seinen Sohn Wolfgang Amadeus taufen wollte. Seine Mutter liebte Bach und wollte, daß er Johann Sebastian heiße. So haben sie sich schließlich auf Beethoven geeinigt und ihn Ludwig getauft. Ist das nicht süß? Und wie er Cembalo spielt! Du hast es gehört. Wir eilen mit schwachen, doch emsigen Schritten ...« Sie summte die Melodie.
Ich sagte nicht, daß ich durch die Zimmerdecke hindurch unten auch noch etwas anderes gehört hatte. Und was hatten Bach, Mozart oder Beethoven mit dieser astronomischen Miete zu tun? Ich konnte nicht soviel bezahlen, auch nicht, wenn sie wußte, warum jemand Ludwig hieß, und ich wußte, daß jemand einen Tigerpenis aß und ich mir etwas überlegen wollte.
»Übrigens«, lächelte sie in den Hörer, »weißt du, wem die Villa gehört? Ich habe im Grundbuch nachgesehen.«
»Wo?« fragte ich irritiert.

»Im Grundbuch. Hier in meinem Büro können wir jederzeit Einblick nehmen. Man muß doch wissen, wo man einzieht.« Sie erzählte mir, daß Ludwigs Frau Sibylle die Villa von ihren Eltern geerbt hatte, und nach Sibylles Tod war sie in direkter Erbfolge in Ludwigs Besitz übergegangen. »Ludwig hat auch ein Segelschiff. Ein Hochseesegelschiff. Es liegt in einem Hafen in der Adria.«
»Steht das auch im Grundbuch?« fragte ich.
»Nein. Diese Mitteilung habe ich provoziert.«
Ich nickte nur und drückte den Telefonhörer noch fester ans Ohr.
»Was geht es uns an?« meinte Helena. »Wir machen einen Mietvertrag, mit dem sie uns nicht wieder los werden.«
Mein Gefühl war plötzlich nicht mehr das allerbeste.
»Übrigens«, gluckste sie vor Freude, »weißt du, was die Brüder von Beruf sind? Der Untere ist ein Wattekünstler, der Obere gibt Ratgeberbücher heraus. Die besten Tips fürs Nähen, die besten Tips zur Schädlingsbekämpfung und so weiter.« Sie kicherte. »Unmöglich, daß die beiden in Ordnung sind.« Und nach einer kurzen Pause: »Ist es nicht eigenartig, daß die Frau, die den Unteren verlassen hat, so heißt wie ich?«
»Illi?«
»Ilona ist ungarisch und heißt Helene. Woher weißt du, daß er sie Illi nennt?«
»Ich weiß nicht«, stotterte ich.
»Ich weiß auch nicht, warum sie so heißt wie ich. Manchmal gibt es sehr eigenartige Zufälle. Also, es bleibt dabei. Am Dienstag nach Ostern ziehen wir ein.

Ach Lotti, ich freue mich so. Zum ersten Mal seit langem kann ich wieder etwas ...«, sie holte Luft, »etwas essen, ohne daß es mich ekelt davor.«
Wir verabschiedeten uns. Ich legte den Hörer auf und hielt mir vor Aufregung die Hand auf den Mund. Meine eigene, die, die Armin geküßt hatte. Ich hätte jetzt nichts essen können. Unmöglich. Vielleicht konnte ich nie wieder etwas essen, allein schon, weil ich kein Geld mehr haben würde, um etwas Eßbares zu kaufen. War sie verrückt, auf eine solche Miete einzugehen? Wie und wo und mit wem sie die Nacht verbracht hatte, war mir jetzt gleichgültig. Das einzige, was mich interessierte, war die Miete, und die war ohne Zweifel unmöglich. Für mich jedenfalls. Denn wenn ich auch nichts gegen Probleme hatte, solche wollte ich auf keinen Fall bekommen.
Ich bleibe, wo ich bin, dachte ich, ich gebe die gemütliche Wohnung der Oma meines Ex-Mannes in der Stadt nicht auf. Ich habe alles, was ich brauche. Hier habe ich mich schon eingelebt, finde jede Klinke mit geschlossenen Augen, kenne jedes Geräusch, jeden Geruch, und wenn es auch eine finstere und kleine Wohnung ist, mit Fenstern auf die Gasse, ohne Grün ringsherum, entsetzlich laut und in schlechter Luft, so ist es doch eine günstige Wohnung, eine sehr günstige Wohnung sogar, eigentlich eine unnatürlich günstige Wohnung. Sie gehörte irgendwie der Familie, auch wenn es diese Familie nicht mehr gab.
Aber nur weil mein Ex-Mann sie mir überlassen hatte, und nur weil sie so günstig war, wollte ich hier bleiben? Es kann im Leben doch nicht um die Wohnung

gehen. Ich wollte mit Helena zusammenziehen. Ja, das war es, was ich wollte. Und selbst wenn ich das nicht gewollt hätte, durfte ich sie jetzt nicht im Stich lassen. Noch dazu, wo ich dauernd an Armin denken mußte! Ein Leben ohne Risiko ist kein Leben, dachte ich und hämmerte mir die Bereitschaft für jede Miete ein, wenn sich nur endlich etwas tat in meinem Leben.
Ich starrte auf das Plakat mit dem Spruch von Mahatma Gandhi. »Die Größe und den moralischen Fortschritt eines Landes kann man auch daran messen, wie es seine Tiere behandelt.« Und jeder den anderen, und jeder sich selbst, dachte ich, sprang auf, meldete meinem Chef, daß ich gleich wiederkäme, eilte die Treppen hinunter und hinaus auf die Straße. Ich verspürte den unbändigen Drang, augenblicklich etwas kaufen zu müssen. Es kann im Leben doch nicht immer nur um Geld gehen! Um dieses dumme, immer zu wenige Geld.
Gott sei Dank gab es hier in der Straße nur die Bäckerei schräg gegenüber. Ich stürzte hinein und kaufte den größten und schönsten Laib Brot.
Und jetzt? Die Autos sausten an mir vorüber, auch ein Blaulicht. Ich winkte ein Taxi herbei, dabei verrutschte der Brotlaib, den ich unter den linken Arm geklemmt hatte. Ich konnte ihn nicht rechtzeitig auffangen, und schon lag er auf dem Boden, noch dazu verkehrt herum. »Um Gottes willen!« rief ich, hob ihn auf, kletterte angstvoll ins Taxi und bettete den Laib auf meine Knie. Ich hatte einmal gelesen, daß auf verkehrt liegendem Brot der Teufel reitet und die Engel zu weinen beginnen und Streit zu erwarten ist.
»Wohin?« fragte der Taxifahrer bereits zum dritten

Mal. Und wenn ich nicht wisse wohin, sondern nur sitzen wolle, dann fahre er mich zur nächsten Parkbank. Er war sehr ungeduldig, und wahrscheinlich wußte er nicht, wozu er lebte.
»Nein nein«, murmelte ich, »ich weiß wohin.« Von meinem herrlichen Brotlaib brach ich nichts für ihn ab, erzählte ihm aber, daß die Missionare bei den Eskimos nicht vom »täglichen Brot« predigten, sondern vom »täglichen Seehundspeck«.
Der arme Mann wurde jetzt so wütend, daß er aus dem Wagen stieg, die rückwärtige Tür aufriß und mich anwies, sofort auszusteigen.
Mir war völlig klar, daß ich zu Helena wollte. Oder doch lieber zu Armin? Nein, nicht zu Armin. Sie hatte alles in die Hand genommen, und wie immer sie es getan hatte und wie unbezahlbar das Ergebnis auch war, ich wollte mich bei ihr bedanken. Endlich passierte etwas mit mir. Auch dem Taxifahrer wollte ich danken. Er beruhigte sich, als ich endlich die Adresse in der häßlichen Gegend am anderen Ende der Stadt nannte. Schon in der Nacht, als ich ihr den Zettel an die Tür gesteckt hatte, war mich die weite Fahrt teuer zu stehen gekommen. Was spielte es für eine Rolle?
Beim Aussteigen fiel der Brotlaib noch einmal auf den Boden, der Taxifahrer sprang zu Hilfe. »Oje!« rief ich. Ich, nur ich wollte dieses Brot des Lebens aufheben und vor ihre Tür legen. Huschte ins Haus, erklomm das Hochparterre, und dann sah ich, was ich nicht glauben wollte zu sehen. Mein nächtlicher Zettel steckte noch genauso dort, wie ich ihn hingesteckt hatte.
Sie war nicht hier gewesen. Oder ging sie vielleicht

durch ihre Fenster ein und aus? Konnte sie fliegen? Und da und dort gleichzeitig sein?
Ich war gerührt. Jeder normale Mensch lügt mindestens einhundertvierzig Mal am Tag. Auch bestimmte Tonfälle können bereits eine Lüge sein. Und natürlich alles, was man nicht sagt. Und wenn jemand das Gebot aufstellt, nicht zu lügen, dann kann man mit Sicherheit annehmen, daß er lügt. Ich hätte es ja auch getan, hätte sie mich zu Wort kommen lassen. Denn Versprechen und Gebote sind dazu da, gebrochen zu werden. Das ist schon im Paradies so gewesen. Aber nicht nur im Paradies, mehr noch in der Hölle ist man, wenn man es ist, das, was ich zu sein wünschte: ein Mensch. Und mit Helena hatte ich die allerbeste Chance, eine Ahnung vom Paradies zu bekommen und einen Blick in die Hölle zu werfen. Mit ihr zusammenzuziehen, das war, auch wenn es ein Vermögen kostete, ein Geschenk des Lebens, das ich nicht abweisen durfte.
Lächelnd nahm ich Zettel und Brotlaib wieder mit. Da ich nun endlich auf bestem Wege war, wollte ich die Probleme nicht ausgerechnet mit einem Zettel und einem Brotlaib vergrößern, denn Zettel und Brotlaibe machen immer Probleme, ganz gleich in welchem Zusammenhang. Und so verfütterte ich den Brotlaib abends auf dem Weg nach Hause an Tauben, die die Stückchen stundenlang mit unglaublicher Gier aufpickten, und an einen Hund, der, offenbar herrenlos, großen Gefallen an mir, beziehungsweise an diesem Nachtmahl fand und mir bis vor die Haustür meiner günstigen Wohnung folgte.

In den Vorbereitungen für unseren Umzug ging Helena vollkommen auf. Sie entschied, daß sie in unserer Etage den linken Flügel beziehen würde, für den sie genausoviel Miete bezahlen wollte wie ich für den rechten, auch wenn der linke zwei Zimmer hatte, der rechte nur eines. Dafür lag auf meiner Seite die Küche, auf ihrer Bad und Klo.

Das vierte Zimmer in der Mitte sollte das gemeinsame Wohnzimmer werden. Selbstverständlich würden wir auch eine gemeinsame Haushaltskasse für Heizung, Strom, Telefon, Fernseh- und Radiogebühren, Essen und Putzmittel haben. Sie bestand auf einer Putzfrau. Wir könnten die nehmen, sagte sie, die auch für die beiden Männer arbeitete. Sie sei zwar nicht ganz billig, dafür aber bereits eingeführt.

Sollte ich deswegen eine Diskussion beginnen? Ohnehin wußte ich nicht, wovon das alles bezahlt werden sollte. Dafür hatte ich das große Glück, von der Villa aus zu Fuß in mein Büro gehen zu können. Es war zwar nicht meine Schuld, daß ihr Weg in ihr Büro weiter geworden war, aber wenn ich wegen der Putzfrau nicht diskutieren wollte, dann konnte ich auch wegen einer gemeinsamen Taxikasse keinen Streit entfachen. So oft würde es ja nicht vorkommen, daß sie morgens verschlief und mit dem Taxi fahren mußte.

Das alles war nur möglich, weil ich noch immer eine von diesen schönen, begabten, klugen Frauen war, die alles hinnehmen, sich alles gefallen lassen. Ich hoffte auf eine neuerliche Einladung Armins, hinter dem Vorhang aufzutreten. Und ich hoffte, wie ich meinte, nicht ohne Grund. Ich rief ihn jeden Tag an, und er er-

zählte mir am Telefon, daß er an einer riesigen neuen Serie arbeitete, alle Exemplare, sagte er, hätten schwarze Locken so wie ich, und er könne es kaum mehr erwarten, bis wir eingezogen seien.
Wir. Nicht ich. Das hatte ich mir selbst zuzuschreiben. Ich redete immer von meiner Freundin. Ich wollte von ihm und mir reden, von diesen aufregenden Handküssen, und wie er sich damit in mein Herz hineingeküßt hatte, das seither einen anderen Schlag hatte, aber mein Mund formte immer Wörter wie: »Meine Freundin hat gesagt …«, »Meine Freundin ist überzeugt, daß …«, »Ich muß erst meine Freundin fragen …« Ich war wie eine Ehefrau, die alle Verantwortung auf ihren Mann abschiebt. Ehrlich gesagt, hoffte ich, er würde sagen: Laß doch endlich diese Freundin aus dem Spiel. Ich habe dir schon gesagt, es gibt keine Freundschaft. Nur Sterben. Ich sterbe vor Sehnsucht nach dir. Komm, komm!
Er sagte es nicht. Er war eben ein Mensch mit Poesie und Sehnsucht. Daß ausgerechnet er mir so gut gefiel, wo er doch nur ein Künstler war und eigentlich gar kein Mann. Aber wer sagte denn, daß ihn die Kraft der Liebe nicht zurückverwandeln konnte? Der Glaube versetzt Berge und die Liebe erweckt Tote. Und was heißt: nur ein Künstler? Ein Künstler war für mich das Höchste! Jedenfalls er. Nicht wegen seiner Kunst, sondern seinetwegen.
Von Helena erfuhr ich, daß auch Ludwig den Tag unseres Einzuges in einer Weise ersehne, wie sie es von Männern gar nicht kenne. Ich hatte ihn noch nicht kennengelernt. Ihrer Beschreibung nach mußte er ein

Genie sein. Ein Genie ist so etwas wie eine Liebegotterscheinung. Es war alles klar. Nur das eine nicht. Nämlich, wie ich das alles bezahlen sollte.
»Denk nicht immer an die Miete«, wies sie mich zurecht. »Wirklich kluge Frauen«, sagte sie, »denken nicht darüber nach, was schlecht ist, sondern darüber, wie sie es besser haben können.«
Sie hatte »haben« gesagt, nicht »machen«. Daran mußte ich schon vor unserem Dienstag, ganz besonders jedoch an diesem Dienstag nach Ostern denken, als es wirklich soweit war.
Armin war, wie er mir angekündigt hatte, für die Tage des Umzuges verreist, denn solche Tumulte, sagte er, könne er nicht ertragen, weder künstlerisch noch gesundheitlich. Außerdem, sagte er, habe er ein Trauma, weil Illi ihre Schachteln, die im Flur gestapelt waren, noch immer nicht abgeholt habe. Der Anblick jeder weiteren Schachtel erinnere ihn zwanghaft an das, was er seinen Schülern immer gesagt habe: daß das Leben nur ein Durchgangsstadium sei, eine ewige Reise, ein ewiges Ein-, Aus- und wieder Einpacken. Gerade jetzt, wo er in einer intensiven Schaffensperiode sei, wolle er nicht daran erinnert werden, was er alles seinen Schülern gesagt habe. Junge Menschen stecken diese Weisheiten einfach weg, sie wissen noch nicht, sagte er, daß es Wahrheiten seien, bittere Wahrheiten. Er lobte sich, daß er in Frührente gegangen war. Anders nämlich hätte er diese armen Kinder mit noch mehr Wahrheiten belastet und ihr Leben noch schwerer gemacht.
»So ein Blödsinn«, murmelte Helena, die mit mir das

gußeiserne Gartentor unseres neuen Domizils zu öffnen versuchte, um dem Lastwagen, der unser beider Umzugsgut transportierte, die Einfahrt zu ermöglichen.
Auch ich hatte nicht darauf verzichtet, in meinen Lieblingsstöckelschuhen und meinem schwarzen Lieblingskleid mit V-Ausschnitt zu erscheinen, sie hatte sich jedoch in eine noch viel originellere Umzugsschale geworfen. In ein weißes Etuikleid, in dem sie ganz so aussah, als wollte sie sich wieder einmal an den Schneider erinnern. Warum, dachte ich, trägt sie nicht Grün, so wie damals. Wehmütig schaute ich dem grünen Stengel mit seiner hellroten Blüte nach. Nein, sie war nicht häßlich. Sie war interessant.
Mitten in meine Träumerei hinein offenbarte sie mir, daß Armin sich für eine Wärmekur ins Krankenhaus begeben habe, seine Umtata, lächelte sie erhaben, sei wieder schlechter geworden.
»Seine was?« fragte ich und fühlte einen Stich, kippte mit meinem schwarzen Stöckelschuh um und ließ das Gartentor los.
»Seine Umtata!« rief sie.
Wie konnte sie dieses Wort nur so schamlos in den Mund nehmen? Wer hatte es ihr überhaupt verraten? Er? Hatte er nicht gesagt, ich sei nach seiner Frau die erste, der er diese Sache anvertraute? Hatte er nicht »Geheimnis« gesagt?
»Woher weißt du, daß er ...?« Ich brachte das Wort nicht heraus, dafür schluckte ich gekränkt, was sie bemerkt haben mußte.
»Bist du dumm?« rief sie. »Schieb das Gartentor auf!«

Ich faßte es wieder an, schob aber nicht, denn nach dieser Offenbarung war mir nicht zum Schieben, sondern zum Stillstehen zumute.
»Glaubst du wirklich, daß ich nichts bemerkt habe?« stöhnte sie unter dem Gewicht des Tores. »Du glaubst, du kannst mir etwas verheimlichen? Und glaubst du wirklich, man kann den Männern vertrauen? Glaubst du, er hat nur dir das Angebot gemacht, hinter dem Vorhang zu erscheinen?« Sie schnappte nach Luft. »Das ist der Grund, warum wir Frauen nichts erreichen. Weil wir nicht zusammenhalten, wenn es darauf ankommt. Kaum taucht ein dummes Mannsbild auf am Horizont, schon sind wir ihm verfallen. Anstatt daß wir uns treu bleiben, uns und unseren Erkenntnissen.« Sie hatte das Tor jetzt geöffnet, ließ es einrasten, winkte dem Lastwagenfahrer und rief mir zu: »Hat er dir nicht gesagt, daß er von allem drei braucht?«
Ich hätte es wissen müssen. Wer wie Helena die Männer verachtet, der muß auch immer wieder die Bestätigung einholen, daß sie tatsächlich zu verachten sind. Und wenn Armin zu mir gesagt hatte, ich sei die erste nach Illi, und von mir gehört hatte, er könnte mein Letzter sein, so konnte er diese Idee aufgegriffen und Helena als seine Letzte erkoren haben. Wie sie da stand mit ihren Storchenbeinen, die aus dem komischen weißen Kleid herausragten. Wäre ich gemein gewesen, hätte ich Zahnstocherbeine gedacht. Aber ich war nicht gemein, sondern beschämt. Beschämt von der Erkenntnis, daß ich ihr nichts verheimlichen konnte.

»Woher weißt du das alles?« fragte ich und starrte das Einfahrtstor an.
»Woher«, hechelte sie. Sie wußte es eben.
Im übrigen schien sie sich, zumindest als der Lastwagen eingeparkt hatte, wirklich nur für unseren Umzug zu interessieren. Denn als Ludwig in der Tür erschien und uns mitteilte, er sei mit seinem Umzug in die untere Etage nicht fertig geworden, müsse jetzt jedoch dringend weg, in einigen Tagen werde er alles erledigen, fing sie an zu schreien. »Was? Was höre ich da? Was? Nicht fertig geworden!«
Sie rannte die Treppen hinauf, ich hinterher. »Und hier soll ich einziehen? Hier?« kreischte sie auf. »Hier in diesen Saustall?« Sie lief durch die vier angeräumten Zimmer, stolperte demonstrativ über eine Schachtel, stieß gegen einen Sessel, hielt sich an einem Vorhang fest, den sie im Sturz herunterriß, und dann lag sie, zur Hälfte vom Vorhang bedeckt, schluchzend auf dem Boden. Die schöne Helena, vollkommen verstört, in ihrem Toganachthemd auf dem Fellbett …
Aus dem Leuchten war ein böses Flackern geworden, aus ihren vollen Oberschenkeln ein Haufen hautüberzogener Knochen. Immer hatte ich gedacht, dünn sein sei schön. Doch so dünn sein war erschreckend. Sie schluchzte und klagte, daß alles anders verabredet worden sei, leere Räume, frisch ausgemalt. »Was für eine Zumutung!« schrie sie. »Eine Frechheit!«
Sie erhob sich, rannte an Ludwig vorbei die Treppen hinunter und setzte sich auf die Bank unter dem Magnolienbaum. Als sie wahrnahm, daß ihr weißes Kleid ein wenig Schmutz abbekommen hatte, schluchzte sie

noch heftiger. Ich stand vor ihr und fühlte noch immer den Stich. Armin. Er hatte mein Herz gestreift, und ich hatte geglaubt – und wußte schon nicht mehr was, irgend etwas, was nur mit ihm und mir zu tun hatte, ein kleines süßes Geheimnis.

Die Männer von der Umzugsfirma trugen unablässig Helenas und mein Hab und Gut hinauf in die obere Etage.

»Ich werde mich um alles kümmern«, versuchte ich sie zu trösten. »In ein paar Tagen sieht die Welt ganz anders aus. Es ist doch nicht so schlimm.«

Sie konnte sich nicht beruhigen. Der Geist der toten Sibylle hänge in allen Ritzen, und wenn dieser Ludwig nicht alles wegräume, und zwar wirklich alles, dann könne er etwas erleben. Sie eigne sich nicht, sagte sie, den Lebensmüll anderer zu erben. Außerdem habe sie nicht vor, sich vom Chaos anderer beschmutzen zu lassen.

Kurz entschlossen eilte sie noch einmal ins Haus und kam mit einem kleinen Köfferchen zurück, auf dem mit weißer Permanentfarbe »Not« geschrieben stand, und verließ, ohne ein weiteres Wort zu verlieren, den Schmutz. Dabei war es gar nicht schmutzig, nur vollkommen ungeordnet.

»Wohin?« fragte ich aufgeregt.

»Ins Hotel«, hauchte sie. Ich nahm ihre Hand. Nur kein Streit jetzt. Die Arme war ganz außer sich vor Empörung. Mein Stich war nichts dagegen. Und so empfand ich es auch als Selbstverständlichkeit, daß ich mich jetzt, wo wir zusammenlebten, um alles kümmerte, auch wenn ich nicht gedacht hätte, daß unser

Zusammenleben so beginnen würde. Beim nächsten Augenaufschlag sah ich nur noch ihre Zahnstocherbeine zwischen den Büschen und einen kleinen Zipfel Weiß.
Wohin soll das führen, fragte ich mich und erinnerte mich an das, was der Onkel immer gesagt hatte, und was ich nie hatte glauben wollen: Jede Sache verläuft so, wie sie beginnt. Kann es denn nicht auch einmal anders kommen, ganz anders als es begann?

Ludwig Holub stand an einem der Fenster in der oberen Etage und schaute Helena nach.
»Guten Tag«, lächelte ich, als sie außer Sicht war. »Warum ist die Miete so hoch?«
»Eine Frage von Angebot und Nachfrage«, sagte er, ohne sich mir zuzuwenden. »Sie entschuldigen mich, ich habe einen Termin. Schon seit zehn Minuten sollte ich am Flughafen sein.«
»Können wir nicht darüber sprechen?« fragte ich weiter und lächelte jetzt auch innerlich.
»Worüber?« Er drehte sich um, langsam und bedeutungsvoll.
Das sollte der Halbbruder von Armin sein? Der Besitzer dieser Villa? Das Genie? Der Casanova? Der Mensch, der beinahe so hieß wie Bach oder Mozart? Ludwig. Er hatte nichts vom lieben Gott, auch nichts von einem Faß. Klein gewachsen, steckte er in kleinen Tennisschuhen, kleinen Jeans und in einem kleinen roten Pullover, über den er eine abgesteppte ärmellose

schwarze Jacke trug, aus der ein Eierkopf ohne Hals ragte, mit einem kleinen, spitzen Mündchen, einer kleinen, spitzen, kurzen Nase, braunen Knopfaugen und einer runzeligen Babystirn, die von dichtem, braunem, gescheiteltem Haar begrenzt wurde. Unglückseligerweise meinte er wohl, der Dreitagebart könnte ihn retten. Oder hatte er nur keine Zeit mehr gehabt, sich zu rasieren, da er ja eigentlich schon weg sein sollte?

Weil das Ohr eine gewisse Ähnlichkeit mit dem Schneckengehäuse hat, glaubte man früher, der eine oder andere Gnom sei aus dem Schneckenohr seiner Mutter hervorgegangen, so wie die Schnecke aus dem Gehäuse. Daran mußte ich denken, als ich ihn sah, zumal er dauernd auf die Uhr sah. Mit einer hektischen Handbewegung wollte er mir vermitteln, daß er alle möglichen Eigenschaften besitze, nur eine nicht: die Langsamkeit einer Schnecke.

Daß er ein Segelboot hatte, konnte ich mir gut vorstellen, auch, daß er Ratgeberbücher schrieb, am natürlichsten schien mir jedoch die Tatsache, daß seine Frau gestorben war. Nicht seines Aussehens wegen und weil er nach Knoblauch roch, sondern weil er es wohl seit eh und je auf diese gesprächige Weise eilig hatte. Auch in ihrer Sterbestunde wird er auf die Uhr gesehen haben, und natürlich auch vorher immer, zu jedem Anlaß. Zu Weihnachten, im Urlaub, beim Essen, beim Fernsehen, beim Küssen, in der Umarmung, während und vor allem danach.

»Sie können sich nicht vorstellen, wie wenig Zeit ich habe«, sagte er, bahnte sich einen Weg zu einem herumstehenden, grünen Sessel und ließ sich in ihn hineinfallen. Die Männer von der Umzugsfirma schleppten unaufhörlich Schachteln, Möbel, Koffer, Lampen, riesige Säcke und Teppiche herauf, das Chaos rundherum wurde von Minute zu Minute größer und größer. Statt daß er mir half zu sagen, wohin mit den ganzen Sachen, saß er im grünen Sessel. Gott sei Dank mußte Helena nicht miterleben, wie aus der vollen Wohnung eine überfüllte wurde. Es war schon nicht mehr wichtig, wo was abgestellt wurde. Ich hatte den Überblick bereits verloren und hoffte nur, daß es für all diesen Menschenrat überhaupt genug Platz gab hier in der Villa, im Himmel und auf Erden.

»Haben Sie keinen Ratgeber für reibungsloses Umziehen geschrieben?« fragte ich.

»Natürlich«, nickte er geschmeichelt. »Dieser Band ist einer der größten Erfolge.«

»Und? Haben Sie daraus nichts für sich selbst gelernt?«

Er schüttelte sich vor Lachen, wodurch er mich in seiner ganzen Seltsamkeit auf einmal doch an seinen großen Halbbruder Armin erinnerte, der sich nie vor Lachen schüttelte. Jemand, der nicht nur mir, sondern auch Helena alles erzählte, dessen »Ach« konnte nichts Einzigartiges sein, genauso wie das Lachen Ludwigs, das er ja auch nicht nur für mich lachte.

»Sie werden doch nicht glauben, daß ein Autor so ist wie das, was er schreibt. Man will Geld verdienen, so wie alle Menschen.«

»Sie vielleicht«, murmelte ich verärgert. Meine hohe Meinung von Dichtern, Schriftstellern, ja von Künstlern allgemein wollte ich mir von niemandem nehmen lassen, am wenigstens von diesem rotpullovrigen Knoblauch-Ludwig, der uns einen schrecklichen Empfang bereitete, keine Zeit hatte und im Sessel saß.

»Sie glauben, daß Goethe oder Shakespeare oder Proust nur ans Geld dachten?« Ziellos hastete ich um seinen grünen Sessel herum, winkte eine Schachtel hierhin, eine dorthin. Nichts störte mich mehr, als jetzt über die großen Dichter zu reden. Lieber über Geld, aber eigentlich wollte ich nur wissen, was wohin sollte, was ihm gehörte, und warum er seine Sachen nicht hinuntergebracht hatte. Während er hier saß, wegmußte und klug daherredete, hätte er es längst tun können.

»Ich muß leider gleich weg«, sagte er schon wieder. »Wirklich, es tut mir sehr leid. Aber ich gebe Ihnen recht. Ich habe meinen ersten Ratgeber mit der wahren Ambition eines Ratgebenden geschrieben, sozusagen mit Herz. Es war der Band ›Die besten Tips für Ihr geliebtes Segelboot‹. Ich hatte damals noch kein eigenes. Ich habe davon geträumt. Der Band war kein großer, aber doch ein Erfolg. Und ich Idiot habe dafür nur ein paar Groschen bekommen. Seither bin ich nicht mehr nur Autor, sondern auch mein Verleger, alles in einer Person. Und seither ist fürs Herz kein Platz mehr, auch wenn meine Leser nach wie vor glauben, jeder Band in meinem Verlag bestehe aus Ratschlägen mit Herz. Es gibt ein paar Tricks, mit denen ich das Herz meiner Leser höher schlagen lasse. Ich stelle mir immer vor, was sie lesen wollen. Und genau das schreibe ich dann. Ratschläge. Alle brauchen Ratschläge. Nicht so banale Ratschläge für die Seele und für ein langes Leben, mit denen die Psychologen und Ärzte auf schleimige und betrügerische Art ihre Geldbeutel füllen. Meine Ratschläge sind vollkommen seriös. Überprüfbar. Die besten Tips rund um Ihr Fenster. Wenn diese Tips nicht stimmen, dann zieht es weiterhin herein. Wahrscheinlich bin ich der einzige lebende Ratgeber, der kein Betrüger ist. Darum entschuldigen Sie mich. Ich muß jetzt wirklich …«

Wieder schaute er auf die Uhr und blieb weiterhin in seinem Sessel sitzen, während ich aufgeregt die Männer, die nun alles heraufgetragen hatten, verabschiedete. »Vielen Dank«, murmelte ich und dachte dabei an die Rechnung, die uns für ihre Dienste ins Haus stehen würde. Ob ich noch etwas brauche, fragten sie.

»Nein nein, vielen Dank.«

Ich schämte mich, weil ich nur herumgestanden war und geredet hatte, während ihnen der Schweiß übers Gesicht lief. Viel hätte ich noch gebraucht, unsäglich viel, vor allem weniger Umzugsgut. Ich schaute dem davonfahrenden Lastwagen nach. Das Einfahrtstor blieb offen stehen. Es wurde plötzlich still, und dann war ich mit Ludwig und dem Chaos allein. Er hatte die Augen geschlossen und tat so, als würde er sich konzentrieren. Als könnte er irgend etwas ablesen aus der Finsternis.

»Ich suche das Thema meines nächsten Ratgebers. Nach zweiunddreißig Bänden ist es nicht so einfach. ›Die besten Tips für Ihren Fußboden‹, ›Die besten Tips zum Aufbewahren und Verpacken‹, ›Die besten Tips zum Frischhalten Ihrer Nahrungsmittel‹, alles schon dagewesen. Ich fühle, das nächste Thema ist

ganz nah. Es ist schon in mir. Ich muß es nur noch fassen.«
Ich hielt den Atem an, und genau in diesem Augenblick vernahm ich aus einer Ecke des Raumes ein leises Gurren, das allmählich lauter wurde und plötzlich in ein kräftiges Gekreische ausartete. Helena? Ich zuckte innerlich zusammen und ertappte mich bei dem Gedanken, daß ich jetzt lieber ohne sie wäre.
Ludwig winkte mich zu seinem Sessel, bedeutete, daß er mir etwas zuflüstern wolle, und legte seine Hand auf meine Schulter. Ich begab mich in seine Knoblauchwolke.
»Das ist der Papagei meiner verstorbenen Frau. Ein Graupapagei. Wenn Sie erlauben, lasse ich ihn hier oben. Er erinnert mich so sehr an sie. Auch die Möbel, dieser Sessel, dieser Tisch, dieser Schrank, alles, alles erinnert mich an sie. Unten bei Armin wird es mir besser gehen.«
Erleichtert blickte ich in die Ecke des Papageis.
»Die ganze Etage ist eine einzige Erinnerung an meine Frau«, klagte Ludwig weiter. »Ihr Tod kam ganz plötzlich. Niemand hat damit gerechnet, daß sie als erste stirbt.«
Er runzelte seine Babystirn, biß mit seinem Spitzmündchen in seine kleinen Finger, und plötzlich empfand ich ein solches Mitgefühl für ihn, daß ich nichts anderes zu sagen wußte als die dumme Trivialität von der Zeit, die die Wunden heilt, und mein Onkel, sagte ich, sei auch gestorben. Einmal, wisperte ich, werde jeder abberufen, früher oder später. Die Gedanken sprangen in meinem Kopf herum, und der Knoblauch-

geruch trübte meine Sinne. Ich brachte nicht mehr heraus als den Trost, von dem ich dachte, daß er immer gut ist. »Ihre Frau war gewiß ein wunderbarer Mensch.« Denn alle Menschen, meinte ich, sind, wenn der Tod sie hinweggerafft hat, in ihrem Leben wunderbar gewesen.

Er starrte mich an, dann sprang er auf, als hätte ihn etwas gestochen. War ich ihm zu nahe getreten? Der Schmerz um den Verlust eines geliebten Menschen konnte nicht einfach mit einem so simplen Trost gelindert werden. Aber was sagt man? Alles nur Worte.

Er schüttelte den Kopf, preßte seine Lippen zusammen, lief rot an, als würde er gleich platzen, vor Schmerz oder vor Wut auf das ungnädige Schicksal, das ihn seiner geliebten Ehefrau beraubt hatte.

»Das Gegenteil! Meine Frau war das Gegenteil!« schrie er, und nach einer kurzen Atempause: »Meine Frau hatte eine unerträgliche Natur. Einen unerträglichen Charakter. Und ein unerträgliches Benehmen.« Er wurde leiser. »Es war unmöglich, ein normales Wort mit ihr zu wechseln. Man sagt, Kranke und der römische Papst haben immer recht. Stimmt. Aber Tote, meine Liebe, Tote haben keinesfalls immer recht. Ich jedenfalls bin zu dieser Verlogenheit nicht bereit.«

Als wäre er vollkommen erschöpft, warf er sich zurück in den grünen Sessel. Noch nie hatte ich jemanden so über einen Toten sprechen hören und schon gar nicht einen Mann über seine tote Frau.

»Allein mit ihrem Namen hat sie mir soviel Lebenszeit gestohlen, daß ich fast nichts von dem geschafft habe,

was ich schaffen wollte. Sibylle. Immer mußte ich diesen langen Namen aussprechen. Ich wollte Siby sagen, Siby dauert nur halb so lang. Doch sie hat es mir verboten. Sie können sich nicht vorstellen, wie sehr ich Armin um seine Ilona beneidete. Er durfte immer Illi sagen, und es ist gar nichts passiert. Ich aber mußte immer, die ganze Zeit, Sibylle sagen.«
Er verzog das Gesicht zu einer zutiefst angeekelten Fratze. »Und jetzt ist mein Thema wieder weg! Es ist weg! So war es immer. Schon das Denken an meine Frau behindert mich in meiner Arbeit. Und dieser Name, Sibylle, macht jeden Gedanken kaputt. Bis ich ihn ausgesprochen habe, ist das, was ich sagen wollte, wieder weg, verloren, manchmal für immer. Sie können sich nicht vorstellen, wie sehr sie mich behindert hat. Ununterbrochen.«
Nur langsam entspannte sich sein Gesicht. »Ihre Freundin«, murmelte er, »ist übrigens auch eine Diebin. Ich darf sie nicht Heli nennen. Wie meine Frau besteht sie auf Helena. Sie selbst nennt ihre Tochter sehr wohl Henni und nicht Henriette. Frauen sind wirklich das Widersprüchlichste, was es gibt auf Erden. Aber jetzt bin ich der Herr im Haus. Und ich bin ein Mann. Und ich werde endlich tun, was ich will.«
Er fühlte sich sichtlich wohl im grünen Sessel, während ich mich verwirrt an einer Schachtel festhielt und nicht merkte, daß ich sie damit von der Schachtel, auf der sie stand, hinunterschob. Mit einem dumpfen Krach stürzte sie auf eine andere Schachtel, und der Papagei begann wie wild zu kreischen.

»Wissen Sie, was meine Frau geglaubt hat?« fuhr er fort, ohne das kleine Malheur im geringsten zur Kenntnis zu nehmen. »Sie glaubte, auch sie hätte etwas zu sagen. Sie saß an diesem Tisch dort, immer mit einem leeren Buch und einem Füllfederhalter in der Hand, und kritzelte irgend etwas in ihrer winzig kleinen nach links gerichteten Frauenschrift. Und sie glaubte, wenn das leere Buch in Leder gebunden sei und der Füller eine reich verzierte Goldspitze habe, dann kämen die guten Ratschläge ganz von selbst. Sie wollte sich in meinen Verlag hineindrängen, unbedingt wollte auch sie einen Ratgeber verfassen. Irgendeinen, nur damit auch sie zu den Ratgebern zählt.« Er schüttelte verächtlich den Kopf. »Wenn ich sie die große Wissenschaftlerin nannte, fielen sie über mich her, sie und der Papagei, immer gleichzeitig, einer lauter als der andere. Es war unerträglich. Frauen«, murmelte er gekränkt, »Frauen und Papageien, unerträglich.«
Er klopfte auf die Lehne des Sessels, was bedeutete, daß ich dort Platz nehmen sollte. Wo auch sonst. Es war alles zugestellt und belegt. Ich zupfte mein Kleid zurecht, meine Haare und meine Seele, ließ die Schachteln Schachteln sein und begab mich wieder in die Knoblauchwolke. Auf die Idee, daß auch er unerträglich sein könnte, war er wahrscheinlich noch nie gekommen.
Mein Mitgefühl für ihn verwandelte sich allmählich in ein tiefes Staunen. Hatte er nicht gesagt, er müsse weg? Und jetzt saßen wir schon zu zweit auf dem Sessel. Da konnte es doch gut sein, daß das Unerträgliche in Wirklichkeit sehr angenehm für ihn war? Und daß

er in Wirklichkeit gar nicht wußte, wohin mit seiner vielen Lebenszeit. Während des Studiums hatte ich mehrmals gehört, die beste Methode, einen Philosophen verstehen zu können, sei jene, immer das Gegenteil von dem zu denken, was er sagt. Wenn man also davon ausgeht, daß auch ein Ratgeber ein Philosoph ist?

Er war keiner. Er war viel mehr. Denn obwohl er weg mußte, blieb er, und obwohl seine Frau tot war, schimpfte er über sie, und obwohl er keine Zeit hatte, redete und redete er – mit einem Wort: Er war ein Mensch mit Problemen.

»Sie werden doch nicht glauben«, klagte er weiter, »daß es angenehm ist, in das Gesicht einer Frau sehen zu müssen, die nichts anderes denkt als: Das alles hast du mir zu verdanken, ohne mich wärst du nichts, ohne mich würdest du vollkommen in der Luft hängen, und auch dein Bruder wäre nichts ohne mich. Ich kann nur jedem sagen: Augen, Herz und Finger weg von einer Villenbesitzerin. Frauen denken immer so: Ohne mich wärst du nichts. Dabei vergessen sie ganz, daß sie ohne uns gar nicht auf der Welt wären! – Sie entschuldigen mich, ich muß jetzt wirklich, seit einer Stunde schon sollte ich am Flughafen sein.«

Er musterte mich von oben bis unten. Ich spürte seinen Atem auf meinem Arm. An den Geruch hatte ich mich schon fast gewöhnt. Obwohl mein schwarzes Kleid staubig geworden war und an einer Stelle sogar ein bißchen zerrissen, machte ich, so wie ich auf der Sessellehne saß und mit meinem stöckelbeschuhten Bein wippte, wohl nach wie vor nicht den Eindruck

einer Umzieherin, die von Männern nichts mehr wissen wollte. Ich dachte an Helena. Daß sie jetzt unglücklich in einem sterilen Hotelzimmer saß und sich zu Tode kränkte über diesen Ludwig, der uns einen solchen Empfang beschert hatte.
Konnte man ihm wirklich böse sein? Er war, verglichen mit seinem Halbbruder, schwer benachteiligt von der Natur. Es ist immer dasselbe. Jeder, der es eilig hat, läuft vor sich selbst davon. So wie jeder, der es nicht fertig bringt, ein Kompliment zu machen und statt dessen fein dosierte Beleidigungen hervorschiebt, selbst verletzt worden ist.
Doch damals konnte ich überhaupt keinen klaren Gedanken mehr fassen. Und so starrte ich ihn fassungslos an, als er sagte: »Trotz ihres umständlichen Namens hat Ihre Freundin die schönsten Beine der Welt, und ich muß Ihnen gestehen, ihre Attraktivität hat mich schwach gemacht.«
Ich lächelte, um meine Kränkung zu verbergen. »Ihr Halbbruder«, sagte ich und spürte, wie ich ihn bereits mit dem »Halb« des Bruders traf, »ist ein großer Künstler, nicht wahr? Wie ich gesehen habe, schätzt er die vollen Frauenkörper, die mit den Rundungen, die mit Fülle und Kraft. So wie Rubens«, setzte ich spitz hinzu, weil mir gerade kein anderer Künstler einfiel, der die Erotik der vollen Weiblichkeit zum Ausdruck brachte. Es war mir unvorstellbar, daß er auch Helena mit ihren Zahnstocherbeinen hinter den Vorhang eingeladen hatte. Er war doch ein Wattekünstler, kein Drahtkünstler.
»Ihre Freundin«, säuselte Ludwig weiter, »hat etwas

von einer ätherischen Fee. Überirdisch. Einfach himmlisch.«
Nichts lag mir ferner, als über Helena ein schlechtes Wort zu sagen oder es auch nur in meinen Sinn kommen zu lassen. Dieser Mann jedoch trieb mich dazu, augenblicklich an eine böse Fee zu denken, ja, an eine Hexe. Warum nur hatte sie mich schon wieder in eine solche Lage gebracht? Zuerst Armin, jetzt Ludwig. Vielleicht, dachte ich, war sie gar nicht in ein Hotel gegangen, sondern weilte bei Armin irgendwo zu einer Wärmebehandlung, und wer weiß, ob sie sich nicht seit Stunden vergnügten. Mußte ich mich deswegen kränken? War nicht eigentlich alles sehr komisch? Was hatte ich denn erwartet? Doch nicht einen ereignislosen, faden, braven Einzug, bei dem wir beide gleichermaßen zupacken, und mit dem Schwur auf den Lippen, nichts mehr mit Männern zu tun haben zu wollen, kleinhäuslerisch unser Plätzchen besiedeln.
Und so hatte ich plötzlich die Idee, ich könnte, so wie die Schachtel von der Schachtel auf eine andere Schachtel gestürzt war, von der Lehne auf Ludwigs Knie rutschen. Ich werde mir nichts überlegen, dachte ich, und siehe da, schon rutschte ich. Der Schwung, mit dem ich losrutschte, überraschte mich selbst. Ich mußte mich, ob ich wollte oder nicht, irgendwo festhalten. Und es gab nichts anderes als Ludwigs dichtes, braunes, gescheiteltes Haar. Natürlich hätte ich mich auch an seiner Schulter oder an seinem Hemd festhalten können, doch dieses Haar hatte mich schon die ganze Zeit herausgefordert, und als er das von Helenas schönsten Beinen der Welt gesagt hatte, war

es bereits festgestanden, daß ich der Wahrheit ins Gesicht sehen wollte. Sein Haar war nämlich auch so etwas wie die schönsten Beine der Welt.
Er stieß einen kurzen Laut aus, ein Ächzen. Ich schloß die Augen und biß die Zähne zusammen. Plötzlich erklang die herrliche Musik, die beiden jubelnden Stimmen von jenem Tag, an dem Helena und ich uns dieser Villa zum ersten Mal genähert hatten. Es ist nicht wahr, es ist wahr, aber nicht wahr, schoß es mir durch den Kopf. Die Zeit blieb stehen, nur die Musik spielte weiter.

Wir eilen mit schwachen, doch emsigen Schritten
o Jesu, o Meister, zu helfen zu dir ...

Es gab nichts daran herumzudeuten. Ich hielt es in der Hand, sein Haar. Alles, was er jetzt noch auf seinem Kopf hatte, war ein dünnes graues halbes Lorbeerkränzchen, das sich von Ohr zu Ohr schlingelte.
»Um Gottes willen«, flüsterte ich, und die Jubelstimmen trugen mich in den Himmel, von wo aus ich auf die glatte Halbkugel hinunterblickte. Wie schön sie war. Wie schön dieser ganze Kopf. Das Haar war es gewesen, das ihn entstellt hatte und gemein werden ließ. Ohne war er plötzlich zwanzig Jahre älter und wirklich ein Mann. Ein Mann mit echten Bartstoppeln, ein Mann mit einem roten Pullover, und wahrscheinlich, dachte ich trunken, hat er auch ein rotes Auto.
Ich schwenkte sein Haar in meiner Hand und wußte nicht wohin damit. Er drehte den Kopf aufgeregt hin und her, der Papagei kreischte, und die Stimmen ju-

belten jetzt: *Du suchest die Kranken und Irrenden treulich …*

Ich drückte ihn an meine Fiji-Inseln. »Sie haben einen wunderschönen Kopf«, lächelte ich, streichelte ihn, wiederholte es immer wieder und spürte, wie er sich fester und fester an mich drückte. Am Ende, dachte ich, wird er statt Armin mein Letzter sein, und die schwachen, doch emsigen Schritte begannen in mir zu beben.

»Ich habe einen gräßlichen Kopf. Einen Kahlkopf. Einen richtigen Glatzkopf«, flüsterte er verzweifelt und vergrub sich in meinen Inseln.

Hättest du nicht so schlecht über deine Frau geredet, und so gut über Helena, es wäre nie so weit gekommen, dachte ich und drückte ihn fester an mich.

»Nicht daß ich je sehr viele Haare auf dem Kopf gehabt hätte.« Er stockte. »So wie Sie mit Ihren Locken. Es waren allerdings genug, daß ich sie wachsen lassen konnte. Tag für Tag habe ich die dünnen Strähnchen mit Haargel auf mein Haupt geklebt. Ich hing an jedem einzelnen Haar, und ich behandelte jedes einzelne so zärtlich wie ein Briefmarkensammler seine Lieblingsschätze.« Seine Stimme war jetzt ganz anders. Tiefer, weicher, wärmer und vor allem: ohne Eile.

»Am Morgen nach der Hochzeitsnacht sprach meine Frau kein Wort mit mir. Auch zu Mittag sagte sie kein Wort, doch am Nachmittag, wissen Sie, was sie am Nachmittag sagte? Kauf dir eine Perücke, oder ich lasse mich wieder scheiden. Soll ich, sagte sie, mein Leben lang einen Glatzkopf zum Ehemann haben?«

Er atmete tief ein und aus, als würde ihn diese Erinne-

rung ersticken wollen. »Können Sie sich vorstellen, was das für mich bedeutete? Ich habe eine Villenbesitzerin geheiratet, ich habe meinen Halbbruder mit ins Haus gebracht. – Von da an«, nickte er in meine Inseln und hob dann seinen Kopf, »von da an gab es für mich keine andere Rettung mehr als Geld verdienen. Geld verdienen, und noch einmal Geld verdienen. Eines Tages, dachte ich, werde ich dieses Weib verlassen, eines Tages kaufe ich mir eine eigene Villa, und ich werde nicht immer und ewig nur der Ehemann sein.«
Allmählich schien er sich zu fangen. »Als erstes hab ich mir dann meinen alten Traum erfüllt: das Segelboot. Ich kann überhaupt nicht segeln. Aber das Boot, das besitze ich jetzt.«
Er legte seine Hand auf seine Glatze und lächelte: »Und jetzt habe ich auch die Villa. Das einzige, was mich stört, ist eigentlich nur das Wissen, von wem ich sie habe. Aber wenn ich unten wohne, bei Armin, dann werde ich alles vergessen. Ein Glück, daß seine Frau uns verlassen hat. Sie wollte, sagte sie, endlich einen echten Mann. Bitte, hab ich gesagt, wenn ich dir nicht genüge, bitte. Sie können es ruhig wissen. Vom ersten Tag an war sie meine Geliebte. Oder vom zweiten Tag an, ja, oder vom dritten. Sie und meine Frau«, er keuchte, »das waren zwei Furien, rasend vor Eifersucht. Einem Mann tut das nicht unwohl.« Er schüttelte den Kopf. »Komisch, ich habe meinen Halbbruder nie gehaßt. Im Gegenteil. Jetzt, wo meine tot ist und seine fort, sind wir uns vollkommen einig in allem.« Er blinzelte.
Ich erinnerte mich an Armins Empörung, konnte mir

jedoch nicht mehr vorstellen, daß Ludwig das Kätzchen auf die Tasten gestoßen hatte. Vielleicht war es der Papagei gewesen? In diesem Augenblick sagte er: »Hin und wieder vögle ich noch, im großen und ganzen wollen wir jedoch nichts mehr mit Frauen zu tun haben.« Er packte mich am Handgelenk, in dessen Hand ich seine Perücke hielt. »Von Ausnahmen abgesehen«, murmelte er mit tiefer Stimme und versuchte, seine Stirn noch bedeutender zu runzeln. Nur weil er zuerst die Perücke aufgehabt hatte, wirkte er jetzt so fremd. Anders wäre er tatsächlich keine üble Erscheinung gewesen. Klein und häßlich und nach Knoblauch riechend, aber männlich.

Kurze Zeit später schlug mir das Herz bis zum Hals. Er hatte sich zum Cembalo durchgekämpft und begann, mit der herrlichen Musik mitzuspielen. Ich schwenkte noch immer sein Haar in der Hand.

»Meine Mutter«, lächelte er, »liebte Bach und wollte mich Johann Sebastian taufen. Mein Vater liebte Mozart und wollte mich Wolfgang Amadeus nennen. Wissen Sie warum ich Ludwig heiße?«

Ich wußte es und sagte: »Beethoven war der Kompromiß.« Und in diesen Sekunden wußte ich auch, was kommen würde.

Er lachte. »Beethoven? Wie kommen Sie denn darauf?«

Wenn Helena plötzlich zurückkam, wenn sie am Tag unseres Einzuges sehen mußte, daß ich das gleiche tat wie sie? Bei ihr war es etwas anderes. Alles war bei ihr etwas anderes als bei mir. Bei ihr war die Musik verstummt gewesen, nur ein paar Tasten waren hörbar geworden. Und wenn Armin auch zu ihr sein himmlisches »Ach« gesagt hatte, so bedeutete das für sie etwas anderes. Wahrscheinlich, ja ganz gewiß hatte sie sich nichts überlegt, sondern hatte sich vor unserem Einzug noch einmal alle, die sie haben konnte, einverleibt. Es war ein grausiges Bild, aber irgendwie konnte ich es verstehen.

Warum also sollte ich es nicht auch tun? Ohnehin ist es etwas anderes, wenn ich es tue. Es ist eben immer anders, dachte ich, auch wenn er allen zur Einleitung erzählt, warum er Ludwig heißt. Es ist immer anders, mit oder ohne Perücke, mit oder ohne Musik. Es ist immer anders, mit jedem Menschen und für jeden Menschen. Anders.

Und immer dasselbe, wenn ein Mann ein Mann ist, dachte ich und verspürte plötzlich eine solche Sehnsucht nach Armin, wie ich in meinem ganzen Leben noch keine Sehnsucht verspürt hatte. Nach einem Mann. Und das, während ein anderer über mich, in mich, unter mich gekommen war.

Unmittelbar danach knöpfte Ludwig sein Hemd zu, ordnete seine Kleider und setzte sich die Perücke auf wie eine Mütze. Bald schaute er wieder auf die Uhr und beteuerte, daß er schon längst am Flughafen sein sollte, daß er das Flugzeug wahrscheinlich verpassen würde, den wichtigen Termin, die wichtige Sitzung. Im roten Pullover.

Er stand schon in der Tür, da hielt er plötzlich inne. »Ich hab es«, rief er. »Ich hab es! Der nächste Ratgeber wird der Perücke gewidmet sein. Die besten Tips zur Pflege Ihrer Perücke.« Dann eilte er die Treppen

hinunter, hinaus aus dem Haus, und hinterließ nichts als eine Fahne beißenden Knoblauchgeruchs.
»Wohin geht denn die Reise?« rief ich ihm im Treppenhaus hinterher, und er antwortete glücklich: »Die besten Tips zur Pflege Ihrer Perücke!«
Ich lief die Stiegen hinunter, ihm nach. »Wohin?« Meine Stimme funktionierte nicht mehr. Sie wurde abgewürgt von einer namenlosen Wut, von Enttäuschung über mich selbst und von noch etwas: von seinem Fortgehen.
»Geschäftlich!« rief er. »Geschäftlich!«
Und dann war ich in der Villa mit dem Papagei allein.

Man sagt, daß Menschen, die innerlich geordnet sind, eine äußerliche Unordnung besser ertragen, ja manchmal sogar selbst erzeugen, als Menschen, die mit sich uneins sind. Aber muß Ordnung immer Ausdruck von Unordnung sein und umgekehrt?
Ich selbst bin weder besonders ordentlich noch besonders unordentlich. Eine derartige Unordnung, wie sie jedoch jetzt in der Villa und in meiner Seele herrschte, hatte ich noch nie erlebt. Ich kann gar nicht sagen, wie sehr es mich entzückte, sie noch und noch zu vergrößern. Es hatte nämlich überhaupt keinen Sinn, mit irgend etwas zu beginnen, ehe ich nicht in jede Schachtel, in jeden Koffer, in jede Truhe hineingeschaut hatte, um zu wissen, was wem gehörte. Am eindeutigsten verrieten die Bücherkisten ihre Besitzer. Die Werke großer Philosophen, die ich nie gelesen hatte, gehörten

mir, auch Romane und Gedichte. Gleich obenauf fand ich meine Lieblingsbücher »Der Wahnsinn der Normalität«, »Der Mann, der seine Frau mit einem Hut verwechselte«. Wochenlang waren sie neben meinem Bett gelegen. Zuletzt hatte ich mir auch noch das viel zitierte Werk »Falsche Götter« gekauft, in dem es um die Entlarvung von Menschen geht, die zu großer Bedeutung hinaufstilisiert werden und in Wirklichkeit ganz gewöhnlich sind.
Helena schien ausschließlich Bücher über Steuergesetze zu lesen, und zwar ausgesprochene Fachbücher, mit denen ich gar nichts anfangen konnte. Zwischendurch fand ich Titel, die auch mich irgendwie ansprachen, wie »Wer nicht wagt, gewinnt nicht«, »Der Ehrliche ist der Dumme«, »Das süße Leben der Abzocker«, »Insiderwissen aus Steuerparadiesen«, »1 + 1 = 4« und so weiter.
Ludwig hatte in seinen Bananenkisten nur Bücher mit praktischen Tips, diese jedoch in allen möglichen Sprachen. Offenbar ließ er sich von diesen Büchern anregen, denn ganze Passagen waren eingeklammert und abgehakt, bei anderen stand ein zugefügtes Ausrufungszeichen, und am Rand hatte er unzählige Notizen vermerkt, wohl um zu wissen, was er wo verwendet hatte. Bei zweiunddreißig Bänden schrieb er wahrscheinlich sogar aus seinen eigenen Büchern ab. So viele Ratschläge gibt es überhaupt nicht, als daß man so viele Bücher mit neuen füllen könnte. Auch bei den Frauen wird er sich wiederholen, dachte ich, denn Mengen haben ihre eigenen Gesetze, und wenn ein einzelnes Teil der Menge glaubt, es sei etwas Besonde-

res, so fällt es dann doch wieder unter alle anderen und ist nichts weiter als eines von vielen.
Ich bahnte mir einen Weg ins Badezimmer, stellte mich unter die Dusche, ließ Unmengen von warmem Wasser auf mich niederprasseln und spülte meinen Mund aus. Dabei fiel mir die Zwiebel meiner Hyazinthe ein, die ich mitgebracht hatte. Sie war ganz sicher mitgekommen, nur wo ich sie finden würde und wo ich sie aufbewahren sollte, das wußte ich nicht. Allein darum mußte ich nicht nur die Bücherkisten, sondern alles durchsuchen. Auch weil ich ungestört und unbeobachtet war. Und weil ich so etwas noch nie erlebt hatte.
Erfrischt, mit einem herrlich wohligen Gefühl begab ich mich zurück ins Umzugschaos. Was Menschen alles ansammeln, dachte ich, als ich die Schränke nach und nach öffnete. Ich entdeckte wunderschöne Kleider der verstorbenen gnädigen Frau, Unmengen von Strümpfen, kostbares Geschirr, Hüte, Bücher, Schallplatten, Wäsche, Taschen, Vasen, Schreibtischutensilien, Glühbirnen, Putzmittel. Der Papagei hatte überhaupt kein Problem damit, wie ich hier eindrang. Er kreischte nicht, sondern trällerte und gurrte vor sich hin. Als ich vor ihm stand, machte er gerade auf den Boden. Ich war nicht sicher, wie Helena das aufnehmen würde, hoffte jedoch, daß sie einen echten Graupapagei in unserem Reich als ein besonderes Exotikum betrachtete und ihm nichts tat.
In der Küche, die auf meiner Seite lag, fand ich in einem Schränkchen unter lauter Medikamenten ein kleines, in Leder gebundenes Büchlein und den Füllfederhalter mit der reich verzierten goldenen Spitze. Ich

drückte beides an mich, dann öffnete ich das Buch, sah eine winzig kleine nach links gerichtete Frauenschrift, mit der sie auf die erste Seite »Die besten Tips für einen unkenntlichen Mord« geschrieben hatte. Rasch schloß ich das Büchlein und drückte es wieder an mich. Ich sehnte Helena herbei, Armin, meinetwegen auch Ludwig. Alle, ja sogar meinen geschiedenen Mann oder wenigstens meine Eltern. Wie war ich froh um den Papagei, denn ganz allein wäre es mir jetzt vielleicht doch ein bißchen unheimlich gewesen.
Dabei war es großartig, phantastisch. Ich war es nur nicht gewöhnt, allein zu sein mit einem Federtier in einem großen Haus. Nun hatte ich endlich, was ich mir immer gewünscht hatte: Ich war aus der Bahn. Die ganze Ungewißheit unseres Daseins brach über mich herein. Nicht, daß ich ein Problem gehabt hätte mit diesem Durcheinander. Doch war es richtig, es heraufzubeschwören? Hätte ich nicht da bleiben können, wo ich gewesen war? Die hohe Miete schien mir im Augenblick das geringste Problem. Die Situation hier, ich und Helena und Armin und Ludwig und ich und Armin und Armin und Helena und Ludwig und ich und Helena und Ludwig und alle. Die Situation war es, der gegenüber ich auf einmal so etwas wie eine Ohnmacht fühlte. Noch nie hatte ich an so viele gleichzeitig denken müssen. Und alle hatten nur Probleme. Und ich?
Ich hielt das Büchlein einer toten Frau in der Hand, und schon wieder war ich einem Leben auf der Spur. Einem Leben, wie ich sogleich bemerkte, voller Probleme. Und welche Probleme! Ich mußte mich setzen

und las: »In seriösen Verhältnissen, wo der Schein immer gewahrt bleibt, wird der Arzt, der den Totenschein ausstellt, keine gerichtliche Obduktion anordnen, wenn der Tote keine Male aufweist, die auf Kampf oder Vergiftung hinweisen.

Tip 1: Jemand, der im Tiefschlaf mit einem nassen Kissen erstickt wird, hinterläßt keine Male und sieht aus, als sei er einem ganz normalen Atemstillstand erlegen. Dazu ist notwendig, daß er sich nicht wehrt. Verabreichen Sie also vorweg ein ganz normales, nicht zu schwaches Schlafmittel.

Tip 2, todsicher: Verabreichung von Curare-Gift, ein Muskelrelaxans. Die Indianer am Amazonas gewinnen es aus Pflanzen und verwenden es für ihre Speerspitzen. Bei uns bekommt man es in Form von Ampullen. Schwierig erhältlich, die Bekanntschaft mit einem Arzt oder einer Intensivstationschwester erleichtert den Zugriff. Wird in Ländern, wo die Euthanasie erlaubt ist, verwendet, bei uns nur in kleineren Dosen bei Narkosen für Bauchoperationen und schweren kieferorthopädischen Eingriffen. Aloferin und Lystenon. Man muß es in die Vene injizieren, was nicht jedermanns Sache ist. Die Verabreichung eines Schlafmittels vorneweg ist unbedingt notwendig.

Tip 3, einfach: Insulin, gewonnen aus Gen-mutierten Bakterien. Um jemanden ins Jenseits zu befördern, benötigen Sie eine hohe Dosis (nicht besonders teuer). Erhältlich in jeder Apotheke, die Bekanntschaft mit einem zuckerkranken Patienten erleichtert den Zugriff. Zuckerkranke haben immer größere Mengen Insulin zu Hause vorrätig. Es wird ganz einfach ins Fett

gespritzt. Trotzdem sollte vorher ein Schlafmittel verabreicht werden.
Als Schlafmittel ist Rohypnol, Dormicum zu empfehlen. Lassen Sie sich nicht zu überhöhten Dosen verleiten. Es darf immer nur als Basis für weitere Operationen benützt werden. Bei Überdosis entstehen Flecken im Gesicht und wecken den Verdacht auf Mord.«
Allmählich wurde mir klar, weshalb Ludwig über seine Frau so verächtlich hatte reden müssen. Sie schrieb den aufregendsten Ratgeber, während er sich mit besten Tips rund ums Fenster, besten Tips fürs Aufbewahren und Verpacken und derlei Lächerlichkeiten abquälte, der arme Teufel.
Hingegen war sie, Sibylle, auf dem Weg zu einer großen Berühmtheit gewesen. Jemand, der seine Sache ernst nimmt, dem es nicht nur ums Geld geht und den äußeren Erfolg, der für seine Sache lebt, dachte ich. Der ist das, was er denkt. Der tut das, was er weiß. Und so wäre es gut möglich, flackerte es in mir, daß Sibylle eine ihrer durchdachten Methoden an sich selbst praktiziert hat. Doch wie kann man sich im Schlaf selbst umbringen? Oder war sie am Ende ein Opfer ihrer eigenen Ideen durch eine andere Hand geworden? Nein, das mochte ich nicht denken. Es war unmöglich. Auch wenn man einen ihrer Tips befolgt, dann hat man doch noch ein Gewissen, bleibt nicht einfach am Ort der Tat und spricht schlecht über seine tote Frau.
Plötzlich fiel mir ein, was Armin mir erzählt hatte. Daß seine Frau Illi am Tag nach Sibylles Tod fortgegangen sei. War sie es gewesen? Hatte sie es getan?

Man kann doch nicht einfach so fortgehen, wenn man jemanden umgebracht hat, und warum soll diese Sibylle, nur weil sie sich mit den besten Tips für einen unentdeckten Mord beschäftigt hat, nicht eines natürlichen Todes gestorben sein?
Wie so oft, wenn sich ein Problem über mich herabsenken wollte, wurde ich plötzlich schwer und schläfrig. Die Sache zwischen Leben und Tod wurde zu einer Sache zwischen Wachen und Schlafen. Ich schlug das Büchlein zu, und kurze Zeit später träumte ich, daß jemandem im Schlaf ein grüner Plastiksack über den Kopf gestülpt und unten mit einer hellroten Kordel zugebunden wurde, und der Totgeweihte erstickte ganz unspektakulär, entschlief einfach und sah aus, als wenn sein Hirn durch eigenen Atemstillstand nicht mehr durchblutet worden wäre. Die Geschichte spielte in einer von Hyazinthen überwucherten Villa mitten in einer Reihenhaussiedlung am billigeren Rand der Stadt …
Es klingelte. Zuerst sehr weit weg, dann näher und näher. Was klingelte? Der Plastiksack? Das Leben? Ich schreckte auf. Der Raum war hell erleuchtet. Telefon? Ja, Telefon! Das Telefon klingelte. Das Licht brannte. Welches Telefon? Wo war ich? Und wo das Telefon? Die Uhr zeigte erst kurz vor Mitternacht. Und ich saß in einem grünen Sessel. Nach und nach fiel mir alles wieder ein. Egal, wer anrief. Es rief jemand an. Ich mußte nur den Apparat finden. Bitte klingle weiter. Mein Ohr kommt schon. Ich komme. Es könnte mich auch suchen, mir entgegenkommen, dieses dumme Telefon. Ich mußte über alles drüber-

stürzen, meinen Arm ausstrecken, den Hörer ergreifen – was für ein Glück, daß ich ihn rechtzeitig ergriff. Ich mußte weinen und verbarg es auch nicht.
»Was ist denn?« fragte sie. »Geht es dir nicht gut?« Ihre Stimme war sanft und tief, so wie ich sie ganz besonders liebte.
»Ich bin so, so glücklich«, schluchzte ich. Es war, als wäre ich gerettet worden oder hätte selbst jemand anderen gerettet. Sie dachte an mich. Sie legte nicht gleich wieder auf. Helena! Ich zitterte am ganzen Körper. Es gibt nichts Schöneres, als eine Freundin zu haben.
»Du bist allein?« fragte sie.
Natürlich. Was für eine Frage. Vollkommen allein. Den Papagei vergaß ich in diesem Augenblick und alles andere sowieso.
»Wie weit bist du?« fragte sie. Und nach einer Pause: »Ich hoffe, du schätzt es, daß ich mich nicht einmische. Als deine beste Freundin weiß ich, wie wichtig es für dich ist, alles in Ruhe zu ordnen. Du mußt wissen, ich nehme unsere gemeinsame Sache sehr ernst.«
Gerührt von soviel Einfühlungsvermögen und so großem Talent für Ausreden konnte ich mich allmählich fassen. Während ich ihr stolz von meinem Fund erzählte, Sibylles Ratgeber mit den besten Tips zum Morden, schien sie sehr intensiv nachzudenken. Denn sie unterbrach mich nicht, und das bedeutete immer, daß sie mit etwas beschäftigt war.
»Interessant«, murmelte sie nach einer längeren Pause in den Hörer und wollte wissen, wo ich dieses Büchlein gefunden hatte. »Es ist ein Fehler der beiden Her-

ren, daß sie nicht da sind«, sagte sie. »Den größten Fehler hat Ludwig gemacht. Er kassiert unsere Miete, und seine Sachen sind noch bei uns oben.«
»Er wird bald zurückkommen«, argumentierte ich beflissen.
»Wann?«
»Ich weiß es nicht. Er sagte, geschäftlich. Mach dir keine Sorgen. Ich kann seine Bananenkisten hinuntertragen. Es sind nicht sehr viele. Und alles andere will er nicht mehr.«
»Bananenkisten. Sehr interessant. Hast du schon hineingesehen?«
»Spinnst du?«
»Ich?« lachte sie gut gelaunt. »Ludwig spinnt. Und mach mir nichts vor, Lotti. Du hast schon hineingesehen.«
»Natürlich. Es ist nichts Besonderes drin.«
»Hast du Geschäftspapiere gefunden? Vielleicht seine Einkommensteuerklärung?«
»Seine was?«
»Die Einkommenssteuererklärung!« rief sie ungeduldig in den Hörer. »Das ist es doch, worum es geht. Manchmal bist du wirklich ...«
»Dumm«, ergänzte ich.
»Was sollen wir mit einem Büchlein einer mordlustigen toten Frau anfangen, wenn außer ihr niemand gestorben ist. Uns kann doch nur interessieren, ob die Männer in Ordnung sind oder nicht. Schau noch einmal nach, Lotti. Am besten gleich. Es müßte einen Ordner geben, in dem die Korrespondenzen seines Verlages mit dem Finanzamt sind. Die Steuerbelege,

verstehst du, Taxirechnungen, Reisekosten und so weiter. Die erste Frage ist immer: Wo kann er betrügen? Druckereirechnungen sind sehr wichtig. Sie stimmen fast nie. Du mußt die gesamte Korrespondenz finden. Und die genaue Steuererklärung.«
»Ich kenne mich nicht aus«, murmelte ich.
»Dann streng dich an. Genaue Angaben von Gewinn und Verlust können Gold wert sein. Ich ruf dich dann noch einmal an.«
Meine Müdigkeit war vollkommen verflogen. Helena war ganz gewiß allein. Vor niemandem auf der Welt konnte sie so zu mir reden, jedenfalls nicht vor Armin oder Ludwig. Sie dachte an mich, an uns. Wir wollten zusammenleben. Jetzt fing es an. Jetzt wirklich.
Druckereirechnungen, hatte sie gesagt, nicht Perücke. Wußte sie nicht, daß er eine trug? Wie von ihrer Hand geführt, fand ich in seinen Bananenkisten sogleich die richtigen Ordner. Mehrere Ordner. Alles war säuberlich getrennt. Vollkommen übersichtlich. Sogar ein Laie wie ich sah, daß diese Akten mit Geschäftlichem, mit Finanziellem gefüllt waren. Korrespondenzen, Rechnungen, Belege, Aufträge. Dann wurde es interessant. Grundstücksteuer, Vermögenssteuer, Erbschaftssteuer, und, ich hüpfte vor Freude: Einkommenssteuer.
Als Helena wieder anrief, war ich mitten im Durchblättern dieser Ordner. Es war klar, daß ich auf Helena einen sehr unversierten Eindruck machte. Doch sie war jetzt die Geduld in Person. Wir müssen, sagte sie, seine gesamte Geschäftskorrespondenz durchgehen. Ohnehin könne sie nicht schlafen, und

mit Henni habe sie bereits telefoniert. Wir hatten also Zeit.
Vom Telefon aus gab sie mir Anweisungen. Taxirechnungen, kein vorgedruckter leerer Block, schade. Das Segelschiff, Geschäftsgäste, dagegen war leider auch nichts einzuwenden. Interessant war die Frage, wie er zu soviel Geld gekommen war, um diese Hochseejacht zu kaufen. Zu ihrem Erstaunen führte er die Villa nicht als Verlagsgebäude oder als Büro an, und nicht einmal die Telefonrechnungen schienen als Steuerabschreibposten auf. »Sehr verdächtig. Warum schenkt Ludwig dem Staat soviel Geld?« murmelte sie. »Da stimmt etwas nicht.« Sie drängte zur Druckerei. »Man zahlt eine gewisse Summe«, sagte sie, »dafür, daß die Druckerei überhöhte Rechnungen ausstellt. Druckereirechnungen setzt er ab. Meist fliegt es erst auf, wenn die Druckerei Pleite macht. Fast jede Druckerei macht irgendwann Pleite.«
Doch Ludwig Holubs Druckerei schien nicht Pleite gemacht zu haben. »Wo hat er investiert?« fragte sie. Allmählich kam die Ungeduld zurück in ihre Stimme. Sie mußte immer minutenlang warten, bis ich etwas gefunden hatte. So viele Zettel, Briefe, Listen, Formulare. Mir gefiel das schöne Briefpapier. Mehrere Briefpapiere, alle sehr schön. Mit verschiedenen Adressen.
»Was sagst du?« fragte sie.
»Ein prachtvolles Briefpapier einer Firma.« Ich versuchte, den exotischen Namen auszusprechen. »Desarrollo Mundial & Ayuda Comunal S.R.L.«
»Das heißt so etwas wie Weltentwicklung und Kommunalhilfe«, lachte Helena.

»Panama steht dort«, sagte ich geschäftig und hatte bereits ein weiteres edles Briefpapier mit einer Amsterdamer Adresse in der Hand.
»Amsterdam«, säuselte sie in den Hörer. »Such weiter, Lotti. Und nicht so langsam. In einer anderen Schachtel. Gibt es dort auch etwas von diesem Briefpapier? Blanko-Briefpapier vielleicht?«
Ich fand unbeschriebenes Briefpapier, und zwar verschiedener Unternehmen in verschiedenen Ländern.
Helena stieß ein paar Seufzer aus, die ich nicht zu deuten vermochte. »Unbeschriebenes Briefpapier«, wiederholte sie mehrmals, und ich dachte schon, gleich werde sie mich oder Ludwig oder die Welt wieder dumm nennen. Was sollten wir denn mit unbeschriebenem Briefpapier anfangen?
»Er hat es vermutlich drucken lassen.«
»Drucken lassen? Er? Briefpapier anderer Firmen?« Ich verstand gar nichts mehr.
»Nicht besonders professionell«, stellte sie fest. »Ein Profi rechnet immer mit einer Hausdurchsuchung. Und unbeschriebenes Briefpapier anderer Firmen ist wie die Fingerabdrücke des Mörders am Tatort. Jetzt stell dir vor, der Mörder steht mit seinen Fingern während der Untersuchung daneben. Soviel Dummheit muß bestraft werden.«
Gedankenverloren blätterte ich weiter und stieß auf ein prachtvolles Briefpapier, mit Goldprägung und Wasserzeichen. Allerdings beschrieben. Ein ganzer Ordner war gefüllt mit Korrespondenzen zwischen Ludwig und diesem Briefpapier.
»Wem gehört dieses Briefpapier?« fragte sie.

»Wunderschöne Initialen«, sagte ich, »und ein goldrotes Logo. Wirklich sehr nobel.«
»Wem gehört es?« drängte sie.
Es gehörte einer Gesellschaft in Liechtenstein, die sich Tochtergesellschaft nennt, und der, der immer darauf schrieb, war ein Rechtsanwalt, ein Doktor.
»Liechtenstein?« schrie Helena. »Welcher Ort?«
»Vaduz.«
»Ich komme.«

Helena trug jetzt einen eleganten grauen Hosenanzug, sah sehr geschäftlich aus und wirkte fast wie eine Anwältin vor einem Prozeß. Sie umarmte mich, hielt kurz inne, küßte mich nochmals auf beide Wangen und fragte dann, wo unsere Beute sei. Sie überblickte den Raum und zu meiner Überraschung begrüßte sie aufgeräumt, mit der ganzen Souveränität einer Hausdurchsucherin den Papagei, der, ebenfalls schlaflos, leise vor sich hingurrte.
Ich war verwirrt. Mir wurde plötzlich klar, daß nichts einfach so ist wie es ist, sondern daß alles, und ganz besonders das Chaos, einen tieferen Sinn hat. Denn im Chaos, hatte ich einmal gelesen, in dieser mit Nebel und Finsternis erfüllten Urkluft, liegt der Anfang und der Urgrund aller Dinge. Was täte ein Schöpfer, wenn seine Hand nichts zu ordnen hätte? Auch Amor, der Gott der Liebe, der die Gegensätze vereint, ist angeblich aus dem Chaos entstanden. Und in der Bibel ist von einem Tohuwabohu die Rede,

woraus dann der sinnhaft geordnete Kosmos entstanden sein soll.
An all das mußte ich denken, als ich Helena zusah, wie sie sich ein Plätzchen freischaufelte und ohne Umschweife mit der Prüfung von Ludwigs Einkommenssteuererklärung begann. Sie nickte, murmelte mehrfach »wunderbar« und gab fortwährend irgendwelche Kommentare von sich, die ich nicht verstand. Sie erklärte mir, daß Ludwig doch schlauer sei, als sie gedacht habe, allerdings nicht schlau genug. »Denn wir«, lächelte sie, »wir sind noch schlauer.«
Wir. Das zu hören tat mir, nachdem sie mich so oft dumm genannt hatte, ausgesprochen gut, und so war wohl der richtige Zeitpunkt gekommen, um die Sektflasche zu öffnen, die in meinem Pretiosenköfferchen ungekühlt, aber voller Feierlichkeit auf ihre Stunde wartete. Ich hatte sie in Erinnerung an unsere einstige Fahrt zu meinem Onkel eingepackt, und ich war überglücklich, daß wir nun doch noch auf unsere gemeinsame Zukunft würden anstoßen können.
Sie schaute mich an, schüttelte den Kopf und erklärte mir, daß sie damals Sekt getrunken habe, um die Wahrheit ihrer Gefühle zu vergessen und sich Mut anzutrinken. Jetzt müsse sie sich konzentrieren, jetzt dürfe nichts vergessen werden, und außerdem dürften wir keine Sekunde verlieren. »Sei nicht böse«, murmelte sie, während sie weiterhin fieberhaft Ludwigs Akten studierte. »Wir stehen vor einer Götterdämmerung.«
Die Sektflasche wanderte zurück in mein Pretiosenköfferchen und harrte weiterhin dort aus.

Nach weniger als einer Stunde hatte Helena herausgefunden, daß Ludwig ein Steuerheld der klassischen Sorte war. Er selbst tauchte weder als Verleger noch als Autor auf. Er bezog nichts weiter als ein sehr bescheidenes monatliches Einkommen jener Firma in Vaduz, der gegenüber, das hatte sie ebenfalls bereits schriftlich, er sich verpflichtete, jährlich zwei Ratgeberbücher zu liefern.
»Klassisch«, murmelte Helena immer wieder, »klassisch. Er hat mir gesagt, daß er nichts anderes wollte, als viel, viel Geld zu verdienen.«
»Mir auch«, entfuhr es mir. Sie schaute kurz auf, ihre grünen Augen blinkten, dann verbiß sie sich wieder in die Akten.
»Mir gegenüber hat er sich als Autor und Verleger bezeichnet.«
Mir gegenüber auch, dachte ich, sagte jetzt jedoch nichts mehr, um mir keinen weiteren solchen Blick einzuhandeln.
»Wäre die Firma, die ihn bezahlt, nicht in Vaduz, wäre es genauso klassisch. Doch Vaduz ist natürlich ein Leckerbissen.«
»Was hast du nur mit diesem Vaduz?«
»In Vaduz«, sagte Helena, »soll es sechzehn Millionen registrierte Firmen auf viertausend Einwohner geben. Das heißt, jeder Einwohner hat vierzigtausend Firmen. Ein sehr fleißiges Völkchen, diese Liechtensteiner, nicht wahr?«
Für mich klang nicht nur dieser Name, Mundial Ayuda, spanisch, sondern alles, was Helena unbeirrbar herauszufinden schien.

»Hast du noch nie etwas von Briefkastenfirmen gehört?«
Natürlich. Nur hatte ich mich nie darum gekümmert, was das eigentlich war.
»Jetzt wird es dich sehr interessieren«, lächelte sie. »Noch haben wir keinen sicheren Beweis in der Hand.« Sie erzählte von einem Komplizen in Vaduz, der sich bei den Vaduzer Behörden erkundigen sollte. »Auch Hennis Vater machte Geschäfte in Vaduz, und mein Engel dort hat mir auch damals geholfen, sehr diskret.«
Da wir ohnehin kein Auge zumachen konnten, rief sie diesen Engel noch in derselben Nacht an. Er stehe in ihrer Schuld, lächelte sie, denn auch sie sei sein Engel. Immer, wenn ihm eine Prüfung in Vaduz bevorstehe, warne sie ihn. Kraft ihres Amtes könne sie auch die eine oder andere Akte einfach verschwinden lassen. »So etwas kommt ununterbrochen vor. Es ist ganz normal. Alle machen es.«
Wie und was sie mit ihm besprach, ehrlich gestanden, ich verstand nichts. Die meiste Zeit flüsterte sie, dazwischen schrie sie zornig. Erst als sie den Hörer wieder aufgeknallt hatte, sich im grünen Sessel niederließ, mich anwies, auf der Sessellehne Platz zu nehmen, und die Idee hatte, wir könnten uns eine Pizza kommen lassen, war mir die Welt wieder vertraut. Eine Pizza. Etwas Greifbares. Eßbares. Wunderbar. Vielleicht paßte er jetzt, der Sekt.
Der Pizza-Bote brachte drei Pizzen. Wahrscheinlich glaubte er, sie seien für Armin bestimmt. Helena kicherte, zahlte, und dann schlang sie den belegten Teig

in sich hinein, daß mir meine Bissen im Hals stecken blieben. Und der Sekt kam überhaupt nicht zur Geltung. Sie spülte mit ihm die Pizza hinunter, als wäre er Wasser, und das alles geschah in solcher Geschwindigkeit, als esse sie um ihr Leben. Auf ihrer Stirn bildeten sich Schweißperlen, und ich war auf alles gefaßt. »Schau nicht so«, fuhr sie mich an, »ich kann es nicht ertragen, wenn man mir zuschaut. Noch dazu beim Pizza essen.«

Während sie weiterschlang, erklärte sie mir, daß die Pizza eine der unsensibelsten kulinarischen Erfindungen sei. Sie sei wie ein nach außen gestülpter Magen, und immer, wenn sie Pizza esse, müsse sie daran denken, daß sich der Fötus eines Menschen bis zur sechsten Woche in keiner Weise von dem eines Schweines unterscheide.

Ich senkte die Augen. Jeder hat seine Eßgewohnheiten, dachte ich und kaute eine Ewigkeit lang an meinem Stück herum. Es schmeckte köstlich, und ich fragte mich, ob auch ein Schwein genießen könne, wenn es kein armes Schwein ist. Ich erzählte ihr von den Bemühungen meines Vereins gegen die brutale Massentierhaltung in fensterlosen Betonbunkern, wo die armen Schweine auf ihre Abschlachtung warten, und wie sie dann mit einer Elektrozange hinter den Ohren gepackt werden, jedoch nicht lange genug, so daß sie bei vollem Bewußtsein erleben, wie ihnen die Füße abgeschnitten werden, und wenn sie dann von den Schlächtern an einem Bein aufgehängt und ihnen die Halsschlagadern durchschnitten werden, kann es in der Hektik passieren, daß das eine oder andere

Schwein dann immer noch lebt. Erst wenn es aus dem kochend heißen Brühbad zu den Walzen kommt, die die Borsten abrasieren, ist es mit Sicherheit tot, nämlich ertrunken im heißen Wasser.

Bis auf ein kleines Stück, auf dem der rosa Schinken glänzte, war bereits alles aufgegessen, als Helena plötzlich innehielt, mich entgeistert anstarrte und dann mit panischem Ausdruck ihre Stimme erhob.

»Was redest du! Das ist ja entsetzlich! Das ist ja, das kann man nicht, das, das ist ...« Sie wich vor mir zurück, schaute durch mich hindurch, ich hatte soeben noch den Mund voll, penetrant schmeckte der Schinken heraus, und ich schluckte und schluckte, versuchte auch ihr Entsetzen zu schlucken, dann hörte ich sie auf dem Klo bereits würgen und stöhnen und kotzen.

Wie konnte ich nur! Helena war doch nicht irgend jemand, aber auch irgend jemandem hätte man so etwas nicht während des Essens und noch dazu tief in der Nacht erzählen dürfen. Meinem Mann ja. Er hatte nie wirklich zugehört. Da hatte ich alles erzählen können. Doch sie war nicht mein Mann. Und sie hatte ohnehin Schwierigkeiten, nach dem Essen nicht zu kotzen. Wahrscheinlich hätte sie auch ohne mich gekotzt. Von allein hat man keine solchen Zahnstocherbeine, jedenfalls nicht, wenn man soviel hineinschlingt wie sie. Jetzt aber kotzte sie meinetwegen, und so war es nur gerecht, daß sich die schreckliche Schinkenpizza in meinem Magen in einen Stein zu verwandeln schien und zu drücken begann. Wenn ich schon nicht erbrach, sollte es mir wenigstens weh tun.

Helena trug mir nichts nach. Schon nach wenigen Mi-

nuten war sie die Alte, nahm das Studium von Ludwigs Steuerangelegenheiten wieder auf und nur ein Blick mit schlechtem Gewissen konnte sehen, wie die Ringe unter ihren Augen dunkler und tiefer wurden. Ihre Finger zappelten wie Spinnenfüßchen übers Papier. Ich riß das Fenster auf, atmete tief ein und aus, die frische Nachtluft strömte herein, der Efeu fächelte dunkel vor sich hin, doch es nützte nichts. Ich wurde müde und schwer, fühlte mich plötzlich immer beengter, der Stein in mir wurde immer größer, immer drückender, so daß ich die nächste Dummheit beging und fragte: »Bist du sicher, daß wir das Richtige tun?«
Das war zuviel. Sie sprang auf, stellte sich vor mich, stemmte die Hände in die Hüften und fragte: »Wie meinst du das?«
»Was wir hier machen, ich meine«, stotterte ich, »Ludwig hat uns doch nichts getan. Er ist ein ganz normaler Mann mit einem ganz normalen Termin. Und die Pizza war auch wie jede Pizza.«
Helena nickte wissend. »Es ist auch ganz normal«, lächelte sie, »daß wir das alles überprüfen.«
»Ohne sein Wissen?«
»Er läßt auch niemanden wissen, wie er den Staat, genaugenommen also auch uns beide, betrügt. Wer nicht zahlt, der nimmt es anderen weg. Und nur naschen und nichts dafür geben, ist das vielleicht richtig?«
Sie war jetzt erzürnt, fast laut geworden. »Oder hat er dich vielleicht nicht vernascht?«
Die halbe Wahrheit, nur die halbe Wahrheit sagen, also nichts sagen, befahl ich mir.
»Und kränkt es dich nicht«, schrie Helena, »daß er

anschließend abhaut und dich dir selbst überläßt? Mich hat es sehr gekränkt. Ich sage dir die Wahrheit. Als ich die Musik hörte, war ich verzaubert. Ich habe das gehört, was ich hören wollte. Es war leider nur die Musik, nicht er. Er wollte nicht einmal meinen vollen Namen aussprechen, so eilig hat er es gehabt. Und seine Eile, vorher, während und nachher erinnert mich an jemanden.«
Sie verschluckte sich vor Zorn und Schmerz. »Er erinnert mich an diesen Unmenschen, an dieses hektische Reißverschlußungeheuer, an Henriettes Vater.«
Sie unterbrach sich und starrte vor sich hin. Dann faßte sie sich, verzog ihren einsamen Mund zu einem Lächeln und sagte mit fester Stimme: »Ludwig verdient nichts anderes. Und du weißt ja. Wer betrügt, der wird auch selbst betrogen, wer nimmt, dem wird auch genommen. Wir tun nichts Unrechtes, im Gegenteil. Wir tun unsere bürgerliche Pflicht!«
Am übernächsten Tage traf genau jene Antwort des Engels von Vaduz ein, die Helena erhofft hatte. Er hatte herausgefunden, daß die Vaduzer Firma große Summen mit Ludwigs Ratgebern verdiente, und zwar nur damit. Der Jurist, der für die Firma zeichnete, gehörte einer Amsterdamer Rechtsanwaltskanzlei an, die ihrerseits die Firma aus Panama repräsentierte. Der Kreis schloß sich mit der Eigentümerin aller Aktien dieser Weltentwicklung und Kommunalhilfe GesmbH, die die vor vielen Jahren verstorbene Mutter der toten Ehefrau von Ludwig war.
Helena hing am Telefonhörer und schrieb alles mit. Dank und Worte des Abschieds schienen unter diesen

Komplizen nicht üblich. Sie sagte nur »okay« und legte rasch den Hörer auf. »Ekel«, fluchte sie. »Immer will er etwas dafür haben.«
»Was?« fragte ich tief beeindruckt. Wie gesagt, ich hatte überhaupt keine Erfahrungen in dieser Branche.
»Geld natürlich«, nickte sie nachdenklich und schaute mich einen Augenblick lang prüfend an. »Eigentlich«, sagte sie, »könntest du ihm etwas bezahlen.«
»Ich?« entfuhr es mir erschrocken. »Warum denn ich?«
»Ich habe kein Geld«, sagte Helena. »Und du profitierst soeben mehr, als du es abschätzen kannst.«
»Ja aber«, ich geriet ins Stottern, »du hast mir nicht gesagt, daß diese Auskunft etwas kostet. Du hast gesagt, er stehe in deiner Schuld.« Von vorneherein war mir dieser Vaduzer Engel nicht ganz geheuer. Freilich, im nachhinein weiß man so etwas immer besser.
»Du hast recht«, lächelte Helena. »Lassen wir das. Hauptsache, wir wissen Bescheid.«
»Bist du sicher«, fragte ich ängstlich, »daß er sich nicht rächen wird?«
»Ich bitte dich«, wimmelte sie meine Sorge ab, »ich hab so viel für ihn getan. Er ist mir verpflichtet. Wie soll er sich denn rächen?« Und dann gab sie sich restlos ihrem Triumph hin.
»Ich habe es gleich gewußt«, jubelte sie. »Daß Armin seine Watte nicht versteuert, ist ohnehin klar. Ein kleiner, harmloser Fisch. Ludwig hingegen ist ein schillernder, dicker fetter Goldfisch. Wenn er mit dieser internationalen Spurenverwischung eine Steuerprüfung bekommt, dann ist er erledigt. Ein für allemal.«

Sie schaute mich an. Der Staat, sagte sie, lebe nämlich nicht von den Steuern, die gezahlt werden, sondern von den Strafen für nicht bezahlte Steuern. Sie sind viel höher als die Steuern selbst. Im Vergleich zum Goldfisch Ludwig sei Hennis Vater ein Haifisch gewesen, denn als Politiker habe er natürlich noch ganz andere Methoden der unlauteren Bereicherung genützt. »Aber das hier«, lächelte sie, »ist auch nicht schlecht. Oder glaubst du, Ludwig würde sich mit diesem lächerlichen Gehalt zufriedengeben, das er von dieser Vaduzer Firma bekommt? Wenn du ihn fragst, wird er sagen: Na ja, dafür bekomme ich es mein Leben lang, auch wenn ich keine Ratgeber mehr schreibe. Gewiß hat er auch diese Vertragsidee auf einem Vaduzer Briefpapier festgehalten. Denn das klingt sehr plausibel, findest du nicht?«
Ich konnte gar nichts finden, mein Staunen beflügelte Helena jedoch mindestens ebenso, wie wenn ich eine brauchbare Assistentin gewesen wäre. Sie fand noch ein Schreiben an Ludwig, auf dem der Rechtsanwalt der Vaduzer Firma Ludwig die Mitteilung machte, daß die Tochtergesellschaft der Weltentwicklung und Kommunalhilfe GmbH ihm für seinen wissenschaftlichen Arbeitsaufwand eine Anleihe von 180 000 Dollar gewähre, die er bis zum Erfolg seiner Werke, jedoch nicht später als 2048 zurückzuzahlen habe.
»Verstehst du?« nickte Helena. »Solche Schreiben gibt es gewiß mehrere. Und nicht nur die Schreiben, sondern auch die Überweisungen des Geldbetrages. Anleihen müssen nicht versteuert werden. Alle arbeiten mit diesen Anleihen irgendwelcher erfundener Kom-

pagnons und Gesellschaften. Immer alles ganz offiziell. Darum auch das Briefpapier, verstehst du? Und 2048 lebt er überhaupt nicht mehr, das heißt, er wird es nie zurückzahlen. Gut durchdacht, nicht wahr?«
Überglücklich fiel sie mir um den Hals und rief: »Jetzt, Lotti, jetzt ist der richtige Moment gekommen! Jetzt müssen wir feiern.«
»Ja, aber was sollen wir denn anfangen mit dieser Entdeckung? Wir sind doch nicht seine Ehefrau.«
Sie schüttelte den Kopf. »Du bist wirklich dumm.« Und nach einer kurzen Pause: »Wir zahlen keine Miete. Das ist doch klar.«

Bereits wenige Tage später hatten wir uns vollkommen eingerichtet, und es war ein Traum. Ich jedenfalls hatte bisher nur im Traum einen Vogel im Zimmer gehabt, und, gierig nach einer höheren Bedeutung, hatte ich mir eine geheime Sehnsucht nach eigenen Flügeln eingeredet, um, so wie der Vogel im Traum, höhere Sphären zu erreichen. Jetzt war ich in diesen höheren Sphären angelangt, und dort gehörte es eben dazu, daß dieses Federtier, mit einer Kette an einen Ast gefesselt, bereits mit Sonnenaufgang zu trällern begann und täglich mehrmals auf den Boden kackte. Ich hatte ihm eine Voliere auf dem Balkon bauen wollen, so daß er in wärmeren Zeiten auch draußen hätte sein können. Doch hatte Helena gedroht, daß sie ihn sofort auslassen werde, wenn er noch eine Stunde länger im Wohnzimmer blieb oder gar den schönen Balkon er-

obern würde. Und so war er mit seinem Ast kurzerhand in mein Zimmer umgezogen.
Fast alles, was von Ludwig und seiner toten Frau bei uns oben geblieben war, hatten wir weggeworfen. Wie die meisten Menschen, die in einem Reihenhäuschenmilieu aufgewachsen sind, liebten wir große, leere Räume und bodenlange, weiße Seidenvorhänge, die sich bei offenen Fenstern im Wind aufbauschen. Wir waren modern und wollten den Raum wirken lassen. Mochten nichts Angesammeltes und waren uns vollkommen einig darin, daß man das, was man ein Jahr lang nicht angerührt hat, nie wieder anrühren und schon gar nicht vermissen würde. Das einzige, was im Salon bleiben durfte, waren einige Sessel, ein großzügiges Sofa, die Stereoanlage und das Cembalo. Zu unseren schönsten Minuten zählten jene, in denen wir die Stereoanlage ausprobierten. Auch in der Musik hatte Helena einen erlesenen Geschmack. Die lauten, pochenden Rhythmen, die heutzutage die Ohren taub machen, konnte sie nicht ertragen. Mit ihrer Tochter, sagte sie, habe sie oft tagelang kein Wort sprechen können, weil sie nicht dazu zu bewegen gewesen war, dieses Geplärre abzudrehen.
Gut, daß ich keine Tochter habe, dachte ich in meiner Hingegebenheit an Helena, ohne zu bemerken, daß dieser Gedanke für sie nicht der schönste war, da sie ihre Tochter natürlich liebte. Doch Liebe muß, das weiß ich heute, nicht unbedingt mit Erträglichkeit zusammenhängen. Jemand kann einem unerträglich sein, und man liebt ihn trotzdem, oder sogar eben weil er unerträglich ist, ist die Liebe besonders groß. Wahre

Liebe ist nun einmal nichts, was man erklären kann, weder sich selbst noch anderen. Liebe ist so etwas wie Musik. Sie trägt einen hoch hinauf und stößt einen tief hinunter, sie macht süchtig, und manchmal kann man sie nicht mehr hören. Die schönste Musik ist immer irgendwie auch traurig.
Mit Helena zusammen hörte ich nur schönste Musik. Ein paar Takte lang, und schon war sie da, diese Traurigkeit. Ihre Tochter, dachte ich, will eben nicht so traurig sein. Und wenn ich ehrlich bin, auch ich schwelge hin und wieder mit großer Lust in diesen unerträglich lauten, pochenden Rhythmen, die meine Fiji-Inseln aus ihrer Verankerung auf meinem Dekolleté heben und alles in mir wippen lassen, mich in ein hüpfendes, hopsendes, torkelndes Geschöpf verwandeln, das nicht mehr Herr seiner selbst ist und nur noch denkt: Schön ist das Leben, ach, wie schön das Leben ist, ein so schönes Leben, du schönes Leben, du Leben, ich lebe …
Doch wenn ich glaubte, daß es jetzt darum ging, wie schön das Leben sei, dann hatte ich mich geirrt. Es ging darum, wie wir Illis Schachteln im Entreebereich, die sie bereits ein ganzes Jahr lang nicht abgeholt hatte, loswerden könnten. Der untere Bereich der Villa gehörte nicht zu unserem oberen, doch es störte uns, daß wir, um in unsere Etage zu gelangen, an dieser Verunzierung vorbei mußten. Die Treppe zur Eingangstür ließen wir vom Ehemann unserer Haushaltshilfe tadellos säubern, der prächtige Granit sollte zur vollen Geltung kommen. Und da wir von unseren Fenstern und vom Balkon aus eine herrliche Aussicht in

den Garten hatten, ließen wir auch das Gras mähen, das Unkraut entfernen und den Efeu schneiden. Er hatte bereits einige Fenster zuwuchern wollen und war ins Dachgestühl gewachsen.
Helena plante ein großes rundes Schwertlilienbeet in der Mitte des Gartens. Sie sprach von einer Gräfin in Deutschland, die die schönsten und edelsten Schwertlilien züchtete, weiße, blaue, gelbe, auberginefarbene, mit großen, samtigen Blüten. Sie sprach von einem Schwertlilienwald, doch als ich ihr mit Glückstränen in den Augen vom Schwertlilienwald aus meiner Kindheit erzählen wollte, war sie mit ihren Gedanken bereits bei der nächsten Anschaffung. »In Anbetracht dessen«, sagte sie, »daß wir keine Miete bezahlen, werden wir uns auch eine neue Küche genehmigen.«
Eine neue Küche? Wozu denn? Die Küche, die wir hier vorgefunden hatten, war tadellos, ja sogar luxuriös, mit wunderschönen weißen Schränken und allem Drum und Dran. Das einzig Schlechte an ihr war, daß sie direkt neben meinem Zimmer lag und alle Düfte und Gestänke, die Helena beim Kochen erzeugte, in mein Zimmer zogen. Das würde sich durch eine neue jedoch auch nicht ändern.
Helena sprach von besonderen Beschlägen, ganz bestimmten Amaturen, die sie sich wünschte, von einer Marmorarbeitsplatte, von Terrakottakacheln und derlei mehr, und ein Mikrowellenherd komme ihr nicht mehr ins Haus, etwas so Ordinäres.
»Ist das alles nicht zu teuer?« fragte ich in meiner alten Art. Ich war verwirrt. Denn seit wir hier eingezogen waren, schien der alte Leitspruch, es komme

nicht darauf an, was man habe, sondern darauf, was man glaube zu haben, nicht mehr zu gelten, sondern nur noch das, was man hat.
»Wir haben ein neues Leben begonnen. Benützte Küchen erzählen Lebensgeschichten, und je älter sie sind, desto aufdringlicher.« Sie wolle, beteuerte sie, diese Geschichten nicht mehr hören. Die Vorstellung, daß hier eine Frau mit dem kryptischen Namen Sibylle und mit lauter Mordgedanken im Kopf gekocht habe, belaste sie. »Hätte sie Barbara oder Maria geheißen, könnte ich ihre Küche benützen. Mit einer Sibylle will ich nichts zu tun haben. Am besten, du wirfst auch dieses Büchlein weg. Gegenstände haben ihre Ausstrahlungen.«
Ich versprach, es wegzuwerfen, und versteckte es in meinem Zimmer. Ich bin nämlich nicht ganz der Meinung, daß man die eigene Vergangenheit, und auch die eines anderen Menschen, so einfach wegwerfen kann. Außerdem weiß man nie, was man wozu noch gebrauchen kann. Ehrlich gesagt hatten mir auch der verwilderte Garten und der ungebändigte Efeu besser gefallen, doch sah ich ein, daß Helena das Gefühl brauchte, die Natur zu beherrschen, und nicht umgekehrt von der Natur beherrscht werden wollte. Das neu gestaltete Wohnzimmer war und blieb mir fremd. Das der Holubs hatte nach ganz normalen Menschen ausgesehen, während es jetzt wie eine Bühne wirkte, auf der die Schauspieler ihren Auftritt haben und jedes Wort, das sie sagen, wie eine Offenbarung wirkt, auch wenn es im Grunde etwas ganz Banales ist.
Aber ich wollte Helena die Freude nicht verderben

und fand alles großartig, was ihr gefiel. Hauptsache, den Hyazinthen geschah nichts. Die Zwiebel meiner Hyazinthe würde ich im Oktober neben die anderen einpflanzen, ein bißchen abseits, damit ich sie erkannte, wenn sie im nächsten Frühling blühte. Und mein Reich gestaltete ich nach meinem Geschmack. Zu meinen mitgebrachten Schätzen, von denen ich mich nicht trennen wollte, hatte ich nicht nur den Vogel und Sibylles Lederbüchlein in mein Zimmer gerafft, sondern selbstverständlich auch den schönen Füllfederhalter mit der verzierten Goldspitze, das Medikamentenschränkchen aus der Küche, einen chinesischen Gartenteppich, auf dem viele grüne Stengel und einige rote Blütenköpfe zu sehen waren, alle anderen Teppiche der Vorbewohner, die ich auf meinem Boden übereinander lagerte, ein Bild mit drei weißen Wolken über einem Mohnfeld, einen wunderschönen Schrank mit Einlegearbeit, einen schweren runden Holztisch und sechs dazugehörige Stühle, einen zierlichen Sekretär mit vielen Laden, einige Beistelltischchen und sämtliche Jugendstil-Lampen, die Helena wegen ihres gläsernen Zierrates verabscheute. Von Ludwigs Ratgeberserie hatte ich Band 19 ergattert, »Die besten Tips für Haustiere und Schädlingsbekämpfung«, in dem ich auch Ratschläge fürs Fensterputzen und für die Teppichpflege fand und sogar einige hilfreiche Tips gegen Schädlinge auf dem Segelboot. In der Meinung, wir würden bald eine Party feiern, auf der ich Armin verführen wollte, hatte ich sämtliches Geschirr und Gläser, die hiergeblieben waren, in Schachteln gepackt und unter mein Bett geschoben.

Immer wieder war ich, wenn ich mich unbeobachtet fühlte, zum Müll hinuntergeschlichen und hatte einige Kostbarkeiten, die Helena und ich soeben weggeworfen hatten, zurückgeholt. Zugegeben, mein Zimmer glich jetzt mehr einem Trödelladen als dem einer Überwinderin des Reihenhaus-Milieus. Helena sah großzügig darüber hinweg. Wenn sie hereinkam, zog sie die Winkel ihres großen Mundes lediglich noch ein wenig mehr nach unten. Überraschte sie mich, wurde ich jedesmal genauso aufgeregt wie bei unserem ersten Wiedersehen auf dem Begräbnis meines Onkels. Eigentlich noch mehr. Denn sie kam, um selbst zu sterben. Die Franzosen nennen den Liebesakt »la petite mort«, den kleinen Tod. Wer Helena essen sieht, denkt zumindest an den mittleren Tod. Entweder sie schlingt in sich hinein, als wollte sie sich erwürgen, oder sie zelebrierte eine Erdbeere, als müßte sie für eine ganze Woche reichen. Und offenbar mußte sie das immer in meinem Zimmer tun.
»Essen paßt nicht in unser schönes Wohnzimmer«, sagte sie. Mein Zimmer, meinte sie, sei ursprünglich das Eßzimmer gewesen und habe immer noch die Atmosphäre des Essens.
Ich war gerührt, daß sie zumindest diesen Sinn für Tradition zeigte und ihr anfänglich demonstriertes Problem, beim Essen keinen Zuschauer ertragen zu können, zu überwinden begann.
Ich, die ich seit meiner Scheidung nie mehr gekocht hatte, mußte mich erst wieder an die Essensgerüche gewöhnen. In der Hoffnung, Helena würde in meiner Gesellschaft vielleicht zunehmen und wieder so wer-

den, wie sie in meinen Träumen lebte, nahm ich jeden Gestank hin. Wenn sie nur aß und nicht nippte. Ich blinzelte und sah das wunderschöne Nachbarmädchen mit dem langen hellroten Haar, mit den schaukelnden Oberschenkeln, das Mädchen mit dem Blumenstrauß. Ich öffnete die Augen und hörte sie würgen und kotzen. Es klang schrecklich, als würgte sie an der ganzen Welt. Ich saß wie angewurzelt in meinem Zimmer und wußte nicht, was tun. Es war, als ließe man jemanden neben sich sterben. Aber wenn man zu Hilfe eilt, dann stirbt er vielleicht erst recht und man selbst auch noch dazu.

Es war typisch für mich, daß das Blinzeln meine Lieblingsbeschäftigung wurde. Ich entwickelte eine Blinzelkraft, mit der ich glaubte, die Welt, an der Helena würgte, neu erschaffen zu können. Solche Kräfte fühlt man, wenn man verliebt ist. Und es gibt Menschen, die eignen sich ganz besonders gut zum Verliebtsein in sie, wenn sie nicht da sind. Armin war so jemand. Für mich.

Das einzige Wesen, das mich darin verstehen konnte, war der Graupapagei. Er sprang aufgeregt auf seinem Ast herum. Sein Gekreische adelte all meine Gefühle. Tiere lieben bedingungslos. Sie sind nicht beeinflußbar davon, wie ihr Herrchen oder Frauchen wirklich aussieht, wie es aufgelegt ist, ob es einen Ach-Blick macht oder nicht, ob es lügt, krank ist oder wunderschön. Wenn sie ihr Fressen bekommen, ist alles in Ordnung.

Ich muß sagen, in manchen Augenblicken meines Lebens bin auch ich mehr wie ein Tier als wie ein Mensch. Denn als ich Armin zurückkommen sah, ihn beobachtete, wie er mit seinen hellen Flechtschuhen auf die Villa zumarschierte, sprang und kreischte ich auf meinem Lebensast herum und konnte mich nicht fassen vor Freude. Wen immer er außer mir sonst noch hinter den Vorhang einlud – er war wieder da! Er sah aus wie jemand, der seine Schüler mit allerlei Weisheiten belastet hatte, mit jener zum Beispiel, daß das ganze Leben nichts anderes als ein Durchgangsstadium sei, ein ewiges Ein-, Aus- und wieder Einpacken. Mich hatte er mit der Weisheit belastet, daß das Problem nicht jenes ist, zu bekommen, was man sich wünscht, sondern jenes, daß man, wenn man es bekommt, nicht damit umzugehen weiß.
Ohne Helena hätte ich es ganz genau gewußt. Von wo immer er kam, von ein paar Urlaubstagen oder von einer Wärmebehandlung oder von einem anderen Stern – mein Herz kannte keine Hintergedanken. Aber mit Helena wußte ich es nicht. Denn mit Helena konnte ich ja nicht einfach hinunterlaufen, ihn umarmen und flüstern, daß ich mir nichts mehr überlegen werde. Mit Helena blieb ich am Fenster stehen, hörte die Haustür ins Schloß fallen und dachte nach.
Ich dachte nicht nur: »Meine Freundin hat gesagt …«, »Meine Freundin ist überzeugt, daß …«, »Ich muß erst meine Freundin fragen …« Wozu, dachte ich, habe ich noch Urlaub, habe alle Zeit der Welt, wenn ich nicht tun kann, was ich will? Schließlich tue ich ja, was ich will. Und zwar ohne daß ich mir etwas überlegen

mußte. Ich will mit Helena zusammenleben und nichts mehr zu tun haben mit einem Mann. Sie erinnerte mich fortwährend daran, wie angenehm das Leben ohne Männer war. Wahrscheinlich meinte sie mich, nicht das Leben. Wie angenehm ich ihr ohne Männer war. Denn war und blieb ich ohne, nahm ich ihr keinen weg. Frauen denken so.
Ich jedenfalls hatte mit solchen Gespenstern in meinem Kopf zu kämpfen. Das Hauptgespenst war der Vorhang. Denn hinter dem Vorhang war Helena so schön, daß ich vor Neid und Eifersucht zu zerspringen meinte. Ich dachte an ihre drei weißen Brüste, die ich als Kind an ihr gesehen hatte. Wann, wenn nicht jetzt, sollte sie sie noch einmal mit Liebe füllen? Jedes Kamel füllt sich mit Wasser, ehe es die Wüste durchquert. Und der Mietvertrag, den Helena vorbereitet hatte, war so etwas wie eine Wüste. Zwei Dollar hatte sie statt der ganzen Summe eingetragen. Und wenn das die Männer sahen, würden sie ihr keine Liebe mehr schenken. Allein schon wegen ihrer Weltläufigkeit, die sie mit den Dollars demonstrierte.
Ich blinzelte mir ein Land ohne Einkommenssteuer herbei, eine Gesellschaft ohne Korruption, ein tiefes Einverständnis mit Helena, das nicht daraus bestand, daß wir nichts mehr mit Männern zu tun haben wollten, sondern daraus, daß jede von uns ihr Glück fand. Sie mit Ludwig, ich mit Armin. Und wieder kamen mir bei dem Gedanken, daß dieser besondere Mann ein solches Leiden haben mußte, die Tränen. Blinzeltränen.
Ungefähr vierzehn Tage nach unserem Einzug war es

soweit. Helena legte den von ihr korrigierten Mietvertrag auf das Cembalo. »Ordnung muß sein«, sagte sie. Sie trug ein gelbes, dehnbares Kleid ohne irgendeinen Verschluß. Es war eines der wenigen Stücke, das sie noch vom Schneider hatte und aus dem er sie wegen der Dehnbarkeit des Stoffes nicht hatte hinausdrängen können. Sie steckte darin wie in einer zweiten grellen Leuchthaut, durch die sich ihre Beckenknochen und Rippen durchdrückten. Ihr dunkelrot gefärbtes Haar war frisch gewaschen und stand ein wenig zu Berge, ihr Mund schnappte auf und zu, und die tiefen Furchen links und rechts der Mundwinkel führten eindeutig in die Unterwelt. Auch jemand mit dem allerreinsten Gewissen mußte Respekt vor ihr haben, und die beiden ahnungslosen Männer fühlten wahrscheinlich so etwas wie Furcht. Auch vor mir. Vor mir wegen meiner Schönheit. Ich hatte es nicht lassen können, mein attraktivstes V-Ausschnitt-Kleid und meine höchsten schwarzen Stöckelschuhe anzuziehen. Vor ihr wegen ihrer Häßlichkeit. Beides läßt Männer erschrecken. Zu Recht.
Sie ließen sich jedoch nichts anmerken. Zunächst jubelte die Musik. Ludwig saß am Cembalo und spielte mit. Helena lehnte am Instrument wie eine große bedeutende Sängerin, die ihr Fleisch und ihre Stimme verloren hatte, jedoch nicht ihre Faszinationskraft. Wenn Ludwig sagt, sie habe die schönsten Beine der Welt, so ist das so unbegreiflich, als würde man behaupten, die Erde sei der Mittelpunkt des Universums. Ganz abgesehen davon, daß jemand, der mit Männern nichts mehr zu tun haben will, unmöglich der Mittel-

punkt des Universums sein kann, auch nicht, wenn er an einem Cembalo lehnt. Armin, der Künstler, fand sie gewiß abgrundtief häßlich. Hätte ich lieber eine schöne, liebenswürdige, sanfte, charmante, feine und feinfühlige Freundin gehabt? Nein. Sie war meine Freundin. Ich verdankte ihr unendlich viel, ich stand zu ihr, ich verehrte sie, ja, ich liebte sie, und wer bestimmt, ob jemand schön, liebenswürdig, sanft, charmant, fein und feinfühlig ist?

Die Nachmittagssonne durchflutete unser edles Wohnzimmer, tanzte auf Ludwigs Perücke herum und wärmte Armins Schoß. Ich saß ihm gegenüber im grünen Sessel und lächelte ihm zu. Es war vollkommen unmöglich, daß wir beide ihm gefielen. Entweder sie oder ich. Ich. Sie war meine Freundin. Und Frauen, die in Anwesenheit von Männern nur noch die Männer sehen und ihre Freundin verraten, haben noch nichts von der Welt verstanden.

Trotzdem fürchtete ich mich vor dem Augenblick, in dem sie auf den Mietvertrag zu sprechen kommen würde. Der Gedanke, keine Miete zu bezahlen, war mir inzwischen so vertraut geworden, daß ich mir überhaupt nichts anderes mehr vorstellen konnte, als kostenlos hier zu wohnen, und ich wollte nicht einsehen, warum man noch darüber sprechen mußte.

Armin begann von einer neuen Behandlungsmethode zu erzählen, von einer sogenannten Kakerlakenkur, von der er gehört habe. Keine Spur von Geheimnis, und eigentlich ziemlich beleidigend. Was konnte man tun? Man sagt, es sei die Chemie, die die Anziehungskraft zwischen zwei Menschen bestimme, und gegen diese Chemie sei der menschliche Geist vollkommen wehrlos. Auf Ludwigs Schoß war ich nur in Gedanken an seinen Halbbruder Armin gerutscht, in der Hoffnung, ein Stäubchen Chemie des einen im anderen zu entdecken. Es war ein Irrtum gewesen, denn mit Blutsverwandtschaft hatte diese Chemie gar nichts zu tun.

Als mir plötzlich zu Bewußtsein kam, daß wir alle per du waren, fand ich alles, und ganz besonders Armins Geschichte von den Kakerlaken so komisch, daß ich laut lachen mußte. Ja, das Lachen schüttelte mich so, daß ich mich fast verschluckte.

»Die Kakerlaken«, sagte Armin, »sind die einzigen Lebewesen, die alles überleben. Wenn wir Menschen mit nuklearen Waffen alles zerstört haben, wenn alles und alle tot sind, dann gehört die Erde den Kakerlaken. So perfekt«, nickte er, »hat der liebe Gott die Welt erschaffen, und am perfektesten die Kakerlaken. Zweifellos ist Gott ein Genie. Nur eines ist ihm nicht gelungen.« Er starrte vor sich hin und dachte wohl an diese Sache mit der Umtata.

Um vor Traurigkeit darüber und meinem fast schon unerträglichen Gefühl für ihn nicht loszuheulen, lachte ich noch lauter. Es war wirklich peinlich. Helena warf mir einen strengen Blick zu. Ich wußte genau, was sie dachte. So perfekt hat der liebe Gott die Welt erschaffen, und am perfektesten die Einkommenssteuer. Und da gab es nun einmal nichts zu lachen, und ich sollte mich nicht benehmen wie eine Neunzehnjährige, noch dazu, wo es eine so wichtige Sache zu verhandeln gab.

»Ist es nicht wunderschön hier«, begann Helena. »Und

wir vier, ist es nicht eine einmalige Konstellation? Zwei Männer, die mit Frauen nichts mehr zu tun haben wollen, und zwei Frauen, die frei geworden sind von der fixen Idee, einen Mann haben zu müssen.« Sie lächelte, doch die Blicke der beiden Männer fielen in diesem Augenblick nicht auf sie, sondern auf mich. Endlich hatte ich mich beruhigt, ließ meine dunklen Locken im Rhythmus der Cembalomusik wippen und lächelte mein angenehmstes und sittsamstes Lächeln. Wie gesagt: Ich war ihre Freundin, und ich verachte Frauen, die im entscheidenden Moment keine Freundin sind. Und war Helena vielleicht keine Freundin? Sie kämpfte für eine Sache, die ebenso meine war wie ihre, und es war wirklich dumm von mir zu glauben, man könnte diese Sache ohne Kampf erreichen.

»Mit einem Wort«, fuhr sie fort, »es wäre alles bestens, wäre da nicht diese verrückt hohe Miete. Ich weiß nicht, wie ihr auf diese Summe gekommen seid.«

»Angebot und Nachfrage«, nickte Ludwig, beendete sein Cembalospiel, stoppte die Musik und begann, auf die Uhr zu sehen. »Paragraph 18«, fuhr er fort, »und ich verstehe nicht, warum wir jetzt darüber reden müssen. Es war von Anfang an bekannt. Ihr entschuldigt mich, ich habe nicht soviel Zeit.«

»Ich verstehe«, sagte Helena. »Findest du nicht, daß die Miete, die du haben willst, überhöht ist? Wenn man es recht bedenkt, so ist es einfach ungerecht. Du hast die Villa geerbt. Ich weiß nicht, was Armin unten bezahlt. Daß wir hier oben für die paar Zimmer diese Summe hinlegen sollen, das ist, genaugenommen, nichts anderes als Beutelabschneiderei. Noch dazu, wo wir nicht nur kultivierte Inländer sind, sondern bereits gute Freunde, wenn nicht mehr.«

Wie klug sie war. Wie raffiniert sie ihre Waffe im Köcher hielt. Gott sei Dank gab es nichts, weswegen sie gegen mich kämpfen mußte. Jedenfalls glaubte ich, daß es nichts gab.

»Gut«, sagte Ludwig und schaute auf die Uhr, »gut, zehn Prozent lasse ich nach.«

»Zehn Prozent? Bist du ein Kuhhändler? Ich dachte, du bist ein Kavalier.« Sie konnte so lächeln, daß man nicht wußte: Wird sie gleich schreien oder weinen oder liebevoller sein denn je.

»Ich finde auch«, mischte sich Armin jetzt ein, »in Anbetracht dessen, daß Illi ohnehin nicht mehr zurückkommt, können wir ihre Schachteln eigentlich ins Gartenhaus stellen oder gleich der Caritas übergeben.«

»Ich rede nicht von Illi«, sagte Helena in einem Ton, der meinen Ohren wohl tat. Niemals hatte sie Armin umarmt, denn wer ihn einmal umarmt hatte, würde ihn nie wieder so anfahren können. Dachte ich. »Ich rede von der Höhe der Miete«, zischte sie.

»Ich habe meinen Schülern immer gesagt: Haben ist gut, sein ist besser. Hörst du, Ludwig? Ich bin für zwanzig Prozent. Du hast doch ohnehin alles. Und ich werde wieder anfangen zu verkaufen.« Er schaute Helena und mich nickend an und wunderte sich sichtlich sehr, daß Helenas Gesicht sich nicht aufhellte. Zwanzig Prozent, das war viel. Ich hielt ganz still.

»So ist es«, sagte Helena, »ihr habt alles.«

Ludwig griff sich an den Kopf, prüfte, ob die Perücke noch richtig saß. »Das eine ist das eine, das andere das

andere. Ihr habt keine Ahnung, was ich alles bezahlen muß«, murmelte er.
»Auch wir bezahlen«, lächelte Helena, »Steuern zum Beispiel. Von unserem Gehalt bleibt nur die Hälfte übrig. Und ihr glaubt, weil wir Frauen sind, könnt ihr uns ausnützen, in jeder Hinsicht schamlos ausnützen. Ja, in jeder Hinsicht!«
»Ich hab euch gleich gesagt, er ist ein Casanova«, schimpfte Armin. Seine dunkelblauen Augen blitzten, und seine Ohren waren jetzt feuerrot. Und mein Herz schlug wie wild.
»Und wenn ich ein Casanova bin, ich bin in erster Linie der Besitzer dieser Villa, und ich vermiete die obere Etage. Zwanzig Prozent Nachlaß ist mein letztes Angebot. Ansonsten platzt der Mietvertrag.«
So spricht ein Mann mit Frauen, die seine Glatze gesehen haben, die er umarmt und in seine Knoblauchwolke aufgenommen und irgendwie geliebt hat, ein Mann, der soeben noch auf dem Cembalo die herrlichste Musik mitspielte, ein Mann, dessen Frau vor einem Jahr gestorben ist.
Helena lächelte siegessicher. »Interessant«, sagte sie, »daß ausgerechnet du das sagst. Ausgerechnet du willst etwas platzen lassen.«
»Ich habe keine Zeit, keine Lust, keine Nerven für diese Dinge«, brauste Ludwig auf. »Mit zwanzig Prozent Nachlaß ist die Miete geschenkt, und ich habe wirklich keine Zeit, keine Lust und keine Nerven, noch ein Wort mehr darüber zu verlieren.«
»Genau so«, rief Armin dazwischen, erhob sich und begann den Raum abzuschreiten. Er war riesig, wirk-

lich eine Liebegotterscheinung und ein rollendes Faß in einem. »Genau so hast du immer geredet. Dabei hast du hier immer umsonst gewohnt. Und weder deiner Frau noch meiner Frau geschweige denn mir hast du je ein einziges Geschenk gemacht. Das ist auch der Grund, warum deine gestorben ist und Illi fortgegangen. Ich habe meinen Schülern immer gesagt: Der Mensch ist ein Gefangener seiner unglückseligen Natur. Er wiederholt seine Fehler bis zu seinem Untergang. Die Kakerlaken sind wirklich klüger als wir!«

»Du hast hier überhaupt nichts zu sagen! Durch meine Heirat hast du dein Atelier bekommen. Auch du hast hier umsonst gewohnt! Ich war ja immerhin ihr Ehemann. Wenn du dich weiterhin einmischst, dann werfe ich dich hinaus. Deine ganze Kunst ist sowieso keine Kunst!«

»Jetzt gehst du zu weit, mein Lieber!«

»Zu weit? Du hast dieses Haus in einen Puff verwandelt. Ich habe ein Gefühl für Ehre. Ich bin ein anständiger Mann. Und darum verlange ich eine anständige Miete. Und jetzt muß ich wirklich. Seid mir nicht böse.«

Er stand am Fenster, so wie damals, nur war er in der jetzigen Leere des Raumes wesentlich besser sichtbar. Ich schluckte, und ich spürte Helenas innere Aufregung. Zum Glück trug sie dieses dehnbare Leuchtkleid, und ich betete, daß es ihr niemand vom Leib riß. Wie gut ich sie verstand, daß sie mit Männern nichts mehr zu tun haben wollte. Und wie recht sie hatte, daß wir eine Waffe brauchen, und nicht nur als Ehefrau oder Geliebte, nein, in jeder Lebenslage, sogar als Mieterinnen einer Villenetage.

»Noch ein Wort, und es wohnt außer mir niemand mehr hier«, beharrte Ludwig.
»Da wäre ich mir nicht so sicher«, lächelte Helena. Es war dieses Lächeln an ihr, mit dem sie gegen alle Kränkungen der Welt ankämpfte und von dem man nie wissen konnte, worauf es hinauslaufen würde. »Ich werde mich erkundigen, was man woanders bezahlt«, lächelte sie weiter. Die Furchen links und rechts ihres großen breiten dunklen Mundes vertieften sich zu unheimlichen bebenden Kratern. »Und weißt du, lieber Ludwig, wo ich mich erkundigen werde?« Sie machte eine kleine, gut dosierte Pause und sagte dann: »In Vaduz.« Die Luft stand still, der Atem stand still, Ludwig stand still, und ich sah, wie die rote Hitze seinen Hals hochkroch und er unter der Perücke einen Schweißausbruch bekam. Armins Schritte wurden schneller und schneller, vielleicht bildete ich mir das nur ein, weil ich nicht wollte, daß die ganze Welt stehenblieb. Nur wegen dieses bißchen Steuerbetrugs?
»Du weißt vielleicht nicht«, lächelte Helena weiter, »daß ich von meinem Amt aus in jede Akte Einsicht nehmen kann, und wenn ich will, kann ich gewisse Entdeckungen sofort weitermelden. Ich kenne mich aus. Am besten bei Tochtergesellschaften in Vaduz, die ihren Gründer in Amsterdam haben, der wiederum Aktionäre aus Panama vertritt und so weiter und so fort. Ich weiß, was uns zusteht. In Anbetracht dessen, was du uns ordentlichen Bürgern wegnimmst, ist unsere Miete bis zum Jahre 2048 bezahlt. Und damit sollen wir es gut sein lassen.«
Es dauerte lange, bis Ludwig sich umdrehte. Mir war,

als schrumpfte er in diesen Sekunden zu einem noch kleineren Erdenbewohner. Zweifelsohne hätte er jetzt ohne Perücke eine bessere Figur gemacht. Er warf Armin einen vielsagenden Blick zu und schaute dann wieder zum Fenster hinaus. Als könnte er die Winde rufen, begannen die alten Baumkronen in den Gärten der Villenbesitzer zu rauschen, und als wäre die Villa selbst ein Baumhaus in einer dieser Kronen, wankte der Boden unter unser aller Füßen.

»Hast du gehört, was ich gesagt habe?« säuselte Helena.

»Ich möchte nur mitteilen«, murmelte Ludwig, »daß ich nicht nach Beethoven benannt wurde, sondern nach meinem Vater. Nicht nach dem, der mich gezeugt hat und danach meine Mutter verließ, sondern nach dem, der meine Mutter geheiratet hat. Mit dem tauben Beethoven habe ich nichts zu tun. Ich meine, ich höre ganz gut, Madame.«

»Nimm es nicht persönlich«, lächelte Helena. »Jeder tut sein Bestes.«

Nach diesen Worten verging noch eine schweigende Ewigkeit, dann unterschrieb Ludwig den Mietvertrag. Ohne aufzublicken verließ er unsere Etage. Armins lorbeerbekranzter Kopf drehte sich hin und her. Ja, auch der liebe Gott hat manchmal Sorgen.

»Frauen«, hüstelte er, »sind wirklich Furien. Schrecklich, daß wir ohne euch nicht sein können.« Dann ging auch er, und zwar ohne sich umzudrehen, weder nach Helena noch nach mir.

Helenas Augen glänzten. Es war wieder dieser Funke darin, mit dem sie etwas anzünden konnte.

»Was sagst du?«
Ich hatte die ganze Zeit nichts gesagt, und ich sagte auch jetzt nichts. Ich schämte mich. Denn bei aller Bewunderung für sie, hoffte ich in einem versteckten Winkel meines Daseins, daß Armin erkannt hatte, woher dieser Einkommenssteuerwind wehte. Ich wollte nicht, daß er glaubte, von mir.
»Hätte ich ihn angezeigt, hätte ich vom Finanzamt meine Provision bekommen. Aber so ist es auch gut. Indem er uns die Miete erläßt, und er erläßt uns die Miete, macht er sich der Bestechung schuldig. Da gibt es kein Zurück, verstehst du? Wir werden nie bezahlen. Nicht einen Groschen.« Sie nahm das Papier mit dem Mietvertrag, legte es aufs Cembalo, und wir beide unterschrieben rechts von Ludwig.
»Du kannst das Papier später hinunterbringen«, lächelte sie und schaute mich forschend an. Ich ließ mir nichts anmerken und tat, als hätte ich es überhört.
Noch am selben Abend wurden die Schachteln aus dem Entree ins Gartenhäuschen gebracht. Der Weg war frei, man konnte über nichts mehr stolpern.
In der Nacht suchte ich den Mietvertrag, doch er war nicht mehr da. Also schlich ich ohne hinunter, öffnete die Tür des großen Raumes und hauchte »Ich bin es« in die Finsternis hinein ... »Ich bin es, Lotti.«

Als ich mich an die Dunkelheit gewöhnt hatte, fand ich, daß der Raum eigentlich erschreckend hell war. Der Mond schien herein und beleuchtete die Wat-

tepüppchen. Sie standen wie kleine Dämonen herum, und im ersten Augenblick schien mir, daß sie alle schwarzhaarig waren und Fiji-Inseln auf dem Dekolleté hatten. Das machte mir Mut zu bleiben. Bei näherer Betrachtung war ich die einzige schwarzhaarige Gestalt mit Fiji-Inseln auf dem Dekolleté im Raum. Zu meiner Beruhigung entdeckte ich auch kein rothaariges Püppchen. Künstlerische Prozesse brauchen ihre Zeit, dachte ich und nahm an, daß er bereits eine Vision von mir aus Watte und Seidenstrümpfen hatte, die vollständige Umsetzung jedoch noch nicht vollzogen war. Vielleicht stockte auch alles, weil er mich noch nicht nackt gesehen hatte, und außerdem hat das, was ein Künstler tatsächlich macht, sehr selten etwas mit dem zu tun, was er darüber sagt.
Er lag auf der abgewetzten Lederbank, in Kleidern. Er schnarchte. Ich näherte mich auf Zehenspitzen, betrachtete ihn eine Zeitlang und setzte mich dann an sein Kopfende. »Ich bin es«, flüsterte ich noch einmal. Als sei es das Selbstverständlichste auf der Welt, rückte er ein wenig beiseite, damit ich mich neben ihn legen konnte. Er duftete nach allerlei Substanzen, Schweiß, Rasierwasser, Eierlikör, Schokolade, Klebstoff. Der liebe Gott, dachte ich, zieht sich abends vor dem Schlafengehen nicht aus, wäscht sich nicht, frisiert sich nicht, legt sich nicht in ein gemachtes Bett. Bei ihm kommt alles aus dem schöpferischen Augenblick, ohne Gewohnheiten, ohne sinnlos auferlegte Pflichten, die das Leben bändigen. Er war so, wie er war, und er war groß.
»Ich möchte nicht, daß du glaubst«, aber was eigent-

lich sollte er nicht glauben? »Ich habe es mir überlegt«, flüsterte ich.
»Das kann ich mir vorstellen«, murmelte er. Er war noch ein wenig schlaftrunken, doch leider bereits wach genug, um an seinen Eierlikör zu denken. Statt neben mir liegenzubleiben und mir die Hand zu küssen, wovon ich die ganze Zeit geträumt hatte, erhob er sich und holte die Flasche.
»Auf das Geschäft mit mir bist du ja nun nicht mehr angewiesen«, murmelte er. Er stellte die Flasche auf den Tisch und strich seinen silberfarbenen Lorbeerkranz zurecht.
»Gott sei Dank«, lächelte ich, »aber das heißt nicht, daß ich nicht dein Modell werden möchte. Mir geht es nur um die Liebe. Die reine Liebe«, lächelte ich.
»Das habe ich mir gleich gedacht, so wie du aussiehst«, sagte er.
»Wie sehe ich denn aus?«
Er schwieg. Vielleicht, dachte ich, ist seine Kunst gar nicht so bedeutend und zukunftsweisend, wie er behauptete, aber als Künstler war er einfach großartig. Jeder andere hätte die Lage sofort schamlos ausgenützt. Doch er kostete jede Vibration aus. Vielleicht auch, weil ihm gar nichts anderes übrig blieb. Wie ungerecht, daß ausgerechnet er dieses Leiden hatte.
Wir saßen schweigend nebeneinander, ich bedauerte, daß wir nicht mehr lagen, die laue Sommernachtluft strömte durchs offene Fenster herein, einige Grillen zirpten, und mir war fast übel vor Aufregung.
»Wo ist denn der Vorhang?« fragte ich.
»Dort, wo er immer ist«, murmelte er geistesabwe-

send. Dann begann er sein Schicksal zu beklagen. »Es gibt Männer, die können bis ins hohe Alter jede Frau haben und lieben. Jede. Und andere, wie ich zum Beispiel, gehen extra in Frührente, um sich dem Wichtigsten in der Welt mit aller Zeit und Muße widmen zu können, und was passiert? Mir wird die Männlichkeit geraubt und damit jedes Glück.«

Ich legte meine Hand auf seinen Handrücken. Sofort durchflutete mich eine solche Wärme, daß ich sie nie wieder wegnehmen wollte, die Hand.

»Ich bin gekommen«, flüsterte ich, »um dir zu sagen, daß ich anders darüber denke.« Am liebsten hätte ich gehabt, er würde sich auf mich legen. Sein Gesicht über meinem. Er schwitzte, und ich deutete es für mich. »Es gibt sehr viele Möglichkeiten«, flüsterte ich weiter und streichelte ihn.

»Für Frauen ja. Für einen Mann nicht.« Und nach einer Pause murmelte er mit großer Traurigkeit in der Stimme: »Eine Frau kann lügen. Sie ist allein. Sie kann einem Mann alles vorspielen. Ein Mann kann das nicht. Wir haben einen stillen Partner. Wir sind abhängig davon, ob unser Partner mitmacht. Und er macht, was er will, nicht, was wir wollen. Manchmal kann man den Eindruck gewinnen, er ist ein Saboteur. Läßt einen einfach im Stich. Und man kann gar nichts dagegen tun. Ihr Frauen habt keine Ahnung, wie schrecklich das ist. Ja. Gut, dieses Problem habe ich jetzt wenigstens nicht mehr. Ich bin zwar behindert, dafür bin ich von diesem Terror befreit. Denn bei mir ist sowieso alles vorbei.«

Er trank den Eierlikör aus der Flasche.

»Das Glücksgefühl ist doch ganz und gar unabhängig davon, was dein Partner macht und ob alles vorbei ist oder nicht«, unterbrach ich ihn. »Man kann nebeneinanderliegen, man kann die Haut aneinanderschmiegen, man kann die einzelnen Nervenzentren aneinanderdrücken, und du hast gewiß schon von den Chakren gehört, die jeder in sich hat und die miteinander in Berührung zu bringen noch viel inniger ist als das, was alle machen, die kein Problem haben. Und hast du nicht gesagt, ich solle die große Zehe unter dem Vorhang hervorstrecken?«

Er nickte.

»Ich finde es viel besser so«, flüsterte ich, obwohl ich mich vor Sehnsucht nach ihm verzehrte. Es tat fast weh und war wunderschön. »Ja, so ist es viel, viel besser«, wiederholte ich.

»Was?« fragte er. »Daß ihr keine Miete bezahlen werdet?«

»Ich rede nicht von der Miete. Ich rede von deinem Vorhang. Und von der großen Zehe. Ich möchte nur für deine dunkelblauen Augen hinter dem Vorhang auftreten. Wo dich Augen sehen, dort ist dein Ort, hat der Pfarrer beim Begräbnis meines Onkels gesagt. Er meinte die Augen vom lieben Gott. Und ich meine deine Augen. Ja deine, nur deine, deine, ganz allein deine.«

»Das haben schon mehrere gesagt«, nickte er.

»Was?«

»Daß ich dem lieben Gott ähnlich sehe.«

»Siehst du!« rief ich.

»Aber es nützt nichts. Je ähnlicher man ihm sieht,

desto schmerzhafter spürt man, daß man ihm gar nicht ähnlich ist. Was würde ich tun, wäre ich der liebe Gott? Ich würde die Menschheit von dieser peinlichen Männersache, an der ich leide, befreien.«
Ich glaubte, Tränen in seinen dunkelblauen Augen zu sehen. »Ich habe meinen Schülern immer gesagt: Wo ein Wille ist, ist auch ein Weg. Das war die größte Lüge, die ich ihnen mitgab auf ihren Lebensweg. Denn was meinst du, welchen Willen ich habe, und wie aussichtslos es ist, irgendeinen Weg zu finden. Du weißt, was ich alles schon versucht habe.«
»Du mußt nur umdenken«, flüsterte ich. »Liebe ist immer anders. Und sie ist wirklich vollkommen unabhängig davon, wohin sie führt. Wenn sie ist, ist sie.«
Ich war wie in einem Rausch. Ich kannte mich nicht wieder. Ich begab mich hinter den Vorhang und zog mich dort aus. Tatsächlich war der Erker mit Matratzen ausgelegt, mit Kissen, Decken. Alles vorbereitet. Und als ich Helenas Parfum auf einem Kissen roch, bekam mein Herz wieder einen Stich. Vielleicht irrte ich mich ja. Vielleicht hatte Illi dasselbe Parfum wie sie, und wenn man viel davon auf ein Kissen schüttet, duftet es unter Umständen länger als ein Jahr.
»Was machst du?« fragte er verwirrt.
»Ich weiß nicht«, murmelte ich. »Muß man immer alles erklären?«
»Der Vorhang ist kein Privatvergnügen«, wand er sich. »Der Vorhang ist für meine Kunden da. Der Vorhang dient meiner Kunst, meinem Geschäft, nicht der Liebe.«
»Das ist doch alles dasselbe«, sagte ich und versuchte,

ihm zu versichern, daß ich noch nie solche Gefühle gehabt hatte und mir noch nie so sehr gewünscht hatte, mit einem Mann zusammenzusein.

»Das liegt daran, daß du nicht nur ein Mann bist. Oder wie du sagst, kein Mann mehr bist. Du bist ein Mensch. Und was du auch tust, was du auch bist ...«, ich machte eine kleine Pause, dann flüsterte ich: »Wenn es nicht so banal wäre, ich würde sagen: Ich liebe dich.« Ich konnte mich nicht mehr beherrschen und streckte gleich meinen ganzen Fuß unter dem Vorhang hervor. Vor Sehnsucht, vor Begehren und Ergriffenheit, vor Unglück, daß er kein Mann, und vor Glück, daß er ein Mensch war.

Er ergriff meinen Fuß, hielt ihn fest in seiner schwitzenden Hand, und mich durchfuhr ein Schauer. Dann begann er, meine rechte große Zehe zu liebkosen, mit einer solchen Leidenschaft, daß ich einfach alles vergaß. Er sog daran, biß hinein, küßte sie, biß noch leidenschaftlicher hinein, sog daran und biß. Es war ein unbeschreibliches Lustgefühl, gemischt mit wildem Schmerz und brennendem Pochen. Das ist das Weltherz, dachte ich und verlor die Sinne. Doch plötzlich ließ er davon ab, krümmte sich beiseite und stöhnte wieder: »Ich kann nicht. Bitte, ich kann nicht, ich kann nicht.«

Ich streckte meine Arme unter dem Vorhang hervor, ergriff seine Hände, zog ihn, und es dauerte nicht lange, da sank er auf die Matratze. Wer ihn entkleidet hatte, weiß ich nicht mehr. Seine Brust war silbrig behaart, seine Haut sehr hell, sein Bauch rosig, und weiter bergab wagte ich nicht zu schauen.

»Ich bin der letzte«, hörte ich ihn sagen.
Auf einmal spürte ich zwischen meinen Schenkeln etwas Hartes. Wo sollte aus diesem Faß etwas Hartes herausragen? Was konnte es sein? Auf dem Gesicht meines lieben Gottes standen Schweißperlen, sein Mund war vor Anstrengung schmerzverzerrt über meinem, und dann fühlte ich einen Stoß, einen unsäglich tiefen Stoß. Ich vergaß zu atmen. Er hatte eine solche Kraft, daß ich der Ohnmacht nahe war.
Ich schrie auf. Er hielt meinen Kopf in seinen beiden Händen, küßte mich, bewegte seine Hüften. Das Weltherz stöhnte und ächzte, geriet aus dem Rhythmus, irgend etwas hob mich empor, und als ich für einen Augenblick die Augen öffnete, packte mich plötzlich ein solches Grauen, daß ich nicht mehr nur aufschrie, sondern überhaupt nicht mehr aufhörte zu schreien. Ich schrie, schrie, wie ich noch nie jemanden schreien gehört hatte, zumindest nicht mich selbst. Alles an mir und in mir schrie. Und wilde Gespenster jagten durch meinen Kopf. Riesige Tigerpenisse, Rhinozerosse, das Blut wilder Stiere, siedend heiße Wasserfälle, Tausende Kakerlaken, die die Welt beherrschen … Ich schrie.
Dann, mittendrin, erstarrte ich. Wurde steif wie ein Eisenbrett. Schloß die Augen, wurde eiskalt und stumm. Er schüttelte mich, vielleicht hielt er mich jetzt für tot. »Au«, hauchte ich wehleidig. Aber da war es schon zu spät. Er war ein Mann, ein ganzer Mann. Und wie jeder ganze Mann zog er sich danach zurück und sank neben mich auf die Matratze hinter dem

Vorhang. »Was ist los?« fragte er verzweifelt. »Was ist mit dir?«
Er saß jetzt am Fußende der Matratze und starrte mich an. Seine Augen verschlangen mich. Sie waren so dunkelblau, daß ich meinte, ich sinke noch immer: Das Meer ist tief und dunkel, und für den Druck dort unten sind wir Menschen nicht ausgestattet. Ich bekam keine Luft und glaubte, mein Kopf würde zerspringen. Außerdem wußte ich nicht, wo ich war.
»Wie kannst du nur?« wimmerte ich.
»Ja, aber.« Offenbar brachte auch er nichts aus sich heraus.
»Du bist wie alle«, preßte ich hervor. »Du hast mich angelogen. Du bist ein ganz normaler ganzer Mann, der nichts anderes im Kopf hat, als mit einer Frau zu schlafen.« Ich wunderte mich selbst, wie gut und klar ich schon wieder sprechen konnte.
»Ich habe geglaubt«, murmelte er, »zwischen uns ist etwas Besonderes. Ich habe geglaubt, du wirst dich sehr freuen. Ich habe mich, ich habe mich ...« Er konnte nicht weiter. Ich nahm seine Hand. Sie war hart und steif. Trotz allem tat er mir schon wieder ein bißchen leid.
»Ich habe gedacht, du willst es«, murmelte er.
»Ich auch. Aber daß du bist wie alle, wie jeder Friseur, wie jeder Professor. Und nicht nur das, außerdem bist du auch noch ein Lügner.« Ich setzte mich langsam auf. Zu meiner Beruhigung stellte ich fest, daß in meinem Körper nichts gebrochen oder gequetscht worden war. »Solange ich dachte, daß du nicht kannst, hätte ich sterben können, damit du kannst.«

»Was?« fragte er verwirrt. »Wenn ich nicht kann, stirbst du, damit ich kann. Und wenn ich kann, willst du es nicht? Was soll ich tun?«

»Ich weiß es nicht.«

Ich wußte es wirklich nicht. Wußte nur, daß etwas geschehen war, etwas, womit ich nicht gerechnet hatte. Vielleicht war sein Aussehen daran schuld, daß ich jetzt so enttäuscht war. Nein, nicht sein Aussehen. Ein umgefallenes Fläschchen war schuld, das ich neben der Matratze fand. Massageöl rann aus ihm heraus, und da konnte ich mich nicht mehr beherrschen und begann zu heulen. »Du bist ein Routinier. Du schläfst mit allen. Alles ist darauf eingerichtet.« Ich hielt das Massageölfläschchen in die Höhe. »Allen erzählst du, daß du nicht kannst. Und wir Frauen fallen darauf herein und begehren dich um so mehr.« Mein Kinn fiel auf meine Fiji-Inseln. »Es war so romantisch, so aufregend an dich zu denken. Es war ein so süßes Problem. Jetzt, jetzt hast du alles verpatzt.«

Hätte er mich wenigstens abgestoßen, ich wäre viel glücklicher gewesen als so, wo ich nichts anderes mehr fühlte als diese traurige Enttäuschung, und eigentlich nicht einmal das. Ein Mann, der ein Massageöl benutzt und dann eine Frau, beschwor mein absolutes Desinteresse herauf, ein bißchen Mitleid und diese gnadenlose Distanz, die alles Weitere unmöglich machte.

Er nahm meine Hand, ich entzog sie ihm. Er schloß betroffen seine Augen. »Das Schreckliche ist«, sagte er, »daß ich wirklich nicht kann. Es ist zum ersten Mal geschehen. Seit vielen Jahren zum ersten Mal.«

»Und ausgerechnet bei mir? Ausgerechnet bei mir

willst du kein Problem haben?« fragte ich. »Und das Massageöl?«
»Ich kann nichts dafür«, stöhnte er.
»Du mußt einen Arzt aufsuchen«, murmelte ich und erhob mich. »Einen Spezialisten. Wenn ein Mann sagt, daß er nicht kann, muß er es nicht beweisen. Wenn er beweist, daß er kann, dann darf er nicht sagen, daß er nicht kann.«
»Bitte, Lotti, bitte glaube mir. Ich kann nichts dafür. Du hast mich verzaubert. Seit Jahren ist es nicht mehr geschehen.«
Im Grunde liebe ich solche Ausdrücke. Doch es war zu spät. Sagen kann man immer alles, dachte ich. Was hatte er schon alles gesagt. Und nicht nur er. Alle Männer und auch alle Frauen, auch Helena, auch ich.
»Ich bin so traurig«, murmelte ich.
»Erzähle es wenigstens niemandem. Laß es unser Geheimnis sein.«
»Ich werde es mir überlegen«, murmelte ich und fühlte mich gänzlich kraftlos. Darum war es mir auch nicht wichtig, daß ich jetzt wieder diesen dummen Satz sagte, über den ich mich so lange geärgert hatte. Ich werde es mir überlegen. Wenn die Chemie nicht stimmt, dachte ich, dann stimmt eben gar nichts. Außerdem schmerzte meine rechte große Zehe, in die er grob hineingebissen hatte wie ein ungezogenes, schon viel zu großes Kind in einen Schnuller. Es würde Tage dauern, bis ich wieder richtig defilieren würde können in meinen schwarzen Stöckelschuhen.
Doch während ich mich anzog, kletterte ich aus mei-

ner Traurigkeit heraus und fühlte plötzlich sogar einen Funken ungekannter Fröhlichkeit, eine Erleichterung, eine Freude. Endlich kann ich in aller Ruhe mit Helena leben. Männer sind Gift, ja, sie hat recht, ein tödliches Gift. Mein Umzug ist nun wirklich vollzogen, jubelte es in mir. Ich brauche keinen Mann mehr, und Dank ihrer Einkommenssteuerwaffe brauche ich kein Geschäft. Ich brauche überhaupt nichts mehr, nur Helena, aber sie brauche ich nicht, sie schätze, verehre und liebe ich.

Eigentlich hätte es besser nicht kommen können. Ich war geheilt. Und ich war plötzlich doppelt so groß. Mit Riesenschritten und einer wild brennenden, zerbissenen großen Zehe erklomm ich barfuß, die Stöckelschuhe in der Hand, unsere Etage und floh in mein Zimmer. Dort hatte sich der Duft verbrannten Fleisches ausgebreitet. Helena hatte auf meinem Tisch ihren Teller mit einigen abgenagten Rippchen vergessen. Neben dem Teller lag ein Zettel, auf den sie »Frommes Lamm« geschrieben hatte. Immer ißt sie Fleisch, dachte ich und wickelte die Knochen in den Zettel, warf das Päckchen zum Fenster hinaus und ließ mich von der Nachtluft reinigen und kühlen. Frommes Lamm. Was sollte diese Bemerkung. Wie kann man nur. Arme fromme Lämmer, denen man keinen eigenen Willen läßt. Irgendwann muß auch für die Vierbeiner dieser Welt alles gut werden, dachte ich und bewunderte den Mond.

Mit jedem Tag, mit dem unser Umzug länger hinter uns lag, fühlte ich deutlicher, was Helena dachte.
Was täte Lotti ohne mich, dachte sie. Und sie dachte: Mir hat Lotti es zu verdanken, daß sie hier in dieser wunderbaren Villa leben kann, und das auch noch umsonst. Kostenlos. Geschenkt. Von mir geschenkt. Ohne mich könnte Lotti gar nicht mehr leben.
Dabei empfand Helena gewiß eine große Genugtuung, in der sie zu Recht resümierte, daß ich niemals imstande gewesen wäre, auch nur ein einziges Prozent Preisnachlaß zu erzielen, geschweige denn, daß ich es gewagt hätte, Ludwig und Armin auch sämtliche Rechnungen zur Begleichung vorzulegen. Nicht nur die Strom-, Gas-, und Telefonrechnungen, Radio- und Fernsehgebühren, sondern auch die Kosten für unsere Haushaltshilfe und ihren Gärtner. Nur in unsere gemeinsame Haushalts- und Taxikasse mußten die beiden Männer nichts einzahlen, doch die Kosten für jede Renovierung würden sie übernehmen müssen, und die neue Küche hatte Helena bereits bestellt.
Ludwig hatte den Auftrag unterschrieben, was blieb ihm anderes übrig? Wahrscheinlich wurde Helena von den Männern der Küchenfirma für Frau Holub gehalten, und es war klar, daß die gnädige Frau einer so schönen Villa eine der teuersten und selbstverständlich eine individuell angefertigte Maßküche bekommen mußte. »Es trifft keinen Armen«, sagte Helena und schaute mir eindringlich in die Augen, als könnte sie meine Gedanken lesen.
Lotti bewundert mich, dachte sie, immer schon hat sie mich bewundert. Durch mich lernt sie begreifen, wor-

auf es ankommt im Leben. Nicht auf diese romantischen Phantastereien wie Liebe und Erotik, Eifersucht und Haß, sondern immer auf das Finanzamt. Jemand, der sagt, Geld bedeute ihm nichts, der sagt damit auch, daß ihm ein angenehmes Leben nichts bedeutet. Nicht daß man dauernd vom Geld reden soll. Haben muß man es. Wenn man es hat, hört man auf, darüber zu reden. Schlau muß man sein, denn der Neid ist groß. Öffentlich muß man das Geld verachten, zu Hause muß man es lieben. Wer das Geld auch zu Hause verachtet, der verachtet gleichzeitig eine prachtvolle Küche, gutes Essen, interessante Bücher, teure Möbel, elegante Kleider, lange Telefongespräche, einen gepflegten Haushalt, Theater, Reisen, Sicherheit, Gesundheit, Bildung, Schönheit, eigentlich alles und auch sich selbst. Die meisten sind sowieso Dummköpfe, die Geldverächter sind jedoch nicht nur dumm, sie sind auch keine noblen Seelen, sondern feige Lügner.

So dachte sie, und sie mochte es nicht an mir, wenn ich innerlich manchmal den Kopf darüber schüttelte, daß es immer ums Geld ging. Sie war fest davon überzeugt, daß sie sich nur soviel mit dem Geld beschäftigte, wie es notwendig war, um etwas zu erreichen im Leben. Keine verrückt hohe Miete zu bezahlen und eine neue Küche zu haben war für sie zum Beispiel sehr notwendig. Hingegen schien es ihr vollkommen unnotwendig, in Sachen Geld die kleinste Peinlichkeit zu fühlen.

Und so begann Helena nach dem ersten finanziellen Siegesrausch in der Villa zu überlegen, welche materiellen Nebeneffekte man sonst noch erzielen konnte,

und zweifellos stand die gezielte Entwicklung meiner Dankbarkeit an erster Stelle.
Ist es nicht notwendig, ja eigentlich selbstverständlich, dachte Helena, daß Lotti sich irgendwie bei mir bedanken muß? Erstens habe ich sie von dieser unverschämt hohen Miete befreit, und zweitens beginnt sie zu begreifen, daß ich recht habe, auch was die Männer betrifft. Sie kann mir wirklich mehr als dankbar sein. Wie ich ihr die Augen öffne für diese Welt! Ohne mich wäre sie vollkommen verloren. Nicht auszudenken, wie sie ohne mich all diese Enttäuschungen, die die Männer mit sich bringen, verkraften könnte. Mir verdankt sie es, daß sie auf keinen Mann mehr angewiesen ist. Ich habe sie gerettet. Glaubt sie wirklich, daß man dafür nichts geben muß? Wirklicher Dank besteht nun einmal nicht nur aus Worten. Ja, was gibt sie eigentlich? Was tut sie für den anderen? Für mich, ihre beste, ja einzige Freundin?
Immer wieder überlegte ich, ob Helena etwas von meiner Enttäuschung mit Armin ahnte? Nein, sie konnte nichts ahnen. Von seiner Umtata mag er ja herumerzählen, von dem Fiasko mit mir wird er keinem Menschen etwas sagen. Eher versinkt ein Mann in den Erdboden, als daß er so etwas preisgibt. Ich rechnete damit, daß er durch dieses Erlebnis einen Schock fürs Leben hatte, und es ab nun wirklich nie wieder wagen würde, sich einer Frau zu nähern, auch nicht verbal. Trotzdem. Ohne Helena wäre ich wahrscheinlich längst wieder zu ihm hinuntergelaufen, hätte nichts dabei gefunden, ihn zu trösten und bei

ihm Trost zu finden oder wenigstens über seine Kunst oder das Wetter zu reden.
Helena hatte natürlich vollkommen recht, wenn sie meine Dankbarkeit, die ich für sie empfand, nicht nur in Worten, sondern auch in Taten ausgedrückt sehen wollte. Das Problem war nur, daß wir nicht so recht wußten, welche Taten dies sein könnten. Sollte ich sie auf eine vornehme Reise mit erstklassigen Hotels einladen? Oder ihr vielleicht ein teures Schmuckstück kaufen? Warum nur ich ihr? Warum nicht auch sie mir? Nicht nur ich sparte jetzt viele Kosten, die das Leben mit sich bringt, auch sie. Nicht nur ich war jetzt nicht mehr allein, wenn ich von der Arbeit nach Hause kam, auch sie konnte mir sofort alles erzählen, was sie erlebt hatte. Frauen können viel besser zuhören als Männer, und Frauen nehmen sich gegenseitig mit ihren Erlebnissen viel ernster, als sie von Männern genommen werden.
Helena begann mir bereits auf dem Weg vom Finanzamt nach Hause zu erzählen. Weil ihr Heimweg so lang geworden war, hatte sie sich ein Handy gekauft, auf dem sie sich von mir zurückrufen ließ. War ich noch in meinem Büro, gingen unsere Handy-Gespräche mit dieser Rückruf-Methode zu Lasten meines Vereins. War ich bereits zu Hause, telefonierten wir auf Ludwigs Kosten. Bisher, sagte Helena, habe sie Handies verachtet, aber jetzt habe die Lage nach einem Handy geschrien.
Es wäre einfach eine zu große Einbuße gewesen, hätten wir jetzt, da wir zusammen wohnten, nicht mehr miteinander telefoniert. Ich wunderte mich zwar, daß

sie nie Ruhe brauchte, nie für sich allein sein wollte. Doch zu wissen, daß sie immer an mich dachte, machte mich glücklich. Und ich bewunderte sie nach wie vor. Wirklich. Allein schon deswegen, weil ich mir nicht zugeben wollte, jemanden bewundert zu haben, der eigentlich gar nicht bewunderungswürdig war. Auf alle Fälle blieb sie mit ihren Problemen für mich ein erstaunlicher Mensch, und allein dafür, daß sie mich so nah an sich heranließ, war ich ihr dermaßen dankbar, daß ich ihr immer alles verzieh. Ihre Eßstörungen, die auch mich ziemlich störten, ihre weibliche Waffe, ihre Skrupellosigkeit, mit der sie jeden ausnützte, und jetzt auch noch dieses Handy. Ja, auch dafür, daß ich ihr etwas verzeihen konnte, war ich dankbar. Anders hätte mich mein neues Leben sofort wieder an mein altes erinnert, in dem ich keine Probleme gehabt hatte.

Als die Nachricht eintraf, daß ihr Kind in Amerika schwanger geworden war, nicht wisse von wem und vollkommen mittellos dastand, gab es mit einem Schlag keinen Zweifel mehr, in welcher Form ich meine Dankbarkeit für alles, was ich durch sie, von ihr und mit ihr bekommen hatte, zeigen sollte. Wir gehörten zusammen, und so war es selbstverständlich, daß mich ihre neunzehnjährige Henriette genausoviel anging, als wäre es mein eigenes Kind, und daß sie mich ebensoviel kosten sollte wie ihre Mutter.

Ich war mir ganz sicher, daß Helena in meinem Fall wirklich nichts für sich selbst wollte, überhaupt seit Ludwig so gut wie alles bezahlte. Aber jetzt, seit dieser Nachricht, war es einfach zuwenig, daß ich mir nur

alles anhörte. Und was sollte es auch für eine Hilfe sein, wenn ich sagte, es werde sich schon alles irgendwie lösen?
Allein der Gedanke, bereits Großmutter zu werden, bedrückte Helena in solchem Maße, daß sie ununterbrochen darüber reden mußte. Ich versuchte auszuweichen und sagte solche Sachen wie, daß noch nicht aller Tage Abend sei. Worauf sie mich anzischte, daß eine Schwangerschaft keinen Gedanken an den Abend zulasse, ich solle nicht so dumm daherreden, schließlich sei es heutzutage ganz normal, daß man nicht wisse, wer der Vater sei. Was für ein Blödsinn, sagte Helena, jetzt, wo es geschehen sei, von Verantwortungslosigkeit zu reden.
Natürlich steht es niemandem zu, sich in eine solche Sache einzumischen. Wobei für Helena eine Art der Einmischung erlaubt war, ja sogar erwartet, und eigentlich gefordert: nämlich Hilfe, genaugenommen finanzielle Hilfe. Und endlich gab es einen Grund, auch mich von jener Seite, auf der sich alle tummeln, die Seite der Nehmer, auf die andere Seite zu drängen, dorthin, wo ihrer Meinung nach außer ihr niemand anzutreffen ist: auf der Seite der Gebenden.
»Soll mein Enkelkind vielleicht auf der Straße zur Welt kommen?« fragte sie mit einem beleidigten Unterton, als sei es bereits so geschehen. Und der Blödsinn, den ich zusammenredete, war ihr unerträglich. Ich äußerte nämlich den Gedanken an Abtreibung. Henriettes Brief, den Helena mir immer wieder vorlas; und das, was ich an Telefongesprächen zwischen ihr und ihrer Tochter belauschte, gaben mir den Eindruck,

daß das Mädchen nicht in guter Hoffnung war, wie man sagt, sondern in schrecklicher Verwirrung und Angst. Diese Verwirrung und Angst sprang auf Helena über, und sie schrie: »Wenn das Kind vom Schneider ist, dann bring ich ihn um! Schlimm genug, einen Mann zu haben, der in Ordnung ist, aber als Vater eines Kindes darf er noch viel, viel weniger in Ordnung sein. Und wie ich meinen Schneider kenne, ist er noch immer in Ordnung. Noch dazu, wo man in Amerika nur achtzehn Prozent Einkommenssteuer bezahlt, maximal vierundzwanzig Prozent. Darum sind in Amerika viel mehr Männer in Ordnung als bei uns. Eine schreckliche Vorstellung. Er wird für das Kind bezahlen. Und wenn einer bezahlt, kann man ihn nicht belangen, mehr zu bezahlen.«
Ich verstand nicht ganz, was sie damit sagen wollte, schüttelte den Kopf und murmelte: »Wenn er für das Kind bezahlt, dann ist doch alles gut.«
»Nein«, sagte sie barsch. »Dann ist alles schlecht. Denn dann wird er genau so viel bezahlen, wie er muß. Keinen Groschen weniger und keinen Groschen mehr. Und so etwas ist immer schrecklich. Demütigend. Es ist so hoffnungslos.«
»Du hast Sorgen«, schüttelte ich den Kopf.
»Ja, ich habe Sorgen. Sehr große Sorgen. Sorgen, die du nicht verstehen kannst. Außerdem weiß Henriette nicht, von wem das Kind wirklich ist.«
»Oh«, bedauerte ich jetzt mein Kopfschütteln. »Ich verstehe, daß es wichtig ist, zu wissen, wer der Vater ist. Aber ob er in Ordnung ist oder nicht – das Kind ist doch noch gar nicht geboren. Und es ist noch nicht

einmal entschieden, ob es wirklich zur Welt kommen wird.«
»Natürlich kommt es zur Welt!« schrie sie auf. »Und wenn ich selbst es großziehe! Beziehungsweise du und ich«, fügte sie hinzu.
»Ohne Vater?« warf ich erschrocken ein, »wem tut man damit etwas Gutes? Und überhaupt. Das arme Kind.«
»Auf einen Vater kommt es heute nicht mehr an«, erklärte sie. »Als Mutter ist man in der Gesellschaft vollkommen anerkannt. Und zwar viel mehr, als wenn man kein Kind hat. Als Mutter ist man immer auch ein bißchen eine Heilige, eine Märtyrerin, auf alle Fälle ist man unantastbarer, als wenn man kein Kind hat. Heutzutage sind die Frauen stark genug, ihre Brut ohne Mann großzuziehen. Wir brauchen die Männer zum Zeugen und zum Zahlen. Für alles andere sind sie meist sowieso unbrauchbar.«
»Und an das Kind denkst du gar nicht?«
»Bist du gefragt worden, ob du geboren werden willst oder nicht?«
»Ich wäre gern gefragt worden.«
»Und was hättest du gesagt?«
»Ja.«
»Siehst du!«
»Damals sah die Welt doch noch ein bißchen anders aus.«
»So ein Blödsinn«, höhnte Helena.
Ich geriet in Fahrt. »Es ist so schwer geworden, das Leben«, ereiferte ich mich. »Man kann sich nicht mehr orientieren. Einer solchen Welt ein Kind zu schenken,

ich weiß nicht, ich weiß wirklich nicht …« Tatsächlich müssen diese Sätze aus meinem Mund eher komisch als lebensklug geklungen haben.
Helena unterbrach mich. »Erstens schenkt dir die Welt das Kind, nicht du der Welt. Und zweitens verstehe ich nicht, warum ausgerechnet du so etwas sagst, wo du das beste Leben hast? Und dieses beste Leben verdankst du mir. Und an deiner Stelle würde ich mich schämen, auch nur eine Sekunde zu zögern, mich am Wohlergehen einer werdenden Mutter zu beteiligen, noch dazu, wo diese werdende Mutter das Kind einer Freundin ist! Hörst du! Du wirst dich daran beteiligen! Du wirst«, sie schnappte nach Luft, »du wirst uns nicht im Stich lassen! Du verdienst genug, und du hast keinerlei Ausgaben! Und du hast noch gar nicht verstanden, was Freundschaft ist!« In ihrem Gesicht zuckte die Unberechenbarkeit, und plötzlich fiel ihr wieder ein, daß ich auch für die wertvolle Auskunft ihres Komplizen in Vaduz nichts hatte bezahlen wollen. »Geizhals«, zischte sie, »schäme dich!«
»Ich würde kein Kind haben wollen, ohne zu wissen von wem«, unterbrach ich sie beleidigt. »Ich würde überhaupt nur ein Kind haben wollen, wenn es aus Liebe entsteht. Ein Kind der Liebe, ein Wesen, in dem die Liebe weiterlebt, ein Liebeskind, damit die Erde wenigstens in Liebe versinkt.«
Helena schüttelte den Kopf. »Woher denn auf einmal diese Weltuntergangsstimmung?« fragte sie spöttisch. »Die hast du nur, weil du kein Kind hast und auch noch nie darüber nachgedacht hast, wie schön es ist, Mutter zu sein.«

»Du redest immer nur von der Mutter und nie vom Kind.«
Wir schauten uns schweigend an. Etwas Feindseliges glänzte in ihren Augen, etwas Bedrohliches, und ich fürchtete, auch in meinen.
»Was reden wir«, zischelte sie. »Die Fortpflanzung ist der Sinn des Lebens.«
»Glaubst du? Wo doch bald die Kakerlaken die Welt beherrschen. Du weißt ganz genau, daß sich die Menschen gegenseitig vernichten werden.« Zugegeben, ich war mir selbst ein bißchen fremd mit diesen Äußerungen, aber im Augenblick war mir alles fremd, vor allem dieses Kind in Helenas Kind, und ich wollte nichts damit zu tun bekommen. »Du hast doch gehört, daß die Kakerlaken diese menschlichen Erfindungen überleben können, während wir Menschen daran zugrundegehen.«
Helena sprang auf, eilte auf mich zu, schwang die Hand, als wollte sie zu einer Ohrfeige ausholen, und ich dachte, wenn dieses ungeborene Kind nur nichts von seiner Großmutter erbt! Dann soll es von mir aus auf die Welt kommen. Aber wenn es so wird wie seine Großmutter, dann kann ich nur hoffen, es kommt nie auf die Welt!
Im nächsten Augenblick, als ich die Ohrfeige verabreicht bekommen hatte, bereute ich diese Gedanken. Ich flüsterte beklommen: »Ich würde an Henriettes Stelle abtreiben«, worauf ich eine zweite Ohrfeige auf die andere Seite bekam. Ich schrie auf, verdeckte mein Gesicht mit meinen Armen und flüchtete weinend in mein Zimmer.

Schluchzend warf ich mich aufs Bett. Ohrfeigen. Die Welt brach zusammen. Und nicht nur die Welt, auch mein Zimmer. Es war nicht mein Zimmer. Es war ihr Speisezimmer. Und das Zimmer einer Toten. Gleich würde sie hereinstürzen, erneut feststellen, wie dumm ich sei, dumm und undankbar und geizig, und die Tote würde ebenfalls erscheinen und vor mir auf- und abklappern und mir klarmachen, daß auch ich sterben würde, und wenn ich nicht entspreche, vielleicht schon sehr bald. Wer einmal ins Sterbezimmer eingezogen ist, der kommt so leicht nicht mehr hinaus, wo wir sowieso nur geboren werden, um zu sterben, und jetzt war die neunzehnjährige Tochter einer Hexe schwanger, und wie sollte das weitergehen mit uns und der Welt?

Der Papagei gurrte leise, und ich war zufrieden, daß ich seine Sprache nicht verstand. Dabei verstand ich ganz genau, was er sagte.

Wie kannst du so düster denken? fragte er mich.

Ich schluchzte und betastete meine geohrfeigten Wangen. Ich kann, dachte ich.

Du mußt dir das nicht gefallen lassen, gurrte er weiter. Natürlich nicht, sie ist nun einmal so. Man muß die Menschen nehmen, wie sie sind, und vielleicht bin ich für sie noch viel schwerer auszuhalten als sie für mich, und so wie mir vorkommt, daß sie alles für sich will, wird ihr vorkommen, daß ich alles für mich will. Bisher dachte sie, nur die Männer sind schrecklich. Jetzt muß sie denken, daß alle schrecklich sind, die Arme. Und jetzt habe ich mich auch noch in die Angelegenheiten ihres Kindes eingemischt, was wirklich

etwas anderes ist, als wenn sie sich als Mutter einmischt.
Dabei hab ich mich ja gar nicht eingemischt, schluchzte ich beleidigt auf. Ich habe nur gesagt, was ich denke.
Das darf man nie tun, gurrte der Papagei, und ich erinnerte mich daran, was Helena bald nach unserer Wiederbegegnung gesagt hatte: daß die Menschen keine Wahrheiten vertragen, und ihre eigenen am allerwenigsten.
Ausgerechnet der Papagei mußte mich jetzt daran erinnern. Von selbst erinnerte ich mich an gar nichts. Der Papagei war so lieb, machte mir keinen Vorwurf. Mir schossen die Tränen aus den Augen, und ich konnte sie nicht zurückhalten, konnte mich einfach nicht beruhigen.
Helena ist ein wunderbarer Mensch, schluchzte es in mir, und wenn nicht wunderbar, so doch wenigstens interessant. Nur, warum muß sie so schlecht über die Männer denken und immer ans Geld? Sie ist, dachte ich, vom Finanzamt verdorben worden. Jeder, der länger als ein paar Monate ein und denselben Arbeitsplatz hat, wird von diesem Arbeitsplatz beschädigt. Als ich tagein tagaus in die Hemdenfabrik gegangen bin, hatte ich einen Hemdenschaden, habe alle Menschen nur noch nach ihren Hemden beurteilt, vielleicht auch nach ihren Socken und Hosen, was den Schaden noch vergrößerte. Wenn ich jetzt irgendwo einen Pelzmantel sah oder Wörter wie Schwein oder Rind oder Kalb hörte, rasten mir fürchterliche Qualvorstellungen durch den Kopf, und bei Tigern wurde

ich nahezu bewußtlos. Und so hatte Helena eben ihren Finanzamtsschaden. Die Geldgeschichten fraßen sich durch ihre Finger in ihre Organe.
Arme Helena. Natürlich befürwortete sie die Geburt eines Kindes, und des Kindes ihres Kindes in jedem Fall. Sie will Leben, und sie braucht etwas Unschuldiges in ihrer Nähe. Ich konnte diesen Wunsch nicht erfüllen. Ich war in ihren Augen dumm. Das war gut. Aber war ich auch unschuldig? Nein, das konnte ich ihr nicht bieten, und darum weinte vielleicht jetzt auch sie in ihrem Zimmer. Sie wünschte sich, wenn schon keine unschuldige, so doch wenigstens eine verläßliche, dankbare, großzügige Freundin. Niemand konnte sie mit diesem Wunsch besser verstehen als ich.
Wenige Tage später standen Helena und ich im Badezimmer vor dem Spiegel, beide im Nachthemd und beide barfüßig. Wir hatten uns versöhnt. Ich hatte mich entschuldigt. Auch wenn ich nach wie vor der festen Überzeugung war, nur ein Kind der Liebe könne ein glückliches Kind werden, und Mütter und schon gar Großmütter sollten nicht so egoistisch sein und einfach ein Kind oder ein Enkelkind haben wollen, ohne dabei an das Kind selbst zu denken, so war ich inzwischen doch bereit, mich, wie immer Henriettes Schicksal verlief, finanziell daran zu beteiligen.
Helena umarmte mich. »Ich habe es gewußt«, flüsterte sie glücklich. »Wirklich, ich würde das nicht von dir verlangen, Lotti, aber so sehe ich, daß du doch einen guten Kern in dir hast.«
Vor Freude schoß mir die Röte ins Gesicht.
»Hättest du selbst ein Kind«, sagte Helena, »ich würde

nichts von dir annehmen. Im Gegenteil. Ich würde dir alles geben, was ich habe. So kann ich es jedoch verantworten, daß du mir etwas gibst. Nicht alles, das erwarte ich nicht. Aber doch so viel, daß ich dir danken kann.«
Sie betrachtete mich aus ihren Augenwinkeln heraus. Irgendwie war sie schön, wenn sie so auf der Lauer lag. In ihr arbeiteten jetzt nur noch die Gedanken an den Umfang meiner finanziellen Hilfe, und sie überlegte, wie sie mir sagen sollte, daß diese Höhe sie bestimmen werde, nicht ich. Ja, ich fühlte sogar, daß sie bereit war, mich zu etwas zu zwingen. Nein, hielt ich innerlich dagegen, niemals wird sie mich zu etwas zwingen. Wir sind Freundinnen, wir gehören zusammen. Freundinnen erzwingen nichts.
Es kommt immer darauf an, was man sieht, sagte ich mir, und wieder einmal beschloß ich, das Gute zu sehen. Ich blinzelte. Von klein auf hatte ich mir gewünscht, diese hellrote Blüte, die auf einem grünen Stengel ohne Wurzeln durch den Nachbargarten tanzte, würde um mich herumtanzen. Ich konnte mir nichts Schöneres vorstellen, als mit ihr zusammenzuleben.
Wie sehr wir nun zusammenlebten, machte sich auch dadurch bemerkbar, daß nicht nur ich ihre, sondern auch sie meine Gedanken lesen konnte. Und wie das beim Gedankenlesen nun einmal so ist, zieht der Lesende meist nicht in Erwägung, ob er die richtigen Gedanken liest oder die falschen oder überhaupt welche erfindet.
Sie sagte: »Weißt du, was mit dem Papagei geschieht, wenn man ihm die Freiheit schenkt?«
Ich schaute sie fragend an.
»Früher oder später kommt er in seiner Freiheit um.

Ich meine nur«, fügte sie hinzu, »wenn du glaubst, Freiheit sei etwas Schönes, dann täuschst du dich. Sei nicht dumm, Lotti.«

»Ich werde dich nie verlassen«, flüsterte ich und betrachtete mein aufrichtiges Gesicht im Spiegel.

»Sag das nicht«, murmelte sie, und möglicherweise sah sie in meinem Gesicht nicht nur Aufrichtigkeit, sondern vor allem auch meine Undankbarkeit und meinen Geiz, weil ich noch immer nicht sagte, wieviel ich für Henriette bezahlen wollte.

Ich senkte die Augen, da sah ich plötzlich, daß nicht nur meine, sondern auch ihre rechte große Zehe blau angelaufen und geschwollen war. Ich sah zweimal hin, um sicher zu sein, daß es bei ihr nichts anderes als ihr Feuermal war, das seine Ausläufer bis zu ihrer großen Zehe hatte. Doch nein, das Feuermal schmückte ihren anderen Fuß. Ihre rechte Zehe zeigte die gleichen Spuren eines leidenschaftlichen Beißers wie meine. Ich konnte hinsehen, sooft ich wollte, ihre Zehe blieb ihre Zehe. Da spürte ich wieder den Stich, legte meinen anderen Fuß auf meine eigene zerbissene und geschwollene und fragte so unschuldig wie möglich: »Was denkst du?«

»Dasselbe wie du«, hauchte sie, und ich dachte: Du Schwein.

Noch lange, sehr lange mußte ich darüber nachdenken, warum ich das gedacht hatte. Ich tat es immer auf dem Weg ins Büro und vom Büro zurück zur Villa,

denn da ich kein Handy hatte, waren das meine helenafreien Zeiten. Mir dieses Schwein allein mit meinem Tierschützerschaden zu erklären befriedigte mich nicht. Warum nur hatte ich das gedacht? Einmal gedacht, dachte ich es nämlich immer wieder und immer öfter, wie ich zu meinem Schrecken feststellen mußte. Es war wohl die Folge davon, daß ich das zweite Gebot »Du sollst dir kein Bildnis noch irgendein Gleichnis machen« nicht einhalten konnte. »Weder von dem, was oben ist im Himmel, noch von dem, was unten auf Erden, noch von dem, was im Wasser unter der Erde ist«, heißt es. Wie kommt das Schwein dazu, dermaßen mißbraucht zu werden, um einer von Eifersucht genährten Wut ein Wort zu geben?
Eigentlich macht man es ständig. Wir bezeichnen Menschen als Schweine, als fromme Lämmer, als Dinosaurier, als Ziegen, als Würmer, Hexen, Furien und Teufel und sogar als Götter. Meistens meint man nicht genau das, was man sagt. Ich als Mitarbeiterin eines Tierschutzvereins konnte es keinesfalls meinen, schließlich gehören die Schweine ebenso zu unseren Schützlingen wie die Rinder und Kälber und Lämmer und Tiger und Rhinozerosse und alle.
Und doch ließ mich die Aufregung, aus der heraus ich das gesagt hatte, nicht los, und von meinem Nachdenken wurde die Wut nicht kleiner, sondern verwandelte sich in ein Zittern. Wir lebten in einer Idylle. Im Gegensatz zu den unechten Idyllen, die auf einem problemlosen, langweiligen Alltagsleben aufgebaut sind, bergen die echten eine unterschwellige Gefahr in sich, eine Bedrohung, die jederzeit ins totale Fiasko mün-

den kann. Von Natur aus liegt in den echten Idyllen ein Zittern, so daß jede Sekunde, in der nichts passiert, eine Kostbarkeit mit einem Beigeschmack der Ungewißheit bedeutet.

Bis jetzt hatten in der Villa nur die Männer gezittert. Doch seit der Nachricht von Henriettes Schwangerschaft zitterte auch ich. Unsere echte Idylle wurde dadurch noch echter. Jedenfalls für mich. Trotz heftigen Blinzelns zitterte ich mich in solche Unruhen hinein, daß mir regelrecht übel wurde, und eines Morgens, nach dem Aufwachen, war mir die Welt zuviel.

Ich hatte von Fleisch geträumt, von einem Spanferkel, das am offenen Feuer gegrillt wurde. Es war noch halb roh, ich konnte es jedoch nicht mehr erwarten und begann, von dem Fleisch zu essen. Da flüsterte eine Stimme, daß ich kein Recht dazu habe, so etwas zu tun, daß ich dafür teuer würde bezahlen müssen. Bei den Worten »teuer bezahlen müssen« drehte ich mich um und sah Helena in einer weißen, wallenden Toga, ein kleines, nacktes, schreiendes Kind im Arm, von dessen Popo ein Stückchen Fleisch herausgeschnitten war. Genau dieses Stückchen lag auf meinem Teller. Um Gottes willen, rief ich und wollte wenigstens den Rest des herausgeschnittenen Fleisches wieder auf dem Popo ankleben. Doch es hielt nicht, fiel immer wieder auf den Teller, und als ich erwachte, mußte ich mich übergeben.

Ich erschrak. Wurde ich jetzt wie sie?

Seit Henriettes Schwangerschaft redeten wir fast ausschließlich über Töchter und Schwangerschaften, genaugenommen über werdende Großmütter. Helena meinte, daß es das beste wäre, Henriette käme zu uns und wir würden die Schwangerschaft gemeinsam bewältigen und das Kind gemeinsam erziehen. Ohne Männer, sagte Helena. Nur wir. Wenn sie von der Geburt sprach, und sie erwog eine Heimgeburt, hörte es sich so an, als würden wir, Helena, ihre Tochter und ich, das Kind gemeinsam gebären. Keine Rede mehr davon, daß man ein Kind nicht dazu mißbrauchen dürfe, um es zu haben, wie sie früher einmal gesagt hatte. Keine Rede mehr davon, daß ein Kind frei sein müsse. Es war ganz klar, daß sie alles tun würde, um Henriette aus Amerika hierher zu holen, ganz gleich, was Henriette selbst wollte. Es war eine echte Idylle. Und immer öfter wurde mir übel.

Hin und wieder wünschte ich mich in meine alten Verhältnisse zurück, dann wieder wünschte ich, in den neuen Verhältnissen eine ganz normale Miete zu bezahlen. Lieber eine hohe Miete, dachte ich, als diese ständige Ungewißheit, in der ich mich, ich kann es nicht anders sagen, vor Helena zu fürchten begann. Und nicht nur vor ihr, auch vor meinem finanziellen Ruin, vor der Rache, die Ludwig und Armin vielleicht längst ersonnen hatten, vor der Freiheit, in die ich entlassen werden könnte, vor dem Winter, vor dem Älterwerden, vor dem Sterben meiner Eltern, meines Ex-Mannes, vor der Grausamkeit von Schlächtern, vor Seuchen und anderen Krankheiten, vor den Ratschlägen, wie man jemanden umbringen kann, vor dem Aussterben der Tiere, die von den Menschen ausgerottet werden, vor den Waschbären, die eines Tages aufs schrecklichste zurückschlagen könnten, vor allen

Herrschern auf dieser Erde, vor der Grausamkeit der ganzen Menschheit.
Warum eigentlich regte ich mich auf? Was konnte mir geschehen? Du bist vollkommen in Ordnung, sagte ich zu mir, und das einzige, was wirklich passieren kann, ist, daß hier ein neunzehnjähriges Mädchen mit einem Baby einzieht. Früher bezeichnete man solche Mädchen als gefallene Engel. Heute sind sie nur noch Engel. Es war einzig und allein eine Hysterie von mir, daß ich mich allmählich von all diesen Engeln verfolgt zu fühlen begann. Der Engel Helena, der Engel meines Onkels, der Vaduzer Engel, jeder Mensch hat seinen Engel, hatte der Pfarrer gesagt, und jetzt tauchte auch noch ein gefallener auf.
Doch Engel hin, Engel her, warum sollten wir Frauen in dieser riesigen Villa nicht zusammenhalten und ein glückliches Baby großziehen? Ich weiß, warum nicht. Babygeschrei, Windeln und Schnuller können einen ins Irrenhaus bringen. Ich wollte nicht ins Irrenhaus, um dort erst recht lauter Engeln zu begegnen. Ich wollte leben. Natürlich kam ich nicht auf die Idee, daß jedes Haus seine kleinere oder größere Helena hat und dadurch die ganze Welt mehr oder weniger ein Irrenhaus ist. Aber ich fürchtete mich davor, bald begreifen zu müssen, daß bereits auch jüngere Frauen größere Probleme haben als ich. Vielleicht sogar schon die Ungeborenen.
Ich war nicht nur eifersüchtig, vor lauter Neid und Nachdenken blieb sogar meine Monatsblutung aus, wodurch ich natürlich noch mehr nachdenken mußte. Ich war auf dem besten Wege, mich schlecht zu fühlen.

Eines Tages, als ich aus dem Büro nach Hause kam, stand eine fremde Frau in einem blauen Madonnenmantel mit dem Rücken zu mir im Entree. Mein erster Gedanke war: Henriette.
Ich erschrak so sehr, daß mir die Schlüssel aus der Hand fielen. Es gibt Töchter, die älter aussehen als ihre Mütter, und zwar auch dann, wenn die Mutter nicht besonders attraktiv ist. Diese Frau sah älter aus als Helena. Um einiges älter und um einiges dicker und um einiges verrückter. War Helena noch nicht alt, so wirkte diese Frau bereits nicht mehr jung, und zwar auch von hinten. Auf Helenas Nachtkästchen hatte ich ein Foto gesehen. Ein rothaariges, sommersprossiges Mädchen mit kleinen anliegenden, stark eingerollten Ohren ohne Läppchen. Diese Frau hatte diese Ohren. An den Ohren zieht das Alter als letztes seine äußeren Spuren. Daß es jedoch so zuschlagen kann, so rasch und gnadenlos, das beleidigte mich.
Langsam drehte sie sich um, und ich schaute in ein ziemlich verwittertes Gesicht, dessen Farben über die Jahre nur eine schwache Erinnerung an die besseren Tage boten. Die Augen, mit denen sie mich von oben bis unten musterte, waren wie zwei nervös herumtanzende Kümmelkerne, als hätte sie sich wie ich aufs Blinzeln spezialisiert. Darüber schwangen sich ihre dunklen Augenbrauen in die Stirn empor, auf der sie ihre Nachtgedanken für den Tag zusammenfaltete.
Sie konnte unmöglich Henriette, ein Mädchen von neunzehn Jahren, sein. Sie war mindestens ein halbes Jahrhundert alt, schaute nur, sagte nichts. Ganz offensichtlich verachtete sie meinen tiefen V-Ausschnitt

und meine schwarzen Stöckelschuhe, meine dunklen Locken und am allermeisten mein Lachen, obwohl mir in diesem Augenblick gar nicht zum Lachen zumute war. Es ist eine alte Geschichte. Was bei Männern als verführerisch gilt, das kann Frauen untereinander abstoßen.

»Wer sind Sie?« fragten wir gleichzeitig. Während sich mein Lächeln über diese Gleichzeitigkeit in ein erleichtertes Lachen verwandelte, zündete sie sich allen Ernstes eine Zigarette an. Beim ersten Zug riß sie das linke Auge auf und hob die Augenbraue darüber, die dann dort oben blieb und ihr etwas Unheimliches verlieh. Ich schloß meine Augen, öffnete sie, und ihre linke Augenbraue war noch immer oben und das Auge darunter so geweitet, daß die Pupille davonrutschte und fast nur das Weiße zu sehen war. Menschen, die das können, sollen nicht nur eine besondere geistige Schaufähigkeit haben, sondern auch eine ungewöhnliche Strahlkraft, mit der sie andere Wesen versteinern oder ganze Schlachten gewinnen können, wie zum Beispiel im alten Irland König Balor, dessen Augenlid vier Männer hochgehalten und seine Augenbraue hinaufgeschoben haben sollen.

Wie war diese Frau mit diesem Blick hier hereingekommen? Ich dachte nicht nur: Was suchen Sie in meiner Villa? Sondern auch: Was suchen Sie bei meiner Helena?

Sie sagte: »Was suchen Sie bei meinem Mann?«

Bei ihrem Mann? Wollte sie sagen: Ich bin Illi, Armins Frau? Wollte sie sagen, daß sie zurückgekommen sei, weil es woanders auch nicht besser war, oder hatten ihre kleinen Öhrchen die Botschaft empfangen, daß ihr Mann zwar ihr Mann, aber, ob aus einem Irrtum heraus oder nicht, längst auch der Mann anderer geworden war?

Ich sagte ihr, daß ich zusammen mit einer Freundin Mieterin der oberen Etage sei, Ludwig lebe jetzt bei ihrem Mann unten, und ansonsten, wollte ich sie und mich beruhigen, habe sich so gut wie nichts geändert. Überspannt, wie ich in diesen Tagen war, fiel ich ihr sogar um den Hals, dankte ihr, daß sie nicht Henriette war und nicht schwanger, ließ sie nicht los, bis sie sich mit sanftem Druck von mir befreite.

Sie schüttelte den Kopf, dabei öffneten sich ihre hochgesteckten angegrauten Haare und fielen über ihre Schultern, wodurch sie noch älter aussah. Mit geübtem Griff steckte sie sie wieder hoch. Sie warf den Kopf zurück und rang nach Luft. Die Zigarette fiel zu Boden, sie trat sie aus. Sie hatte lange, nicht ganz exakt manikürte Nägel. Ihre blendend weißen Zähne blitzten wie Leuchtpfeile aus dem Dunkel heraus.

Sie wollte nicht mit hinaufkommen in die obere Etage, sondern mit mir auf der Bank unter dem Magnolienbaum sitzen, mit der Aussicht auf das Gartenhäuschen, in dem ihre Schachteln lagerten. Mir fiel nichts anderes ein, als vom Papagei zu erzählen, der sein Leben mir verdankte, denn ohne mich, prahlte ich, wäre er in der Freiheit schon umgekommen. Ich aber halte ihn fest auf seinem Ast, füttere ihn und lasse mich von seinem Gekreische nicht stören.

»Ying Wu ist kein besonderes Tier«, sagte sie. »Schon sein Name sagt alles. Ying Wu heißt auf chinesisch südlicher Papagei und ist das Symbol des liebenswürdig plappernden Freudenmädchens. So wie ich«, meinte sie traurig und holte aus ihrem Madonnenmantel eine weitere Zigarette. »Auch ich bin nichts anderes als Ying Wu, verstehen Sie, mit dem kleinen Unterschied, daß ich rede und er nicht. Ansonsten haben die Menschen mit mir das gleiche gemacht wie mit ihm.«

»Wie können Sie so etwas sagen?« Es kränkte mich, daß sie als Frau so etwas von sich glaubte.

»Das fragen Sie?« flüsterte sie heiser. »Ich wollte Ärztin werden und wurde die Frau meines Mannes. Verstehen Sie? Doch eines Tages«, sie blinzelte, »vor ungefähr einem Jahr, habe ich einen Zahnarzt kennengelernt, verstehen Sie.« Sie zündete sich eine neue Zigarette an. Die Asche rieselte auf die Erde. »Ich dachte, ich könnte noch einmal neu beginnen«, nickte sie. »Er hat mir Mut gemacht. Er hat gesagt: Tu, was du nicht lassen kannst. Entweder man tut es, oder man läßt es, hat er gesagt. Sie verstehen.« Sie hob wieder ihre Augenbraue.

»Ihr Mann«, sagte ich, »war sehr getroffen von Ihrem Fortgehen.«

»Natürlich«, lächelte sie. »Doch stellen Sie sich vor, ich wäre nicht fortgegangen. Mein Mann wäre noch viel getroffener. Verkauft er gut? Ich meine«, sie lachte schrill, »seine Watte, seine«, sie lachte, »seine Kunst.«

»Ich weiß nicht. Sie fehlen ihm. Seit Sie fort sind, sagt er, sind auch die Kunden fort. Einmal fort, immer fort, sagt er.«

Sie lachte kurz und schrill auf, wobei ihre Zähne wieder blitzten. »Mein Mann hat in seinem ganzen Leben ein einziges Exemplar verkauft. Seither versucht er, diesen Erfolg nachzuahmen. Und er gibt mir die Schuld daran, daß ich die Kunden nicht verführt habe. Verstehen Sie? Er sagt, ich hätte seine Interessenten abgestoßen. Dabei war gar niemand da, den ich hätte abstoßen können. Fast nie hat uns jemand besucht, und wenn, dann waren das irgendwelche perversen Idioten, die uns nichts nützten. Nie ein Galerist, nie ein Vertreter eines Museums. Ich habe mir immer einen bedeutenden, berühmten Mann gewünscht. Einen, den man weltweit kennt und achtet. Über den in allen Zeitungen der Welt zu lesen ist. Doch nicht einmal in unserer Stadt ist er weltberühmt. Er ist überhaupt nichts. Nichts, verstehen Sie. Nur ein Mann. Anstatt daß er ausgewandert wäre, um woanders sein Glück zu versuchen, hat er an mir herumgemeckert.«
Sie kniff die Augen wieder zu Kümmelkernen zusammen, wodurch sie die davonrollende Pupille bändigte. »Ich hab sehr lange gebraucht. Dann ging alles Schlag auf Schlag. Ich lernte den Zahnarzt kennen, dann starb meine Schwägerin, und dann hab ich gepackt. Und dann«, ihre Augenbraue schnellte hinauf, hinunter und wieder hinauf, »dann begann alles wieder von vorn.« Ihre Augenbraue blieb oben, doch was sie erzählte, klang weniger nach gewonnener als nach verlorener Schlacht.
»Wissen Sie, was ich für diesen Zahnarzt war? Besser, Sie wissen es nicht.« Sie rauchte. Hektisch, qualmend, die Asche fiel auf die Erde. Irgendwie schien nun auch

sie Vertrauen zu gewinnen, obwohl meines ehrlich gesagt schon wieder im Schwinden begriffen war.

»Mein Zahnarzt ist ein ganz moderner Mensch«, sagte sie qualmend. »Zuerst hat er um mich geworben. Richtig geworben. Um mich. Verstehen Sie. Das gibt es nicht, hab ich gedacht. Ich war einmal jung, und da hat niemand um mich geworben. Nie hat jemand um mich geworben. Armin hat mich einfach genommen, alle haben mich einfach«, sie stockte. Sie konnte ja nicht wissen, was ich von den Halbbrüdern über sie bereits wußte.

»Und als ich eine reife Frau war, verheiratet, gedemütigt, Betrogene und Betrügerin, und mit furchtbaren Zähnen, da kam einer und hat um mich geworben. Mit Blumen, mit Obst, mit einem neuen Gebiß für mich. Verstehst. Und mit dem Gebiß«, sie schüttelte den Kopf und lachte, rauchte und lachte, »mit dem Gebiß hat er mich erobert.«

Sie preßte die Lippen aufeinander und blinzelte. »Zahn für Zahn hat er mir erneuert. Keramikkronen, Implantate, alles umsonst.« Sie rauchte heftig. »Das hat seine Zeit gedauert. Und da hab ich dann, beim achten Zahn, wirklich zu glauben begonnen, er sei ein altmodischer Mensch und meint es ernst.«

Sie riß das linke Auge auf und starrte in den Magnolienbaum. »Schließlich war links unten an der Reihe«, hustete sie, mußte gleichzeitig lachen und sperrte den Mund auf. Ich sah eine riesige Lücke. »Aber, aber«, stotterte ich. Ich konnte sie auf diese schreckliche Lücke nicht direkt ansprechen.

»Ja«, nickte sie. »Die drei Zähne waren bereits gezogen.« Sie rauchte. »Und dann hab ich den dummen Fehler gemacht, der immer ein dummer Fehler ist.« Sie rauchte und nickte und rauchte. »Ich hab mit ihm geschlafen. Sie verstehen. Ganz richtig. Am Nachmittag.« Sie sann vor sich hin. »Am Abend sind wir zu einem Vortrag gegangen. Über das Werden und Vergehen im Weltall. Ich werde es nie vergessen. Der Vortragende redete dauernd von der Explosion eines Milchstraßensystems vor einiger Zeit, von einem Massensternensterben. Und nach dem Vortrag hat mein Zahnarzt jedes Interesse an meinen Zähnen verloren. Vollkommen verloren.«

Ich starrte sie an. Ihre Augenbraue blieb jetzt oben, das linke Auge aufgerissen, die Pupille rutschte darin hin und her. Ein Massensternensterben und eine Frau voller Lücken. Mir wurde übel. Sie schien es zu bemerken und schaute mich mit ihrem anderen Auge, dem kümmelkernartigen, fragend an.

»Alles bestens«, preßte ich hervor.

»Jetzt bin ich wieder da«, nickte sie, warf die Zigarette auf den Boden und zündete sich eine neue an. »Verstehen Sie. Mit der Lücke. Ein gestorbener Stern.«

»Aber nein«, sagte ich ein bißchen hilflos. Zuerst hatte sie sich als liebenswürdig plapperndes Freudenmädchen bezeichnet, jetzt als gestorbener Stern. Dabei saß sie dick und rauchend neben mir und hörte nicht auf, mich zu betrachten.

Plötzlich änderte sich ihre Tonlage, ihre Stimme wurde hart, geschäftlich, abweisend, kalt. »Falls Sie die Absicht haben, Armin zu heiraten, vergessen Sie es. Er ist mein Mann. Ich liebe ihn nicht mehr. Schon lange nicht mehr. Mich ekelt vor ihm. In jeder Hinsicht ist er mir ein Greuel. Aber wenn er eine andere hinter den Vorhang läßt, dann werde ich sie töten. Ich ertrage es nicht. Schon die Vorstellung, er könnte mich ersetzen wollen, ertrage ich nicht. Er ist mein Mann. Und ich habe mich nicht von ihm scheiden lassen. Verstehen Sie.«

Die Gefühle rissen sie aus ihrer Tonlage in die frühere zurück. »Ich habe Armin meine Jugend geschenkt, mein ganzes Dasein. Ich habe seinetwegen auf sehr viel verzichten müssen. Fragen Sie mich nicht, auf was. Ich erinnere mich nicht. Trotzdem.« Sie warf den Kopf zurück, ihre weißen Leuchtpfeiler blinkten, und aus dem Dunklen ihrer riesigen Lücke heraus fragte sie: »War er schon in Ihnen?«

Ich konnte nichts sagen, nur blinzeln, so übel und schwindlig war mir. Gefiel sie mir nicht? Doch, sie gefiel mir sogar sehr. Sie war keine Heilige, sie war mutig und lebte ihr Leben. Sie bekannte sich zu ihren Lücken. Und sie dachte sogar an die Sterne. Nur eines irritierte mich. Wie konnte sie so tun, als gehörte Armin ihr ganz allein?

Sie tat so. Sie wiederholte: »Er ist mein Mann. Meiner. Er war immer meiner. Ich kann es nicht ertragen, wenn eine andere das auch glaubt.«

Mit Schaudern fiel mir ein, wie Ludwigs Frau gestorben war, ganz plötzlich, und – mir stockte der Atem – so wie sie es selbst beschrieben hatte, mit einer dieser Methoden ohne Spuren.

»Nun? Sagen Sie es mir. War er schon in Ihnen?«

Für mich ist es immer ein Zeichen von Feigheit und schlechten Manieren, wenn ich auf eine Frage keine

Antwort, sondern eine Gegenfrage zu hören bekomme. Doch was ich jetzt tat, war viel mehr als Feigheit und schlechte Manieren. Es war, als steckte Illi mich an. Ich fühlte eine wunderliche, gespenstische Kraft in mir, die mich endlich einmal das sagen ließ, was ich mir dachte. »Haben Sie Ludwigs Frau umgebracht?« fragte ich sie und zuckte nicht einmal mit einer Wimper.

Sie war nicht feige, und sie hatte gute Manieren. Wich nicht im geringsten aus, sondern sagte: »Natürlich.« Holte eine weitere Zigarette aus ihrem blauen Madonnenmantel, zündete sie an und rauchte. »Natürlich«, wiederholte sie.

Natürlich. Natürlich? Hatte ich sie gefragt, ob sie etwas trinken möchte? Natürlich. Ich mußte wohl meine Augen aufgerissen und den Mund nicht mehr zugebracht haben.

»Und wenn Sie mir meinen Mann wegnehmen, werden auch Sie etwas erleben«, lächelte sie ruhig und leise, rauchte und musterte mich durch den Nebel wieder so eigenartig wie vorhin, von oben bis unten.

Ich werde etwas erleben. Endlich! Aber ausgerechnet das? Natürlich. Ich konnte es nicht fassen. Natürlich.

»Warum nicht?« lächelte sie heiser und griff wieder in ihren Mantel. Diesmal holte sie keine Zigarette hervor, sondern ein kleines, in Plastik geschnürtes Päckchen.

Ich nickte. »Ja«, flüsterte ich, »Tiere werden jeden Tag abgeschlachtet.«

»Und viel weniger rücksichtsvoll. Spuren sind bei Tieren überhaupt kein Problem.«

»Genau«, stimmte ich eifrig zu. Gerade an diesem Tag hatte ich die neuesten Berichte über aussterbende Tierrassen gelesen. Nicht, daß sie von sich aus aussterben wie einst die Dinosaurier. Menschen machen ihre Geschäfte. Ja, immer machen sie ihre Geschäfte. Ich war froh, jetzt über die Tiere zu reden.
Sie aber sagte: »Warum soll es so unnatürlich sein, hin und wieder auch Menschen umzubringen, verstehen Sie?«
»Natürlich«, hauchte ich zurück und rang jetzt nach Luft.
»Ist Ihnen nicht wohl?« fragte sie und betrachtete mich weiterhin mit dieser Eindringlichkeit. Sie warf ihre Zigarette auf den Boden und knetete das kleine Päckchen. »Sagen Sie, ist Ihnen übel?« fragte sie noch einmal.
»Nein, nein«, lächelte ich und fragte, ob sie Sibylles beste Tips für einen unkenntlichen Mord kannte.
»Ich habe dieser Frau alles diktiert«, sagte Illi, »damit sie weiß, welche Methoden es gibt. Sie sollte die gleiche Chance haben wie ich, ich meine, sie hätte ja auch mich töten können. Warum nicht? Sie konnte es nicht ertragen, daß ihr Mann mich begehrte, obwohl sie mit meinem Mann, na ja, Sie verstehen.«
Sie nickte. »Damit es kein Mißverständnis gibt, meine Liebe«, fuhr sie fort, »Sibylle ist nicht gestorben, damit ich ungestört mit ihrem Ludwig sein kann, sondern weil sie meinen Armin liebte und er sie. Und das«, sie hielt das Päckchen hoch, »ist meine Beute vom Zahnarzt. Ich hab es ihm gestohlen«, flüsterte sie, »jetzt hab ich genug von dem Zeug, jetzt kann ich eine ganze

Familie ausrotten, samt all den Geliebten des Ehemannes und all den Lovern der Ehefrau.«
Sie kicherte. Dann sagte sie ernst: »Ich bin nicht mehr bereit, die Demütigungen auf mich zu nehmen. Es ist ein sehr gutes Gefühl zu wissen, daß man etwas tun kann und nicht warten muß, bis auch unser Milchstraßensystem explodiert. Das Weltall denkt ja nicht in unserer Zeit. Es denkt in Millionen Jahren. Unter Umständen dauert es mir zu lange, verstehen Sie, und da bin ich lieber unabhängig.« Sie küßte das Plastikpäckchen und legte es in ihren Schoß.
Die Blätter des Magnolienbaumes begannen dick und dunkel zu werden. Es war Sommer. Aber in der Villengegend gibt es keinen Sommer. Nur Frühling und Herbst, Werden und Vergehen. Ich erinnerte mich an die altindische Weisheit, von der Helena mir einmal erzählt hatte und die uns lehrt, daß alles mit allem zusammenhängt, alles ein Teil des großen, umfassenden Systems ist. Wie das Atom, so das Universum, wie der Mikrokosmos, so der Makrokosmos, wie eine Zahnlücke, so die explodierte Milchstraße …
»Sie sollen noch etwas wissen«, lächelte Illi und schaute mich bedeutungsvoll an. »Sibylle war eine sehr schöne Frau. Ich bewundere schöne Frauen. Ich vergöttere sie. Nur, ich kann sie nicht ertragen. Und schon gar nicht, wenn ich mit dem Ehemann einer schönen Frau ein Verhältnis habe. Niemand steht einem Verhältnis so sehr im Weg wie eine schöne Ehefrau.« Sie lachte vor sich hin. »Wenn man vergleicht, wie wenig ich Sibylles Verhältnis mit meinem Mann im Wege stand, verglichen damit, wie sehr sie

meines mit ihrem Mann gestört hat. Widerlich. Verstehen Sie?«
Ich verstand nicht vollkommen.
Sie nickte. »Soll ich Ihnen etwas sagen? Es gibt noch eine Steigerung von dem, was ich nicht ertragen kann. Schwangere Frauen. Und das allerschlimmste sind Babys. Diese kleinen ausgelieferten Wesen, angewiesen, kreischend, sabbernd, hilflos, ich kann sie nicht ertragen. Verstehen Sie. Sie alle werden zu Ungeheuern, schau sie dir an. Alle werden wie alle. Ein bißchen unterschiedlich, und doch alle schrecklich, schrecklich. Und Ludwigs Frau, Sibylle, sie war die schrecklichste. Und wenn jemand nicht schrecklich wird, dann ist er noch schrecklicher. Die Nobelpreisträger, schrecklich. Die Weltmeister, schrecklich. Oder der Papst, einfach schrecklich. Sie alle waren in die Windeln kackende plärrende Babys.« Sie hielt sich die Ohren zu. »Ich kann es nicht hören, ich kann es nicht.«
Sie biß sich auf die Lippen und murmelte: »Ich wollte immer Zwillinge haben. Aber ich habe überhaupt nichts gehabt. Wenn ich eine schwangere Frau sehe oder eine, die ein Baby hat, dann bin ich zu allem fähig.« Sie schwenkte ihre Kümmelkerne zu mir, öffnete das linke Auge, so daß ihre Augenbraue hochschnellte und die Pupille davonrutschte. »Es stört mich wahnsinnig, daß auch ich einmal ein Baby war. Und jetzt bin auch ich schrecklich, vielleicht sogar noch schrecklicher als alle.«
Ich war so verwirrt, so hin- und hergerissen, fühlte alles gleichzeitig. Es brannte in mir, und zwar vor

Angst, vor Aufregung. Wo nur blieb Helena so lange? Und die Männer? Ja, natürlich, wir alle sind schrecklich. Nur wenn wir es alle sind, warum übergehen wir es dann nicht einfach?

Ich scharrte mit dem Fuß auf der Erde.

»Lassen Sie das«, brummte Illi heiser. »Wir kommen ohnehin viel schneller unter die Erde, als uns lieb ist.«

Ohne sie anzusehen, fragte ich: »Weiß Ludwig Bescheid? Ich meine, daß Sie Sibylle ...«

Damit löste ich ein belustigtes Lachen aus. »Ludwig«, kicherte sie, »Ludwig hat doch keine Zeit, sich um solche Dinge zu kümmern. Er muß seine Ratgeberbücher schreiben, er muß seine Finanzen regeln, er muß in die Druckerei, er muß nach Vaduz, er muß immer irgend etwas, verstehen Sie, immer irgend etwas.«

»Und Ihr Mann?« fragte ich.

»Er ist mein Mann«, sagte sie barsch. »Ehemänner sind immer schlecht informiert.«

»Und Sie haben keine Angst?« fragte ich. Sie warf das kleine Plastikpäckchen in die Luft, fing es auf, lächelte, und plötzlich sah sie sehr lieb aus, so sanft und klug und alt. Kein Mensch würde ihr glauben, daß sie jemanden umgebracht hat. Auch ich nicht. Und doch konnte ich mich irren.

»Wovor sollte ich Angst haben?« Ihre Rundungen lächelten, und ich stellte mir vor, welch ein massiger Körper sich unter dem blauen Madonnenmantel verbarg, und wie dieser massige Körper hinter dem Vorhang erschien und daß Armin nichts anderes mehr begehren konnte als die Zehe dieses massigen Körpers. »Sie müssen Angst haben«, lächelte sie weiter,

»nicht ich. Sie sind hier eingezogen, Sie lieben meinen Mann, Sie wollen ihn mir wegnehmen, verstehen Sie?«

»Nein, nein«, hauchte ich, »nein wirklich nicht. Wir wollen mit Männern nichts mehr zu tun haben. Gar nichts.«

»Wer wir?«

»Meine Freundin und ich. Wirklich, wir haben versprochen, nicht zu lügen und nichts mehr mit Männern anzufangen.« Ich wollte ehrlich sein, damit mir nichts passierte, und sagte, daß wir uns beide an beide Versprechen nicht halten. »Aber das bedeutet nichts«, fügte ich hinzu. »Wir Frauen müssen zusammenhalten.« Wie recht Helena hatte. Wo blieb sie nur so lange? Noch nie war ich so sehr bereit, Gutes zu tun, anderen zu helfen, für Henriette zu bezahlen. Ich wollte nur meine Ruhe haben. Ich biß mir auf die Zunge. Nichts erzählen, nichts erzählen.

»Woher«, fragte ich beklommen, »wissen Sie, daß ich und Armin ...«

»Ich bin nicht blind«, lächelte sie mit ihren Kümmelkernen.

Die Angst saß mir jetzt in der Kehle. Helena, rief es in mir, Helena! Was soll ich tun? Wenn Illi plötzlich ein nasses Kissen auf mich drückt oder mir dieses Curare-Gift in die Venen jagt oder eine riesige Menge Insulin in meinen Popo? Daß ich ausgerechnet unter diesem Magnolienbaum meinen letzten Atemzug tun würde, das hatte ich wirklich nicht gedacht. Tückischer Magnolienbaum. Noch nie hatte er der Bank unter seinen Ästen seinen Segen gegeben. Und mit Illi war es be-

sonders schwierig. Sie sagte nur, was sie sagen wollte, und nicht, was ich gern gehört hätte, nämlich daß alles aus ihrem Munde nicht wahr sei.
Sie sagte es doch, allerdings später, als Helena eingetroffen war und wir zu dritt in unserem edlen Wohnzimmer saßen, Illi rauchend im grünen Sessel. Zusammen mit Helena hatte sie das Haus sofort betreten. Und zusammen mit Helena war sie natürlich keine Mörderin, sondern ich war ein Dummkopf mit lächerlichen kleinen Ängsten, die mir zu Kopfe stiegen, wenn jemand solche Sachen sagte. Zusammen mit Helena war Illi entzückt davon, daß Helenas Tochter schwanger war, und erklärte, daß es für sie nichts Süßeres auf der Welt gäbe als diese winzigen, quiekenden, unschuldigen Menschenbündel. Offenbar wurde sie von Helenas Aussehen zu Sanftmut, Güte, Demut und Mütterlichkeit provoziert, während ich ihr ganz einfach ein Dorn im Auge war. Helena hatte recht. Weibliche Attraktivität kann tatsächlich zum Verhängnis werden.
»Ich stelle mir vor«, säuselte Helena, »wie Sie sich fühlen. Da kommt man nach mehr als einem Jahr nach Hause, und alles ist anders. Wollen Sie wirklich zu ihrem Mann zurückkehren? Wollen Sie nicht lieber mit uns zusammenleben?«
Mir stockte der Atem.
»Ich möchte nicht zu meinem Mann zurück«, sagte Illi. »Und ich möchte auch nicht hier oben leben. Mein Zuhause ist unten, ihr versteht. Ich war immer unten, nicht nur in diesem Haus. Auch seelisch, geistig, immer unten. Oben wird mir schwindlig.«

Helena nickte. Sie verstand. Sie verstand überhaupt alles. »Wir werden eine Lösung finden«, sagte sie.

Illis Augenbraue schnellte hoch. »Glauben Sie? Jetzt, wo Armin und Ludwig unten wohnen? Wo habe ich dann überhaupt Platz? Irgendwo zwischen den beiden? Eine Zumutung. Ich hasse diese Männer. Ich hasse sie alle. Ich kann Ihnen überhaupt nicht sagen, wie ich sie hasse. Ich könnte sie töten.« Sie starrte vor sich hin, mit hochgezogener Augenbraue wie König Balor in der Schlacht.

Helena warf mir einen wichtigen Blick zu, dann näherte sie sich dem Sessel, in dem Illi thronte, setzte sich auf die Lehne und sagte leise: »Ich kann Ihren Haß verstehen. Doch warum sagen Sie das mir? Gehen Sie zu den Männern und handeln Sie.«

Illi richtete sich kerzengerade auf. Illi, Armins Frau. Sie zündete sich eine neue Zigarette an, stieß den Rauch in den Raum und murmelte: »Eine gute Idee. Ich werde handeln.«

»Handeln ist nicht genug«, sagte Helena. »Die zwei da unten sollen büßen. Zuerst sollen sie sich fürchten. Alpträume sollen sie haben. Todesangst, so daß sie sich am liebsten aus dem Staub machen würden. Aber ich will mich wirklich nicht einmischen, meine Liebe. Solche Gedanken soll nur eine Ehefrau haben.«

Illi nickte, und wir schwiegen eine Zeitlang, dann wurde wieder über Schwangerschaft und Henriette gesprochen, über Milchstraßensysteme oder sonst irgend etwas, ich weiß es nicht mehr genau. Mir war ein bißchen übel, und ich wurde müde, fing an, vor mich hinzudämmern. Wurde schwerer und schwerer, kämpfte gegen den Schlaf, kämpfte nicht mehr, und dann glitt ich, irgendwann, wahrscheinlich sehr bald, hinüber.

Als ich mitten in der Nacht erwachte, raste mein Puls, und ich bekam keine Luft. Natürlich bildete ich mir das nur ein, sonst wäre ich ja gestorben. So tapste ich jedoch in Helenas Zimmer und war angenehm überrascht, Illi nicht neben ihr im Bett vorzufinden. Sofort wurde ich ruhiger, ja geradezu beruhigt.
Am liebsten hätte ich mich neben sie gelegt oder an ihr Fußende, Hauptsache hingelegt, so müde war ich. Ich setzte mich an ihren Bettrand und wartete. Sie atmete flach, aber regelmäßig, der riesige Mund stand halb offen, die Arme hatte sie unter dem Kopf verschränkt. Sie war weder häßlich noch schön, eine leise schnarchende Kreatur, ein winziges Körnchen im Getriebe der Welt, und ich fand es plötzlich urkomisch, weshalb wir alle immer soviel reden.
Möglicherweise schnarchen jedoch auch die Mitglieder von Schweigeorden, und das fand ich auf einmal noch komischer. Jedenfalls machte mich die Vorstellung schnarchender Schweigeordenmitglieder wacher, ich faßte meinen ganzen Mut zusammen und stieß meinerseits ein paar Schnarcher aus. Helena rührte sich nicht. »Ich muß dir etwas sagen«, flüsterte ich. Nichts. Ich hatte geglaubt, Helena habe einen leichten,

nervösen Schlaf, doch es sah nur so aus. Ich hustete, nichts, ich stupste sie, nichts. Ob auch Tote schnarchen? So etwas hatte ich noch nie gehört. Ich flüsterte ihren Namen. Nichts.
Ich schlich zurück in mein Zimmer, kicherte und weckte damit den Vogel. Er begann leise zu gurren. Wie hieß er? Kein besonderes Tier, hatte Illi gesagt. War er wirklich nicht besonders? Symbol des liebenswürdig plappernden Freudenmädchens. Südlicher Papagei, hatte sie gesagt. Südlich, das ist immer besonders. Als ich Armin zum ersten Mal gesehen hatte, war mir, als sei ich im Süden. Das helle Atelier, die dicken Wattepüppchen, das dunkelblaue Meer in seinen Augen, die Liebegotterscheinung in zerknitterten Leinenhosen. Sie hätte es mir nicht sagen müssen, daß ich ihn nicht heiraten kann. Niemand kann den lieben Gott heiraten. Auch sie hätte es nicht tun sollen.
»Ying Ying«, flüsterte ich. An den ganzen Namen konnte ich mich im Augenblick nicht erinnern. Trotzdem wurde er sofort still. Er drehte sein Köpfchen, starrte mich merkwürdig an. »Ying Ying«, flüsterte ich. Wiederholte es mehrmals. Fühlte, daß er etwas sagen wollte, etwas sehr Bedeutendes, etwas, das ich hören mußte. Vielleicht das Schlüsselwort fürs Leben?
Doch wie immer, wenn man sich ganz kurz davor glaubt, kommt etwas dazwischen. Es klopfte an meiner Tür. Jetzt, dachte ich, jetzt ist es soweit. Warum nur bin ich hinter den Vorhang gegangen? Warum nur ist es passiert? Wozu ist es passiert? Ich werde ohne

das Schlüsselwort sterben müssen, ohne Beichte und letzte Ölung. Und schon öffnete sich die Tür. Dunkel und bedrohlich. Ich schloß die Augen. Stieß ein Gebet in mich. Bereute. Hilf mir, Ying, hilf mir, ein Menschenleben ist so kurz, deines ist viel länger. Hundertfünfzig Jahre werden Papageien alt, das habe ich im Lexikon gelesen, und ich bin noch jung, mein Leben hat soeben erst begonnen, ich habe noch alles vor mir …

Da hörte ich es flüstern. »Lotti. Was machst du, Lotti? Warum schläfst du nicht?« Es war die schönste Stimme der Welt. Die Stimme des grünen Stengels mit der hellroten Blüte.

Erleichtert sank ich auf mein Bett, mußte tief durchatmen vor Glück und Rührung und spürte, daß mein Mund zitterte. Ja, meiner. Und ich konnte gar nichts dagegen tun. Helena legte ihren hageren Arm um mich und fragte: »Ist sie nicht bei dir?«

Helena war ebenso glücklich wie ich. Illi war nicht bei mir, und Illi war nicht bei ihr.

»Wie findest du sie?« fragte sie und schaute mich von oben bis unten an, als wollte sie mich mit ihr vergleichen.

»Interessant.« Mit dieser Antwort, meinte ich, könne mir am wenigsten passieren. Unglücklicherweise fügte ich dann noch hinzu: »Sie hat so schön geschwungene Augenbrauen.«

Helena bäumte sich auf und zischte: »Eine Frau besteht nicht nur aus Augenbrauen. Du bist wirklich …« Sie schüttelte den Kopf. »Sie ist zu dick«, stellte sie fest, als wäre dies, im Gegensatz zu meiner überflüssi-

gen Bemerkung, eine maßgebende Aussage. »Und sie raucht. Eine vielsagende Kombination.«
»Dick und raucht«, nickte ich zustimmend und fand, daß man noch viel Schlimmeres über Illi sagen konnte.
»Und hast du ihre Zähne gesehen? Diese riesige Lücke? Dabei kann man Zähne von der Steuer absetzen«, sagte Helena.
Ich starrte sie entgeistert an. »Illi hat nicht gewußt, daß sie ihre Lücke mit deiner weiblichen Waffe hätte schließen können. Ihr Problem sind die Sterne, nicht die Steuern.«
»Wie bitte?« fragte Helena und schaute mich wieder so merkwürdig an, so, als suchte sie etwas an mir.
Ich hatte nur einen Gedanken: nämlich Helena und mich zu beschützen. Vor allen, auch vor einer Frau. Denn Menschen sind, wenn sie keine Babys mehr sind, nicht nur schrecklich, sondern auch unberechenbar, und wie man aus der Geschichte weiß, ist Unberechenbarkeit eine der gefährlichsten Eigenschaften.
»Helena«, flüsterte ich und zog sie zu mir auf die Bettkante, »Illi hat Ludwigs Frau umgebracht.«
»Was du nicht sagst.« Sie schaute mich neugierig an. »Woher weißt du das?«
»Sie hat es mir gestanden.« Ich klammerte mich an Helenas knochige, kalte, rauhe Hand. Nicht nur in Helenas Kopf, auch in ihrer Hand arbeiteten die Gedanken. Ich mußte mich vergewissern, daß sie für mich war. Und wenn für jemanden sein meistens gleichzeitig gegen jemand anderen sein bedeutet, dann sollte Helena gegen Illi sein.

»Ich sage dir, Illi ist nicht normal«, regte ich mich auf und begann, auf Helena einzureden. »Und sie ist zu allem fähig!«
»Zu allem fähig? Das kann sehr nützlich sein«, lächelte Helena. Ich wußte nicht, wie ich es deuten sollte.
»Wo ist sie?« fragte ich.
»Wahrscheinlich unten.« Helena war sehr nachdenklich geworden. »Du glaubst wirklich, sie hat Sibylle …«
Ich nickte. »Sie hat es gesagt. Mit einer dieser spurenlosen Methoden. Jetzt hat sie die Möglichkeit, eine ganze Familie ohne Spuren auszurotten. Sie hat das Zeug von ihrem Zahnarzt gestohlen. Sie hat es mir gezeigt.«
»Nicht so laut«, zischte Helena.
»Du machst, daß ich laut bin. Weil du zu ihr gesagt hast, sie soll mit uns zusammenleben. Eine Verrückte. Weißt du, was sie noch gesagt hat? Daß sie es nicht ertragen kann, wenn eine Frau schwanger ist. Wir müssen etwas tun. Denk doch an dein Kind. Bitte. Sie paßt nicht zu uns. Sie ist nicht nur gegen die Männer, sie ist auch gegen die Frauen.« Ich klammerte mich noch fester an ihre Hand. »Und sie raucht.«
Helena schaute mich eindringlich an. »Du hast recht«, sagte sie. »Sie ist nicht normal. Weißt du, was sie mir gesagt hat? Daß du schwanger bist.«
»Ich?« Jetzt verlor ich ganz die Fassung. »Ich soll schwanger sein?« Ich schüttelte den Kopf. Meine Periode. Sie ist schon oft verspätet gekommen, manchmal überhaupt ausgeblieben. Und nie ist etwas passiert. Nie.

»Illi sagt, sie sehe es dir an. Sie ist sehr verwirrt. Verwechselt dich mit meiner Tochter. Arme Frau.« Helena schaute mich immer noch forschend an. »Oder ist da etwas, was du mir nicht sagst?«
Ich schüttelte heftig den Kopf. »Natürlich nicht«, rief ich.
»Warum schreist du denn so«, zischte Helena wieder dazwischen.
»Von wem sollte ich denn schwanger sein?« Ein Mal mit Ludwig, und ein halbes Mal mit Armin. Freilich, die Natur fragt nicht, wie oft, sondern wann. Trotzdem.
»Ich weiß, daß du mir das nicht antun würdest«, sagte Helena. »Das wäre wirklich, überhaupt jetzt, wo mein Kind ein Kind erwartet ... Nein, du bist nicht schwanger.« Sie umarmte mich. »Ich würde es dir anmerken. Sofort. Vom ersten Tag an.«
»Ich habe kein Problem«, flüsterte ich. Wir drückten uns fest aneinander. Sie murmelte etwas, und ich glaubte, »Ich liebe dich« zu hören. Und nach einem tiefen Seufzer: »Wir bleiben zusammen, Lotti, was auch geschieht, unter allen Umständen, ja?«
Ich war zutiefst gerührt. Sie sah schön aus, sehr schön. Und sie war mir so vertraut, so nah.
»Sag mir jetzt, wieviel du für das Kind meiner Tochter beisteuern wirst?«
Im Rausch meines Glücksgefühls nannte ich eine ziemlich hohe Summe, jedenfalls so hoch, daß es mir unmöglich erschien, mich für einen Geizhals zu halten. »Versprochen«, fügte ich hinzu. Hauptsache, wir fühlten uns alle glücklich und zufrieden. Wie wohlig es war

in meinem Zimmer auf meinem Bett, wie in der Nacht nach einem großen Fest.
»Auch zu Weihnachten«, sagte Helena, »werden wir zusammen sein.« Sie lachte. »Weißt du, wie dein Onkel den 24. Dezember nannte?«
Ich schüttelte den Kopf.
»The hocking day.« Wir lachten.
»Alle seine Geliebten«, fuhr Helena fort, »hockten am heiligen Abend allein zu Hause oder hockten bei ihren Eltern, machten ihm Vorwürfe, daß er sie allein hocken ließ, obwohl er ja nicht einmal verheiratet war.« Wir kicherten. »Sonst hocken immer die Geliebten der verheirateten Männer. Millionen Geliebte auf der ganzen Welt hocken am heiligen Abend allein oder mit ihren Eltern vor dem Christbaum und wissen nicht, wozu sie leben.« Es war wirklich sehr komisch. »Dein Onkel hockte immer bei euch. Und wie wären seine anderen Geliebten dagehockt, hätte er mit einer von ihnen Weihnachten gefeiert.« Wir schüttelten uns vor Lachen. Ich wußte nicht ganz, warum. Es war lustig, sehr lustig. Nur wußte ich nicht genau was.
»Auch ich«, lachte Helena, »mußte diesen hocking day erleben, immer wieder. Ob allein oder mit dem Schneider, es war immer ein schrecklich trauriges Hocken.« Plötzlich wurde sie ernst. »Damit ist es jetzt vorbei. Wir gehören zusammen. Und niemand kann uns stören.«
Ich nickte.
»Ich wette mit dir, auch Illi hockte zu Weihnachten irgendwo herum, allein mit ihrer Zahnlücke. Darum ist sie zurückgekommen. Wegen des hocking day.«

Ich hörte die Nacht um uns herumschleichen.
»Es war doch nur Diplomatie«, lächelte Helena, »daß ich Illi gefragt habe, ob sie mit uns zusammenleben möchte. So wie sie unsere Etage betreten hat, war mir sofort klar, daß sie es niemals tun würde. Wie denn, wo denn. Und wenn dann auch noch Henni und das Baby da sind, dann wird es sowieso zu eng. Sag, was hat sie von einem Zahnarzt gestohlen?«
»Ein kleines in Plastik geschnürtes Päckchen mit diesem Gift. Du weißt schon.«
Aufgeregt fingerte ich Sibylles begonnene beste Tips für einen unkenntlichen Mord aus meiner Nachtkästchenlade und schlug »Tip 2, todsicher«, auf. »Verabreichung von Curare-Gift, ein Muskelrelaxans. Die Indianer am Amazonas gewinnen es aus Pflanzen und verwenden es für ihre Speerspitzen. Bei uns bekommt man es in Form von Ampullen. Schwierig erhältlich, die Bekanntschaft mit einem Arzt oder einer Intensivstationschwester erleichtert den Zugriff. Wird in Ländern, wo die Euthanasie erlaubt ist, verwendet, bei uns nur in kleineren Dosen bei Narkosen für Bauchoperationen und schweren kieferorthopädischen Eingriffen. Aloferin und Lystenon. Man muß es in die Vene injizieren, was nicht jedermanns Sache ist …«
»Interessant«, sagte Helena, riß das Büchlein an sich und starrte auf die vollgeschriebene Seite. »Wirklich sehr interessant.«
Helena ließ ein bißchen Zeit verstreichen, dann flüsterte sie: »Du hast das Büchlein also nicht weggeworfen, so wie du es mir versprochen hast.«

Ich schüttelte den Kopf. »Ich hab es«, stotterte ich verlegen, »ich weiß auch nicht, ich hab es weggeworfen.« Helena ins Gesicht zu lügen war ein Risiko. Darum senkte ich die Augen.

»Du hast es nicht weggeworfen.«

Nicht weiterlügen, dachte ich betroffen, nichts sagen. Mir wurde übel.

Helena nahm meine Hand. »Du bist ja ganz heiß«, lächelte sie und drückte meine Hand fester. »Lotti«, sagte sie leise, »ich habe immer gewußt, daß ich mich auf dich verlassen kann. Dich hat wirklich der Himmel geschickt.«

Wieder verging eine Zeit.

»Dich auch«, flüsterte ich zurück, nicht ganz so überzeugt wie sie, aber doch. Und dann schliefen wir, irgendwann, Hand in Hand ein.

Es ist eine große Grobheit, wenn ein Mensch einen anderen als verrückt bezeichnet. Denn wer will wissen, wer von uns verrückt ist? Ich hatte es immer wissen wollen. Darum hatte ich mich ja mit diesen Büchern umgeben. »Der Wahnsinn der Normalität«, »Der Mann, der seine Frau mit einem Hut verwechselte«, »Falsche Götter« und so weiter. Heute denke ich, in gewisser Weise handeln alle Bücher davon, daß das Verrückte normal und das Normale verrückt ist. Auch Kochbücher und die heiligen Schriften. Sogar in den Märchenbüchern heißt es immer wieder: »Es war aber nicht so, wie es zu sein schien …«

Es war also nichts Besonderes, daß Helena und ich Illi nicht nur als nicht normal, sondern als verrückt bezeichneten. Allerdings tat es jede von uns aus einem ganz bestimmten Grund. Ich, weil es mich ärgerte, daß sie mir eine Schwangerschaft ansehen wollte. Und daß sie das, was sie zu sehen meinte, auch noch Helena mitgeteilt hatte anstatt mir selbst. Das verlieh ihr tatsächlich etwas von dieser gespenstischen Schwüle, die unberechenbare Wesen auszustrahlen pflegen.
Helena nannte Illi verrückt, weil ihr Illis Verrücktheit schlichtweg wie gerufen kam. Die arme Illi mußte ohne Deckmäntelchen der Wichtigkeit leben. Sie hatte keine Arbeit, in die sie vor der Welt und sich selbst flüchten konnte, keinen Chef, um die Machtspielchen zu üben, und nun war ihr auch noch der Platz als Frau des Hauses streitig gemacht worden, der als Ehefrau sowieso. Auch wenn sie selbst fortgegangen war, so ist es doch ein Schock, wenn man als Heimkehrerin im eigenen Haus anderen Frauen ins Auge blickt und darin liest, daß sie einen für verrückt halten. Wer könnte das ertragen? Sie mußte verrückt werden.
Ich glaube nicht, daß Illi ihre Nerven einfach wegwarf. Sie verlor sie, und zwar bündelweise. Und genau das war unser Glück. Denn in ihrer Not beklagte sie sich nicht bei den Männern über uns, sondern bei uns über die Männer. Tatsächlich hatte der Zahnarzt im Zuge ihrer Gebißerneuerung einen Gesichtsnerv verletzt, genaugenommen den ganzen Nervenstrang ihrer linken Seite, so daß sie schubartig immer wieder unter

furchtbaren Kopfschmerzen litt. Niemand konnte ihr helfen, am allerwenigsten natürlich Armin und Ludwig.
Wir Frauen hingegen hörten sie an, was ihr zwar keine Linderung in ihrem Kopf verschaffte, in manchen Augenblicken jedoch eine Art Trost zu sein schien.
»Ich wollte euch beschimpfen«, sagte Illi. »Aber ich hab es mir überlegt, versteht ihr. Alle Frauen schimpfen auf die schmutzigen Huren ihres Mannes. Doch was können die schmutzigen Huren dafür? Versteht ihr? Sie sind doch nur Frauen wie du und ich. Und warum soll ich jemanden beschimpfen, der so ist wie ich?« Sie kniff ihre Augen zu Kümmelkernen zusammen und zündete eine Zigarette an. »Aber ich muß schimpfen. Versteht ihr.« Sie rauchte. Der Lack auf ihren Fingernägeln war seit ihrer Ankunft fast vollständig abgeblättert, zwei Nägel waren abgebrochen.
»Es ist besser, ich schimpfe auf meinen Mann als auf euch. Versteht ihr. Obwohl ihr schlimmer seid als alle, die mir bisher begegnet sind.« Sie drehte den Kopf zu mir, ihre linke Pupille rutschte davon, die Augenbraue schnellte nach oben. »Mein Mann, mein Mann ist, er ist wie alle Künstler, vor allem wie die, die keine sind, versteht ihr«, sagte sie. »Und er ist wie alle Männer, vor allem wie die«, lachte sie schrill, »die keine mehr sind.«
Sie weiß auch nicht alles, dachte ich, mischte mich jedoch nicht ein.
»Immer will er etwas voraussehen«, fuhr sie fort, »und immer hinkt er der Zeit hintennach. Wir leben in einer

Auflösungszeit. In einer Endzeit. Was gibt es denn da noch vorauszusehen. Was denn, was, in dieser Endzeit ist alles zu Ende …« Sie konnte nicht mehr weiter und hüllte sich in Rauchschwaden.
Helena näherte sich ihr, legte ihren knochigen Arm um ihre massigen Schultern und schmeichelte: »Du mußt dir Luft machen, meine Liebe. Du mußt dich von diesem Druck befreien. Du mußt eine Handlung setzen. Rauchen allein, das reicht nicht. Befreien kann man sich nur durch eine echte Handlung.« Und dann sagte sie: »Es gibt nur ein Mittel, was einen wirklich befreit. Rache.«
»Rache«, wiederholte Illi. »Rache. Ich verstehe.«
Diese christliche Tugend, sagte Helena, die verlangt, man solle seinem Feind verzeihen, würde die Menschheit vollkommen überfordern. Die Idee, die andere Wange hinzuhalten, wenn man auf die eine schon einen Schlag bekommen habe, sei eine Schnapsidee. Eine Machoidee, die nur an die Lust des Täters denke. Als Opfer habe man am besten gar keine Wange. »Oder man handelt. Wie du mir, so ich dir.«
Illi blühte auf. Und auch ich lauschte mit größter Faszination. Wenn ich mir vorstelle, ich hätte damals, als sie zuerst meine eine, dann meine andere Wange ohrfeigte, ihre Wangen zurückgeohrfeigt, wir wären vielleicht schon nicht mehr am Leben.
»Zeig ihnen, wer du bist«, lächelte Helena Illi zu. »Du bist in deinen besten Jahren.«
Illi schaute uns fragend an. Ich erklärte ihr, daß weibliche Schönheit ein großes Hindernis sein kann,

um wahre menschliche Zuneigung zu erfahren. Und Helena erörterte diese Philosophie mit ihrem eigenen Beispiel.
»Schau mich an«, redete sie auf Illi ein, »seit ich mich von meiner Schönheit befreit habe, kann ich nicht mehr enttäuscht werden. Und mit jedem Tag werde ich stärker und stärker. Glaube mir, es gibt ein viel größeres Gut als die Gunst der Männer.« Sie beugte sich zu Illi und flüsterte ihr lautstark ins Ohr: »Die Macht über sie. Und wenn ich deine Möglichkeiten hätte …«
Die beiden lachten. »Macht«, lachten sie, und wieder: »Rache.« Illis riesige Zahnlücke klaffte in ihrem Mund, und Helena zog ihren knochigen Arm von Illis Schulter. Mir wurde unwohl.
»Ja«, seufzte Illi und betrachtete Helena, »ja, du bist wirklich sehr häßlich. Aber deine Freundin …« Sie schaute mich wieder so an, mit dem aufgerissenen Weiß in ihrem Auge. »Was für ein ekelhafter Kerl mein Mann doch ist! Unappetitlich! Ein Versager! Ein alter, häßlicher, eingebildeter, lüsterner, verlogener Totalversager! Ein Totalversager mit«, sie hielt kurz inne, dann senkte sie ihre Stimme und röhrte: »Mit seiner Umtata.« Ihr Mund blieb offenstehen. »Und Ludwig ist auch nicht viel besser. Natürlich nicht. Sind ja verwandt, die beiden.« Sie bemühte sich, ihre Haltung zu bewahren, dann rannen plötzlich doch Tränen über ihre rotgefleckten Wangen, sie schluckte und versuchte vergeblich, ihre Verzweiflung abzuschütteln. Ihre linke Augenbraue blieb oben, so daß sie aussah wie eine weinende Skulptur, die ein betrunkener Bild-

hauer gemeißelt hat, voller Lust am Unsymmetrischen.
Meine Verlegenheit trieb mich ins Badezimmer, wo ich mich im grellen Licht von dreihundert Watt im Spiegel betrachtete. Alles geht, hatte Helena gesagt. Die Liebe geht, die Jugend geht, die Schönheit geht, die Zähne gehen. Und Illi hatte mich auf die Idee gebracht, daß sogar die Sterne gehen können. Doch solange unser Stern nicht geht, ist es nicht wahr, dachte ich, daß nur das Finanzamt bleibt. Mir bleiben auch meine Fiji-Inseln. Jeder hat irgend etwas, was ihm bleibt. Und an die Stelle dessen, was geht, kommt etwas anderes dazu. Eine klaffende Lücke, furchterregende Falten, braune Flecken auf der Haut und graues Haar, Schmerzen und Enttäuschungen, Verletzungen, Krankheiten, mit einem Wort alles, was einem den Abschied von diesem Stern erleichtern wird.
Aber es kann, dachte ich, auch eine innere Ruhe Einzug halten. Eine Gelassenheit, in der man sich vor nichts mehr fürchtet, in der man sich und den anderen Lebewesen sagen kann: Hallo, ich bin Lotti Liebenhaus, ich bin ein glücklicher Mensch, ich kann euch nicht sagen warum. Ich fühle nur, ich bin ein Teil vom Ganzen, also auch ein Teil von euch, und ihr seid ein Teil von mir, und daran ändert sich gar nichts, auch wenn sich die einzelnen Teile verändern. Wie schön das sein kann, freute ich mich.
Als ich zurückkehrte, waren Helena und Illi nicht mehr im Wohnzimmer.
Helena erzählte mir später, sie habe Illi noch eine

Reihe guter Ratschläge gegeben, wie sie gegen die Männer vorgehen solle.
»Welche Ratschläge?« wollte ich wissen.
»Du wirst schon sehen. Glaube mir, der Himmel hat sie geschickt«, lächelte sie. Ich wußte nicht, wen sie meinte, Illi oder die Ratschläge, und war ganz verwirrt. Helenas grüne Augen glänzten und blinkten, wie ich es in diesem Ausmaß noch nie gesehen hatte. Ich wußte nicht genau, was in ihr vorging, konnte mir jedoch vorstellen, daß sie Illi noch viele weitere Ratschläge geben und alles erreichen würde, was sie wollte.

Schon nach wenigen Tagen mußte Illi Helenas Ratschläge aufs beste befolgt haben. Die Hölle unten wurde so heiß, daß die Männer zu uns heraufgejagt wurden. Und genau das war Helenas Ziel. Sie sollten sich nicht bei Illi über uns, sondern bei uns über Illi beklagen.
Sie taten es. Und Helena blühte auf. Nicht, daß etwas von ihrer alten Schönheit zurückgekehrt wäre, nein, das nicht. Sie leuchtete, wippte, sprühte, und in allem lag ein unermeßlicher, von Bosheit und Rachsucht aufgestachelter Triumph.
»Nun?« fragte Helena, als wüßte sie nicht, was die beiden zu uns führte. Sie trug einen hübschen Hosenanzug aus braun-weißem Pepitastoff, in dem sie voller aussah, als sie war. Ihre Ringe unter den Augen bildeten zwei dunkle Gräben, aber das Rouge auf ihren

Wangen verlieh ihr dennoch etwas Rosiges, und das weiße Band in ihren dunkelrot gefärbten Haaren machte sie beinahe jung.
Armin hatte seine Eierlikörflasche mitgebracht. Zum ersten Mal wurde mir bewußt, daß seine Liebegotterscheinung mit diesem Eierlikör zusammenhängen könnte. Ja, welcher Gott würde sich nicht daran berauschen, daß sich die Menschen immer und ewig den Kopf darüber zerbrechen, was zuerst da war: die Henne oder das Ei.
Und sie zerbrechen sich nicht nur den Kopf, sondern auch das Herz darüber, wer schuld ist an all diesen Problemen, die man hat und von denen man nicht weiß, wie man sie lösen könnte.
»Ich spreche nicht mehr mit euch«, sagte Ludwig, runzelte seine Babystirn und zupfte an seiner Perücke, an seinen Dreitagestoppeln und an seinem Ohrläppchen. Seine kleinen Tennisschuhe waren schmutzig, als sei er gerade durch tiefen Schlamm gelaufen.
»Und ich kann nicht mehr«, stöhnte Armin.
»Ich auch nicht«, stimmte Ludwig ein. »Zuerst eure Unverschämtheit«, seine Knopfaugen waren auf Helena und mich gerichtet, »und jetzt«, er schlug ein Bein über das andere, »jetzt auch noch eine Wahnsinnige.«
Sie war seine Geliebte gewesen, dachte ich, und jetzt nennt er sie wahnsinnig. Wenn wir sie als nicht ganz normal oder als verrückt bezeichneten, so war das etwas anderes. Wir taten es mit Einfühlungsvermögen. Er tat es aus Haß.
Helenas grüne Augen blinkten so aufgeregt, als wür-

den sie eine Nacht ausleuchten wollen. In meiner Sorge, Ludwig könnte im nächsten Satz auch Helena und mich wahnsinnig nennen – denn er hatte schließlich auch mit ihr und mit mir, wenn auch nicht so oft wie mit Illi –, schlug ich vor, endlich wieder einmal das himmlische Duett erklingen zu lassen.

Wir eilen mit schwachen, doch emsigen Schritten ...
Du suchtest die Kranken und Irrenden treulich ...

»Nur das jetzt nicht!« zischte Helena. »Die beiden kommen mit einer Sorge im Herzen, und du willst alles mit Musik übertönen. Verstehst du nicht? Die beiden haben ein Problem.«
Ja. Es galt jetzt, die schlechte Stimmung auszukosten oder, mit spezifischen Mitteln, sogar noch zu verstärken. Und auf keinen Fall sollte dazu eine himmlische Musik erklingen.
»Ich kann überhaupt nicht mehr schlafen«, sagten Armin und Ludwig wie aus einem Munde. Wahrscheinlich waren sie noch nie so sehr miteinander verwandt gewesen wie seit Illis Heimkehr.
Armin zog einen Zettel aus seiner Hosentasche und legte ihn auf den Tisch. Darauf stand, mit großer, gut lesbarer Schrift: »Armin, du bist tot. Deine Illi.«
»Unsinn!« rief es aus mir heraus. Mein Puls schlug schneller. Helena streifte mich mit einem mahnenden Blick.
»Was soll das heißen?« fragte Armin.
»Das, was hier steht«, nickte Helena und mimte größte Besorgnis.
Armin faltete die Hände und legte sie sich so auf den

Mund, daß sein Gebet direkt in seine Hände gehaucht wurde. Er beugte sich vor. Sein imposanter Bauch drohte zu platzen. Irgendwie gefiel er mir immer noch. Er war so fahl geworden, sein Lorbeerkranz hing welk und glanzlos auf seinem Hinterkopf, seine dunkelblauen Augen waren seicht und matt, eindeutig herrschte Ebbe in ihm, eine tödliche Trockenheit, aber seine tiefe heisere Stimme grollte so wie eh und je, und er murmelte: »Armin, du bist tot.«
»Sie meint es sicher nur symbolisch«, sagte Helena, biß sich in ihre riesige Unterlippe, überlegte demonstrativ, was sie längst wußte, und nickte dann: »Obwohl, ganz harmlos klingt es nicht. Ich meine, wenn man bedenkt, daß deine Frau mit einem Arzt zusammen war, mit einem Zahnarzt. Und man weiß ja, was Ärzte in ihren Depots haben. Eine kluge Frau verläßt ihren Geliebten nicht einfach so. Irgendeine Beute nimmt sie immer mit. Und eine verletzte Frau nimmt kein Schmuckstück, sondern ...«
»Was?« fragten Armin und Ludwig wieder aus einem Munde. Allein von Helenas Worten waren sie so verletzt, daß sie zusammenschmolzen wie erhitztes Eisen, das zu einer Waffe geschmiedet werden sollte.
»Was Illi mitgenommen hat? Das kann man sich in diesem Fall doch ausrechnen«, meinte Helena.
»Meinst du Gift?«
»Ich glaube ja«, nickte Helena, und in ihrem seltsamen kühlen Hosenanzugton fügte sie nach einer kurzen Pause hinzu: »Mir wäre an eurer Stelle auch nicht ganz wohl. Wenn ich mir vorstelle, daß ihr Illi das gleiche angetan habt, was ihr auch mir angetan habt und was

ihr jeder Frau antut. Wenn ich mir das vorstelle, ich könnte auch nicht mehr schlafen.«
»Was denn? Was haben wir euch angetan? Wir euch! Ha. Ihr uns!« brauste Ludwig auf, fiel jedoch sofort wieder tief in den grünen Sessel zurück. Er schien sich daran zu erinnern, wie sehr wir ihn mit unserem Wissen über ihn und seine Unordnung in der Hand hatten.
»Eigentlich verstehe ich überhaupt nicht, daß ihr noch hier seid«, fuhr Helena fort. »Illi ist eine kluge Frau. Und heutzutage handeln kluge Frauen.« Sie schnippte mit ihren knochigen Fingern. Die lange Pause lag in der Luft und strömte ihr eigenes, unfaßbares Gift aus. Wie lindernd wäre jetzt die Musik gewesen. Wie erlösend. Wie typisch für mich, daß ich mir das jetzt wünschte. Schließlich sollte nichts gelindert werden, sondern geschürt, damit sich der Plan bald erfüllte.
»Was sollen wir tun?« fragte Armin.
»Was!« rief Ludwig wütend. »Was wohl! Du Idiot!« Er erhob sich, schritt den Raum ab, stellte sich ans Fenster und kickste plötzlich, als habe er Kreide verschluckt: »Ich bin der Herr im Haus. Ich kann hier tun, was ich will.« Er wandte sich Helena zu. »Und dich kann ich nennen, wie ich will. Ich werde in Zukunft nie mehr deinen langatmigen, zeitraubenden Namen sagen.«
»Vergiß es nicht«, schrie Helena Ludwig an. »Eure Zeit ist um!«
»Sibylle, Helena, diese Namen bringen mich um«, kreischte Ludwig. »Du bist Heli. Jawohl. Heli. Schluß jetzt. Ich habe nicht soviel Zeit.«

Helena lief rot an vor Wut. »Das ist wahr. Du hast keine Zeit. Auch keine Zeit mehr, meinen Namen dermaßen zu verstümmeln. Ich heiße Helena. Und ich bin der Herr im Haus.«

Ludwig war fast einen Kopf kleiner als sie, und mit einer einzigen, unauffälligen Handbewegung hätte sie ihm seine Perücke vom Kopf reißen können. Doch so etwas tat Helena nicht. Und jetzt, da keiner der Männer mehr an seine Unsterblichkeit glauben konnte, schon gar nicht.

Ludwig wich vor ihr zurück. »Ich bin bereit zu bezahlen«, murmelte er und starrte auf den Boden.

Helena nickte. Sie kochte nicht nur vor Wut, sondern auch vor Wonne. Nur wer sie so gut kennt wie ich, konnte sehen, daß sie dennoch noch nicht ganz am Ziel war. Sie überlegte, und wenn Helena überlegt, dann immer mit dem Erfolgsrezept: zur richtigen Zeit am richtigen Ort. Und was das Entscheidende war: der richtige Ton. Leise, sehr leise, damit der Feind die Botschaft auch würdigen konnte, sagte sie: »Bezahlen? Ich habe immer gewußt, daß du ein kluger Mann bist. Ludwig. Und klug genug sein wirst, an den herrschenden finanziellen Vereinbarungen zwischen uns nichts zu ändern. Wir sind uns im Wort. Und du sollst wissen: Ich fordere, aber ich fordere nicht maßlos. Ich bin fair. Und ich erkenne auch, wenn der andere Hilfe braucht.«

Sie machte eine wirkungsvolle Pause. »Ihr braucht jetzt Hilfe. Eine Lösung, wie ihr euch vor Illi retten könnt. Man darf ihre Fähigkeiten nicht unterschätzen.« Ihre dunklen Gedanken umkreisten die Häupter der beiden Männer, die abwechselnd ihr und mir hilfesuchende Blicke zuwarfen. Was hätte ich tun können? Nichts.

»Eure Lage ist ernst.« Helenas Stimme war jetzt wieder tief, und sie zupfte ihr Haarband zurecht. »Auf mich könnt ihr euch verlassen, wenn wir uns auf euch verlassen können. Doch die meisten Menschen sind vollkommen unberechenbar. Darum folgt meinem Rat.«

Sie überlegte lange genug, um die Glaubwürdigkeit ihrer Eingebung zu demonstrieren. Dann sagte sie mit der tiefen, heiseren und außerordentlich überzeugenden Stimme eines Orakels: »Ihr müßt fliehen. Es gibt keine andere Lösung.« Sie nickte. »Flieht. Illi ist schwer bewaffnet. Meine Waffe könnte euch nur ins Gefängnis bringen. Ihre ist tödlich.«

Es folgte eine lange Pause, in der die Fliegen bemerkbar wurden, die an die Balkontür schlugen, und aus meinem Zimmer hörte man das leise, ununterbrochene Gurren und Pfeifen des Papageis.

»Was? Was kann man tun? Um Gottes willen, was?« fragte Armin.

Wäre ich jetzt mit ihm allein gewesen, vielleicht wäre er noch einmal mein Letzter geworden. Nur so. Obwohl ich schon wußte, daß alles nicht so war, wie ich dachte. Auch eine Enttäuschung kann etwas Schönes sein. Ganz besonders, wenn sie bereits den Weg ins Vergessenwerden antritt und nur noch das übrig bleibt, was sie ausgelöst hat: die Hoffnung. Warum war ich eigentlich so enttäuscht gewesen? Ich verstand mich selbst nicht, und es tat mir ein bißchen leid, daß er jetzt viel zu sehr mit anderen Problemen beschäftigt war, als daß er mir einen seiner wundervollen Ach-Blicke hätte schenken können und ich ihm meine große Zehe oder noch mehr. Probleme, Probleme, dachte ich.

Während ich meinen Gedanken nachhing, tat Helena nichts anderes, als die beiden Männern zu überzeugen, daß sie überhaupt keine andere Möglichkeit hatten, als so schnell wie möglich von hier zu verschwinden, wenn ihnen ihr Leben etwas wert sei. Ich hörte es zwar, wollte aber ihrem Gespräch nicht folgen. Denn als der Beschluß ihrer Flucht auf Ludwigs Segelboot plötzlich feststand, mußte auch ich fliehen. Wieder ins Badezimmer. Vor den Spiegel. Und wieder sah ich so aus wie ich und nicht wie Helena, und wieder war ich zutiefst erstaunt. Auch darüber, daß diese beiden Männer fortgehen, obwohl eine Frau wie ich in ihrer Nähe war. Sie gehen nicht deinetwegen, tröstete ich mich. Aber daß sie meinetwegen nicht blieben, das war für mich doch schwer zu begreifen.

Armin und Ludwig, sie gehen fort, sagte der Spiegel. Sie machen sich unerreichbar. Du wirst ihnen nicht einmal schreiben können, denn das Meer hat keine Adresse. Und das Haus, der Efeu, die Treppen hinauf zur Haustür, das Gartenhäuschen, der Garten und die Hyazinthen an der Sonnenseite, wenn sie im Frühling wieder blühen, alles wird dich ununterbrochen an die beiden erinnern, viel mehr als damals, als dein Mann fortging und du in der Wohnung seiner Oma geblieben bist. Mit ihm hast du ein ganzes Jahrzehnt zusammengelebt. Das war etwas Rundes gewesen, mit einem

Anfang und einem Ende. Hier bist du noch immer fremd. Und wenn etwas aufhört, ehe es wirklich aufgehört hat, dann ist es nicht so einfach, es zu entbehren.
Ich habe nichts gegen Männer. Ich habe nie etwas gegen sie gehabt. Im Gegenteil. Immer habe ich mich beinahe aufs beste mit ihnen verstanden. Immer war mit ihnen alles beinahe. Beinahe gut und beinahe schlecht.
Aber, aber, aber. Aber jetzt wollte ich doch mit Helena zusammenleben! Darum jagte Helena sie davon, damit wir endlich in Frieden, endlich ohne Lüge, endlich ohne Männer … Alles hat seinen Sinn. Alles ist gut, so wie es ist …
Ich mußte trotzdem weinen. Es war gut zu weinen. Wenn es weint, soll es weinen. Und so wie immer, wenn ich heftig weinte, konnte ich mir schon nicht mehr genau erklären, warum ich überhaupt weinen mußte. Vielleicht weinte ich sogar vor Glück? Es gab einen Grund. Aber den wußte ich damals noch nicht.
Als ich ins Wohnzimmer zurückkehrte, mit geröteten Augen, die niemand bemerkte, mit gepuderter Nase, die erst recht niemand wahrnahm, und erhobenen Hauptes, defilierend, und mit meinem tiefen V-Ausschnitt, auf den die beiden Männer fasziniert starrten, als sei es der Ort ihrer geplanten Flucht, besprachen sie bereits die Details.
Von einer Weltumsegelung war die Rede. Ludwig hatte schon immer davon geträumt, und Armin, der lieber auf hoher See als von der Hand seiner Ehefrau sterben wollte, sagte lächelnd: »Ich habe meinen

Schülern immer gesagt: Wer nicht wagt, gewinnt nicht. Einmal habe ich einem besonders intelligenten Schüler gesagt: Wer wagt, verliert. Ein paar Tage später hat er sich den goldenen Schuß gegeben. Und ich steche jetzt in See.« Seine tiefdunkelblauen Augen weiteten sich, und seine riesigen Flügelohren fächelten Wind herbei, so daß ich das kleine Segelschiff in seinen Augen dahingaukeln sah.

»Der alte Mann und das Meer«, hüstelte er.

»Der alte Mann und das Nichtmehr«, scherzte Helena, und alle lachten.

Das Problem war nur, daß weder Ludwig noch Armin segeln konnten. Helena empfahl, einen Kapitän anzuheuern, der sie mit Sicherheit überall dorthin hinschiffen würde, wohin ihnen ihr Sinn stand. Armin redete von der Insel, auf der die verführerischen Sirenen die Vorbeifahrenden mit ihrem wunderbaren Gesang lockten, und Ludwig sprach vom Bermuda-Dreieck, um danach einen Ratgeber mit den besten Tips für die Bewältigung der Winde verfassen zu können.

Helena war mit finanziellen Details beschäftigt. Alle Kosten, die für das Haus anfielen, ob für die untere oder die obere Etage, sollten über Daueraufträge von Ludwigs Konto abgebucht werden. Inklusive Gas und Strom und Telefon. Inklusive alle Versicherungen, Müllabfuhr, Radio- und Fernsehgebühren. Auf ein anderes Konto, zu dem Helena Zugang haben wollte, sollte ein monatlicher Betrag für sämtliche Extras fließen. Haushaltshilfe, etwaige Reparaturen, Anschaffungen. Auch die Küche kam zur Sprache, deren Bestellung Ludwig unterschrieben hatte. Kurz und gut, sie hatte zur richtigen Zeit am richtigen Ort den richtigen Ton. Alle nickten sich zu, lachten, wünschten sich alles Gute.

Wahrscheinlich war es nur eine ganz dünne Haut von Fröhlichkeit, und darunter wucherten die gegenseitigen Schuldzuweisungen, Vorwürfe und Aufgeregtheiten wie unheilbare Geschwüre.

Ich dachte immer an den Zahnarzt, genaugenommen an den Mann, der diesen Vortrag über das große Sternensterben gehalten hatte. Er war der eigentliche Auslöser von allem. Ohne ihn hätte der Zahnarzt sein Interesse an Illi vielleicht nicht verloren. Denn daß er Illi nicht mehr mochte, nachdem er mit ihr geschlafen hatte, das wollte ich mir nicht vorstellen. Also dachte ich, daß Illi nicht wegen des Zahnarztes, sondern wegen des Sternensterbens zurückgekommen ist, und ihre riesige Lücke verdankte sie nicht dem Zahnarzt, sondern den gestorbenen Sternen. Und die gestorbenen Sterne waren es auch, die Armin und Ludwig jetzt davonjagten.

Eigentlich war dieser Sternenmann sogar der Beste von allen. Ohne ihn wäre, wer weiß wie lange, alles so geblieben, wie es in dieser Villa begonnen hatte. Ich und Helena, Armin und Ludwig, Armin und ich und Ludwig und Helena und ich und Ludwig und Helena und Armin.

Nicht, daß mir das nicht gefallen hätte. Doch wer hätte zu diesen Augenblicken sagen wollen: Ach, Augenblick, verweile doch …? Ach, Augenblick, vergeh doch schnell, das war es, was ich immer wieder fühlte. Im Gegensatz zur Bitte, der Augenblick möge verweilen,

war meine Bitte, er möge vergehen, immer ganz leicht erfüllbar. Denn genau das macht den Augenblick ja aus: daß er nur einen Augenblick lang dauert.
Nur einen Augenblick lang, schien mir, hatte die Begegnung mit Armin gedauert, und die mit Ludwig noch kürzer. Bepackt mit riesigen Seesäcken verließen sie die Villa. Wie alt gewordene Studenten sahen sie aus, hinausgewachsen aus ihrer Zeit. Armin trug seine vergammelten weißen Flechtschuhe, Ludwig seine vergammelten, schmutzigen Tennisschuhe. Ich nahm in meinen schwarzen Stöckelschuhen Abschied, Helena in Stiefletten, die ihr Feuermal bedeckten, und Illi in Sandalen. Alle redeten durcheinander. Eine lustige Gesellschaft. Und als jemand sagte: »Im nächsten Jahrtausend sehen wir uns wieder«, brach ein Gelächter aus, das mir noch im Ohr ist und immer im Ohr sein wird. Es macht nichts, daß ich nicht genau weiß, worüber wir lachten: über das nächste Jahrtausend oder über das Wiedersehen. Beides klang so unwahrscheinlich, und beides lag so nah.

Kaum waren Armin und Ludwig fort, geriet Illi in einen Zustand, den Helena zunächst als »entfesselt« bezeichnete. Illi schrie mit den Wattepüppchen. Sie schleppte eine Menge von ihnen hinaus in den Garten und zündete sie dort an. Wenn sie brannten, beschimpfte sie sie als Hurenkinder und wünschte ihnen das ewige Fegefeuer. Manches Wattepüppchen zerriß sie und warf die einzelnen Glieder zum Fenster hinaus, so daß am nächsten Morgen nicht nur Zigarettenstummel, sondern auch kleine dicke Beinchen und Ärmchen, ausgefranste Rümpfe und Köpfe in der Wiese lagen. Sie sagte, sie gebe der Kunst ihres Mannes endlich ihre eigentliche Bestimmung. Armin habe nur geglaubt, er sei seiner Zeit voraus. In Wirklichkeit habe er sich genauso selbst überschätzt wie alle, die anfangen, über sich und das, was sie tun, nachzudenken.

Helena war für Illi eine Heldin geworden. Wie es ihr gelingen konnte, die Männer zum Teufel zu jagen – ja, so drückte Illi sich aus –, das war für sie einfach großartig. Für mich hatte Illi leider nur diese wegrutschenden Blicke übrig, und jedesmal, wenn sie mich so anschaute, bedrängte mich die Frage, ob sie mir nach wie vor eine Schwangerschaft ansah?

Nach wie vor blieb meine monatliche Weiblichkeit aus. Doch seit die Männer fort waren, wurde mir nicht mehr übel, auch morgens nicht, und Helena meinte, bald würde sich alles wieder einpendeln, sie habe schon einmal ein halbes Jahr lang warten müssen, und wenn ich schwanger wäre, betonte sie wieder, wäre sie die erste, die es mir ansähe. Auf Illis Blick sei kein Verlaß. Illi sei selbst nie Mutter geworden, und in Illis Alter hätten viele Frauen eine abgrundtiefe Trauer über dieses Versäumnis und sehen in jeden, der es noch nicht für immer versäumt habe, ihren eigenen, unerfüllbar gewordenen Wunsch hinein.

Ich war erleichtert. Trotz der Bewunderung, die Helena von Illi bekam, verbündete sie sich mit mir, nicht mit ihr. Wahrscheinlich verdankte ich dies Illis entfesseltem Benehmen. Helena fürchtete nämlich, Illi könnte, wenn das Baby ihrer Tochter da sei, das Baby mit einem Wattepüppchen verwechseln und es in lauter kleine Stücke zerreißen. Auch Illis dunkle Rede, mittels ihrer Beute, die sie vom Zahnarzt mitgebracht habe, sei sie imstande, eine ganze Familie auszurotten, beeindruckte Helena viel stärker als mich. Typisch für mich, daß mein Schrecken nur eine laue Nacht lang angehalten hatte. Inzwischen dachte ich: Wenn bis jetzt nichts passiert ist, dann wird auch nichts …

»Du bist wirklich dumm«, schüttelte Helena den Kopf. »Verrückte sind verrückt, und daran wird auch unsere liebe Illi nichts ändern.« Was soviel hieß wie: Ich will nicht, daß sie hier ist. Sie stört. Sie paßt nicht zu uns. Sie soll fort. So schnell wie möglich soll sie fort. Ich brauche sie nicht mehr. Sie hat ihre Aufgabe erfüllt. Die Männer sind fort. Sie glauben, sie seien vor Illi geflohen. Das ist gut. Doch wenn Illi glaubt, auch wir werden vor ihr fliehen, dann täuscht sie sich. Sie ist verrückt, und sie muß fort.

»Aber es ist doch viel mehr ihr Haus als unseres«, warf ich zögerlich ein. »Sie ist hier zu Hause.«

»Zu Hause«, höhnte Helena. »Das ändert nichts daran, daß sie verrückt ist. Und abgesehen davon: Auch wir sind hier zu Hause. Und auch meine Tochter und die Tochter meiner Tochter werden hier zu Hause sein.«

Sie wußte bereits, daß es ein Mädchen werden würde. Ein Mädchen. Irgendwie war ich gerührt. Und gleichzeitig ärgerte ich mich, daß ich mir in einer Stimmung

finsterer Gefühle und heller Erleichterung von Helena einen so hohen Betrag hatte abtrotzen lassen, der diesem unbekannten, ungeborenen Mädchen zugute kommen sollte.
»Und was wird sein, wenn ich selbst einmal ein Problem haben werde? Wer wird mich unterstützen?« piepste ich in einem Anfall meines zurückkehrenden Geizes und übertriebener Ängstlichkeit. »Wer wird mir helfen?«
»Ich natürlich«, lächelte Helena. »Aber du wirst kein Problem haben. Du hast nie eines gehabt, und du wirst nie eines haben. Kein wirkliches«, fügte sie hinzu. »Schau mich an. Ich habe immer Probleme. Darum weiß ich auch, welche wirklich sind und welche künstlich. Doch reden wir nicht von mir«, fügte sie hinzu. »Reden wir von Illi.«
Ich will nicht, daß sie hier ist. Sie stört. Sie paßt nicht zu uns. Sie soll fort. So schnell wie möglich …
»Es ist unmöglich, daß Illi nichts arbeitet. Stell dir vor, wir würden nichts tun. Stell dir vor, was aus uns geworden wäre, hätten wir nie etwas gearbeitet. Wer nichts tut, kann nur verrückt werden.«
Ich konnte mir schon immer vorstellen, nichts zu tun. Einfach nichts. Und schon oft träumte ich davon, aufzuwachen und nichts zu tun. Nicht daß ich für das, was ich tue, keine Begeisterung empfinde. Aber vielleicht, denke ich, findet man den großen geheimen Schatz, nach dem wir alle im Leben suchen, nicht durch ständiges Tun, sondern eher durch Nichtstun? Nur dasein. Nur so. So wie Laotse gesagt hat: Der Berufene braucht nichts zu tun und vollendet doch.

»Diese Ungerechtigkeit«, schimpfte Helena, »daß die einen, wir zum Beispiel, so viel tun, und die anderen, solche wie Illi, nichts. Lebt einfach vor sich hin und tut nichts.«
»Vielleicht hat sie nicht einmal ihre Schwägerin umgebracht«, meinte ich voller Friedfertigkeit, wovon Helenas Empörung nur noch wuchs.
»Wenn jemand nie etwas tut, um so eher macht er dann etwas Schreckliches. Oder glaubst du, sie hat diese Tat erfunden? Getan oder erfunden, es ist beinahe dasselbe. Mir reicht es.«
Helena hatte sich jetzt hineingesteigert. »Jawohl, es reicht mir. So kann es nicht weitergehen mit ihr. Das Beste wäre, sie fände eine Arbeit. Eine ganz normale Arbeit in einer anderen Stadt. Wo sie niemand kennt. Wo sie sich nicht schämen muß. Wo sie nichts an ihre Zeit des Nichtstuns erinnert. Also möglichst weit weg von hier. Wir müssen uns erkundigen, Lotti. Wir müssen etwas für sie finden.«
Es war klar. Im Finanzamt konnte jemand wie Illi nicht untergebracht werden. Und schon gar nicht in jener Abteilung, in der Helena arbeitete.
»Ich werde meinen Chef fragen«, versprach ich. In der Idealistenbranche werden immer Verrückte gesucht, auch Ältere, und aufgrund seiner vielen Dienstreisen müßte mein Chef gute Verbindungen haben zu Organisationen in anderen Städten, möglichst weit weg. Natürlich sollte Illi auch ein bißchen Geld verdienen, aber das war nicht die Hauptsache.
Mein Chef nahm sich Zeit für mein Anliegen. Noch immer fürchtete er, ich könnte ihn wegen des Pelz-

mantels verraten, woraus ich schloß, daß er noch immer dieselbe Geliebte hatte, für die er im Pelzgeschäft über seinen Schatten gesprungen war. Vielleicht fürchtete er auch, ich würde seine Dienstreisen überprüfen. Armer Teufel. Seine Priesterhände, mit denen er das Lenkrad des Vereinsautos umklammerte, waren das Wohltuendste an meinem Job. Und vielleicht wußte er etwas für Illi?

Seine Fragen waren warmherzig ausgesprochen. »Wie alt ist sie? Was hat sie bisher gemacht? Zeugnisse?« fragte er. »Nachweisbare Projektabwicklungen? Wie gut sind ihre EDV-Kenntnisse? Wie viele Sprachen beherrscht sie in Wort und Schrift? Hat sie Verbindungen zu Geldgebern?« Ich hatte nichts dergleichen vorweisen müssen, und ich konnte auch nichts davon. »Das ist etwas anderes«, lächelte er.

Gewiß hätte es genug zu tun gegeben, doch Illi interessierte ihn nicht. Wahrscheinlich hatte mein Chef sowieso keine wirklichen Verbindungen zu anderen Städten. Die anderen Städte bestanden für ihn aus Hotelzimmern mit einem Doppelbett, wogegen auch gar nichts zu sagen ist. Nur dieses eine Mal wäre es mir lieber gewesen, er hätte noch etwas anderes so ernst nehmen können wie seine Geliebte.

Wie immer, wenn ich mein Büro ohne Erfolg verließ, kehrte ich auch diesmal in der Bäckerei schräg gegenüber ein. Neben den beiden Verkäuferinnen, die ich schon kannte, stand, ein bißchen abseits, eine dritte. Sie war die älteste von den dreien, ungefähr fünfzig Jahre alt, und auf ihrem Namensschild stand kein Name, sondern »In Ausbildung«. Die beiden anderen Verkäuferinnen herrschten sie grob an, daß sie nicht da, sondern dort stehen solle. Und als sie dort stand, sollte sie da stehen. Und als sie nach dem Brotlaib griff, den ich wollte, schlug man ihn ihr aus der Hand. Nicht den, den wolle ich. »Nein, den«, sagte ich. Die Frau biß die Zähne zusammen.

Ich stellte mir vor, Illi würde hinter der Theke herumgestoßen werden wie ein Brotlaib, auf den Boden fallen und auf der falschen Seite liegen, und alles Unheil käme auf sie nieder. Nein, Illi konnte hier nicht arbeiten. Das war nichts für sie. Auch durfte man in der Bäckerei nicht rauchen.

»Und außerdem«, sagte Helena, »ist die Bäckerei in keiner anderen Stadt.« Sie überlegte. »Dann werden wir eben eine andere Lösung finden«, sagte sie, und ohne mit der Wimper zu zucken fügte sie hinzu: »Wo gehobelt wird, da fallen Späne.«

Diesen Satz hatte ich einmal im Geschichtsunterricht gehört. Der Henker von Prag soll ihn gesagt haben, als es darum ging, ob auch die Viertel- und Achteljuden … Und jetzt hörte ich ihn aus dem riesigen Mund meiner Freundin. Wo gehobelt wird, da fallen Späne.

Ich starrte sie entgeistert an. »Helena«, murmelte ich, »wie kannst du so etwas sagen?« Nichts fiel mir schwerer, als sie zu kritisieren. Und je öfter mir danach war – und obwohl ich es ganz und gar nicht wollte, war mir immer öfter danach –, desto weniger wagte ich das zu sagen, was ich wirklich dachte.

Sie schaute mich an. »Du hast recht«, nickte sie betroffen. »Es kommt davon, weil ich mich für alle verantwortlich fühle. Weil ich nicht mitansehen kann, wenn jemand wie diese schreckliche Illi den ganzen schrecklichen Tag lang lauter schreckliche Sachen macht. Sie hat bereits alles zerstört. Alle Wattepüppchen, und mein gesamtes Vertrauen. Und wie sie redet. ›Ausrotten‹, sagt sie und solche Sachen. Ist das vielleicht nichts? Und dafür sollen wir sie miternähren? Wovon will sie denn überhaupt leben? Sie hat doch nichts. Oder glaubst du, die beiden Männer zahlen auch für sie? Warum sollten sie? Was hat Illi gegen sie in der Hand? Und welcher Mann zahlt, wenn er nicht muß?«

Helena war ganz außer Atem. »Nichts gegen Illi«, hechelte sie. »Aber Frauen wie sie bringen unser ganzes Geschlecht in Verruf. Dazusitzen und Gott und der Welt Vorwürfe zu machen, das bringt unsere Gesellschaft nicht weiter. Und Frauen, die alle Schuld an ihrem Elend ihrem Ehemann geben, die müssen wirklich lernen umzudenken.« Und dann schrie sie: »Sie ist eine Hexe! Ja, eine Hexe ist sie! Armin hat vollkommen recht, wenn er sie eine Furie nannte!«

Sie runzelte die Stirn. Ihre dunklen Gräben unter den Augen waren so tief, so daß jeder, der ihr ins Gesicht schaute, hineinfiel.

»Entschuldige«, fuhr sie einigermaßen gefaßt fort, »aber solchen Furien muß geholfen werden.«

Nicht Illi, dachte ich, sie, Helena, ist eine Hexe. Ich hatte es mir gleich gedacht, eigentlich schon als Kind. Nein, als Kind war sie in meinen Augen zu einer Fee verschwommen. Doch spätestens beim Begräbnis meines Onkels war es klar gewesen: ausgemergelt, rothaarig, triefäugig, faltig, ohne Religion, ohne Gnade,

zänkisch, geifernd, besitzergreifend ... Denk nicht so, befahl ich mir. Doch was mache ich, wenn nach Illi ich an die Reihe komme? Sie wird auch mich aus dem Haus jagen.
Genau in diesem Augenblick, in dem es gar nicht um mich ging, konnte ich es ganz ruhig denken: Sie wird auch mich aus dem Haus jagen. Sie wird sich etwas ausdenken, was mich unhaltbar macht. Sie wird etwas an mir finden, das mich in ihren Augen so gefährlich erscheinen läßt, daß ich keine Minute länger werde bleiben können. Was das wohl sein wird? Aber was sie auch findet: Ich gehe nicht. Ich habe dieselben Rechte wie sie. Auch wenn ich jünger bin, schöner, liebenswürdiger und feiger. Ich gehe nicht. Sie kann machen, was sie will, ich bleibe.
Es war ein wunderbarer Beschluß. Er machte mich stark und mutig, frei und froh, und ich sagte mit fester Stimme, was ich dachte: »Wir können doch nicht einfach so über alle anderen bestimmen. Sie haben uns nichts getan. Illi ist eine Frau wie du und ich. Wir sollten zusammenhalten.«
Helena schaute mich erstaunt an. »Eben weil Illi uns nichts getan hat«, lächelte sie jetzt sanft und gefaßt, »und eben weil ihr soviel angetan wurde, eben darum sollen wir zusammenhalten und eben darum müssen wir ihr helfen.«
Sie nickte besorgt. »Illi ist gefährlich. Genaugenommen«, ihre Stimme wurde wieder dunkel und heiser, »genaugenommen ist ihre Entfesselung gemeingefährlich. Früher hat man solche Frauen als Hexen verbrannt. Noch dazu, wenn sie arm waren. Reiche wur-

den eher heilig gesprochen. Damit ist es heute vorbei. Es wird niemand mehr verbrannt und kaum jemand heilig gesprochen. Heute kommt man in die Nervenklinik. Und heutzutage ist eine Nervenklinik keine Folteranstalt mehr, heutzutage ist eine Nervenklinik ein Hotel für die Seele. Und Illis Seele braucht diese Erholung. Sie braucht diese Hilfe. Sie kann hier nicht bleiben.«
Ich war fassungslos. Doch schon am nächsten Tag berichtete Helena, daß Illi nicht nur einverstanden sei, sondern begeistert. Sie sei ihr um den Hals gefallen und habe ihr tausendmal gedankt, daß sie sich ihrer so sehr annehme und sich so sehr in ihre Lage einfühle. Eine Nervenklinik, das sei genau das, was sie sich schon immer gewünscht habe. Aber niemand habe sich ihrer angenommen, niemand habe auf all die Zeichen, die sie gesetzt habe, reagiert. Wenn sie schon nicht als Ärztin dort sein könne, so wenigstens als Patientin.
»Richtig«, bestätigte Helena Illis Glücksgefühle. »Ärztin oder Patientin, es ist ohnehin fast dasselbe.«
Und augenblicklich wurde Helena tätig. Und zwar mit derselben Ausdauer und Konsequenz, mit der sie bei unserem Einzug die ganze Nacht lang Ludwigs Akten durchsucht hatte. Zu meinem Erstaunen telefonierte sie wieder mehrmals mit ihrem Vaduzer Engel, wie sie ihn nannte. Soweit ich mitbekam, ging es um die Beschaffung sämtlicher Papiere und Gutachten, die für eine Einweisung in eine Nervenklinik notwendig waren.
Helena besuchte mit Illi verschiedene Ärzte, ver-

wickelte Illi überall in ein Gespräch über das in Plastik geschnürte Päckchen, mit dem sie eine ganze Familie ausrotten wollte, erzählte vom mysteriösen Tod der Schwägerin, von dem Büchlein mit den besten Tips für einen unkenntlichen Mord, ermunterte Illi, ihre Lücke im Mund zu zeigen und alle ihre Lücken in der Seele. Ich nehme an, daß sie auch Illis Geschichte mit dem linken Gesichtsnerv anführte und ihre vom Nikotin angegriffene Lunge. Wahrscheinlich erzählte sie von Zusammenbrüchen, Weinkrämpfen, von Magersucht und Fettsucht, von Ausbrüchen und Fluchtversuchen, Männern in ihrem Leben, die in Unordnung waren und solchen, die sie mit ihrer Ordnung zur Verzweiflung trieben.

Man spricht ja eigentlich nie wirklich über andere, sondern immer über sich selbst. Jedenfalls hätte es mich nicht verwundert, wäre die Diagnose mit dem Ergebnis »manisch depressiv« nicht nur für Illi erstellt worden.

Plötzlich erinnerte ich mich an ein Gespräch, das ich einmal als Kind belauscht hatte. Depressionen, hatten die Erwachsenen gesagt, seien typische Zeichen von Wohlstands- und Friedenszeiten. Manische Depression, dachte ich jetzt, ist wohl ein typisches Zeichen von Frauen, die in Wohlstands- und Friedenszeiten leben und noch dazu von Männern nicht mehr begehrt werden.

So war es auch gar nicht verwunderlich, daß zu allen heimischen Diagnosen schließlich auch noch ein Gutachten eines Vaduzer Nervenspezialisten eintraf, in dem Illis Zustand mit dem Wörtchen »gemeingefähr-

lich« beschrieben wurde. Und da gab es auch für die Krankenversicherung nichts mehr zu deuten.
»Persönliche Beziehungen sind alles«, lächelte Helena. Illis Einweisung stand nichts mehr im Weg.

Helena und ich.
Drei Monate hatte es gedauert, bis wir in unserer Villa mit unserem Leben beginnen konnten. Drei Monate lang hatten wir alles bewältigt, was sich uns in den Weg gestellt hatte. Jetzt war es soweit. Wirklich ohne Männer, wirklich ohne Lügen, wirklich ohne Geldsorgen, und mit wirklich sehr viel Platz.
Trotzdem. Irgendwie wurde es enger und enger. Ich hätte nicht zu sagen gewußt, warum. Mein ganzes Leben hatte ich mir, die ich doch auf einem Ruhekissen groß geworden war, ein Unruhkissen gewünscht. Aber nur Unruhe, ohne Kissen, das fiel mir offenbar doch schwerer, als ich gedacht hatte.
Und so war es mir gar nicht recht, daß Helena, kaum waren wir endlich allein im Haus, unsere Haushaltshilfe und deren Mann verabschiedete. Sie wolle, sagte sie, von niemandem an die früheren Bewohner der Villa erinnert werden. Und die Haushaltshilfe hatte nicht nur den Fehler gemacht, Illi in der Nervenklinik besucht zu haben, sie hatte auch einiges von dort erzählt, was Helena nicht hören wollte.
»Es gibt auch Menschen, die wirkliche Hilfen sind«, meinte Helena. »Ich lasse mich nicht unter Druck setzen.« Sie war sehr konsequent in ihrer Organisation.

Sie wußte immer, was sie wollte, auch jetzt. War es nicht großartig, wie sie alles in die Hand nahm, während anderen alles durch die Finger rinnt? Wie sie alles durchstand, während andere unentwegt stolpern? Wie sie immer einen Schritt vorwärts machte, während andere zurückfallen? Wie sie das ganze Leben lang mit all ihren Problemen immer die Wichtigste war? Sie war unbesiegbar, und wer jemandem wie Helena gerecht werden will, der muß sie nicht nur bewundern, sondern auch fürchten.

Ich hatte es geahnt, jetzt gab es keinen Zweifel mehr. Die nächste, die würde gehen müssen, war ich. Allein schon, weil sonst niemand mehr da war. Und außerdem gab es genug Gründe gegen mich. Meine Mitwisserschaft, nicht nur ihrer weiblichen Steuerwaffe, sondern auch ihrer weiblichen Abgründe. Und meine Lügen, meine Männer, meine Fiji-Inseln. Meine Anschauungen, meine Befürchtungen. Mit einem Wort: Ich.

Gut, daß ich darauf vorbereitet war. Es war die Größe ihrer Persönlichkeit, die es mir unmöglich machte, mich neben ihr einfach zurückzulehnen und mich in satter Sicherheit zu wiegen. Große Persönlichkeiten haben, das weiß jeder, ihre Besonderheiten. Magersucht, Herrschsucht, Macht-, Hab- und Geldgier, Neid, Betrug, Hysterie, Launen- und Lügenhaftigkeit …

Ich sage nicht, daß Helena all diese Besonderheiten in sich vereinte. Aber etwas von allem ist ihr zu eigen. Darum gab es diese Augenblicke, in denen ich dachte, ein Wesen wie sie kann nicht der Himmel geschickt haben. Die Hölle? Nein, auch das nicht.

Helenas Besonderheiten waren viel zu normal, als daß

man ihre Herkunft irgendwo außerhalb von unserer Gesellschaft vermuten hätte können. Und noch heute geistert manchmal der Gedanke in mir herum, daß viele dieser Probleme, deren Zeuge ich an Helenas Seite hatte werden dürfen, eigentlich gar keine wirklich großen, tiefen waren, keine, die eine wahre Erkenntnis mit sich bringen, außer die eine: daß man sich selbst unendlich viele Probleme schaffen kann. Luxusprobleme, wie ein Philosoph unseres Jahrhunderts alles, was nicht ums nackte Überlebens kreist, bezeichnet.

Luxus. Helena träfe der Schlag, wüßte sie, daß ich so denke. Schließlich hatten wir unsere Vorteile nicht durch Liebesdienste, sondern mit Hilfe der Steuerwaffe erwirkt. Und eine Waffe zu haben ist kein Luxus, sondern eine Notwendigkeit, will man in dieser Gesellschaft bestehen und kostenlos wohnen, ein Schwertlilienbeet haben und eine noble Küche geschenkt bekommen. Schließlich gehören auch diese Dinge zum Überleben dazu.

Daß man für eine neue Küche, für Amaturen und Beschläge, Arbeitsflächen aus kostbarem Stein und feinen Terrakottakacheln seine Freiheit aufs Spiel setzte, das kann ich bis heute nicht verstehen. Von Anfang an war mir die Sache mit der Küche nicht geheuer gewesen. Und tatsächlich brachte diese Küche nun das Verhängnis mit sich. Die Männer von der Firma hielten Helena für Frau Holub. Schließlich hatte Ludwig den Bestellschein unterschrieben. Ludwig Holub, an ihn würde die Rechnung ergehen.

Wäre Helena bei Frau Holub geblieben, wäre viel-

leicht alles anders gekommen. Vielleicht aber auch noch schlimmer. Helena lächelte. »Frau Holub«, sagte sie zu den Männern, »ist vor ungefähr zwei Jahren gestorben.« Die Männer schauten sie verwirrt an, machten sich jedoch sogleich wieder an ihre Arbeit. Sägten, bohrten, paßten ein, verschraubten. Helena und ich hatten uns für die Küche ein paar Tage Urlaub genommen. Männer gingen ein und aus, nicht immer dieselben. Helena engagierte zwei von ihnen, um nach Arbeitsschluß die Schwertlilien zu einem runden Beet zu pflanzen. Wir hatten also keinen Überblick mehr, wer kam und ging.
Es kamen zwei Männer, die ganz genauso aussahen wie die anderen. Männer. Das Wunderliche war nur, daß sie sofort nach Helena Horn fragten und nicht wie die Männer von der Küche seit der Mitteilung von Frau Holubs Tod Helenas Namen vermieden. Als könnte die Vermeidung des Namens ein Menschenleben ungeschehen machen und damit auch seinen Tod.
Ich stand hinter ihr, und instinktiv dachte ich, daß es jetzt besser wäre, sie wäre Frau Holub. Irgendeine Bedrohung ging von diesen Männern aus, das spürte ich ganz deutlich. Doch was nützte dieses Gefühl? Wie immer, wenn ich etwas ahnte, saß ich auf meinen Fiji-Inseln fest, schaute von dort aus zu, was am Festland geschah, und konnte nicht eingreifen.
Helena trug ihr weißes Etui-Kleid. Darüber eine weiße Blazerjacke, so groß und weit wie eine abgeschnittene Toga. Ich in einem meiner schwarzen V-Ausschnittkleider. Diese Männer waren die müdesten von allen, die uns die Küchenfirma bisher ge-

schickt hatte. Nicht der kleinste Hintergedanke glänzte in ihren Augen, obwohl sie mein und Helenas Anblick doch nicht vollkommen gleichgültig lassen konnte. Aber so sind diese Männer. Hoffnungslos. Natürlich waren ihre Hemden aus schlechter Qualität, die Socken unpassend. Einer trug einen Strickpullover, der andere ein billiges Sakko. Als kämen sie von der Universität.
»Sie sind Helena Horn?« fragte der im Strickpullover. Der andere zog eine Plakette aus dem Sakko. Der Strickpullover sagte: »Polizei«, streckte Helena ein Papier hin und sagte: »Ein Haftbefehl liegt gegen Sie vor. Ihren Paß bitte.«
Helena beugte sich vor, betrachtete das Papier, richtete sich langsam auf und erstarrte. Sie erstarrte so sehr, daß sie mich sogar lachen ließ, dumm und unerfahren wie ich war. Ja, sie schien mich überhaupt nicht wahrzunehmen. Bleich und mit bebendem Mund wankte sie leicht zur Seite. Sie schaute durch mich hindurch. Dann stieg sie, wie von einer unsichtbaren Hand geschoben, die Treppen hoch.
Ich blinzelte die beiden Männern an und wußte nun überhaupt nichts mehr zu deuten.
»Wir sind von der Wirtschaftspolizei«, erklärte mir der Mann im billigen Sakko. »Sind Sie eine Verwandte?«
»Von Helena?« Ich schüttelte den Kopf, verstand noch immer nichts. »Wollen Sie nicht hereinkommen?«
Sie blieben in der Tür stehen. Die Treppen zum Eingangsportal waren sauber gefegt. Dennoch sah ich schon wieder kleine Bäumchen auf ihnen wachsen, so

lange schien mir die Zeit, in der ich nichts von dem, was dort auf dem Festland geschah, begriff.
Wahrscheinlich kam Helena sehr bald die Treppen wieder herunter. Denn allzulang hätten diese Männer nicht gewartet. Sie setzte ihre Füße so vorsichtig auf die Treppen, als wäre sie nicht sicher, ob es überhaupt eine Auftrittsfläche gäbe. In der einen Hand hielt sie das kleine Köfferchen, auf dem mit weißer Permanentfarbe »Not« geschrieben stand und mit dem sie damals bei unserem Umzug ins Hotel geflüchtet war. In der anderen Hand den Paß, den sie den Männern übergab. Sie warf mir einen kurzen Blick zu, dann wandte sie sich ab.
»Ja, aber, was ist, was ist«, stotterte ich, »was ist los?«
Sie schüttelte den Kopf. Ihr Haar war auf einmal so schütter, und ihre Knochenarme baumelten irgendwo in der weiten weißen Blazerjacke.
Die Männer drängten zum Aufbruch. Wir sollten uns verabschieden, sagten sie. Da dämmerte allmählich auch mir, daß das Ganze kein Mißverständnis war, sondern etwas Furchtbares. Nämlich das, was es war: Ein Haftbefehl.
Mit zitternder Stimme flüsterte sie mir etwas ins Ohr. Ich verstand nur »Mutter« und »Großmutter«, wagte jedoch nicht nachzufragen. Ich klammerte mich an ihren weißen Blazer. Krallte mich fest.
Sie murmelte »Großmutter« und schüttelte mich ab.
»Was Großmutter«, nuschelte ich. »Was, was ...« Ich war so verwirrt, daß ich hinter ihr hertrabte, um mich schaute, ob sich nicht irgendwo ein Retter versteckte, jemand, der die Entführer niederstreckte und uns in

seine Arme schloß. Was war los? Polizei. Mitten am Nachmittag.

Ich weiß noch, daß der Magnolienbaum spätsommerliche Schatten warf. Also mußte die Sonne geschienen haben. Alles warf seine Schatten. In die Länge verzerrt.

Einer der Männer ging vor ihr, einer hinter ihr. Sie drehte sich nicht um.

Es war der letzte Tag im August. Wie damals, als mein Mann von der Parkbank aufgestanden war. Das gleiche Licht.

Sie stieg in ein rotes Auto, die Türen schlugen zu, ein Zipfel ihres Kleides wurde eingeklemmt. Der Motor heulte auf. Ich schaute dem Auto nach wie meinem davonfahrenden Leben. Der weiße Stoffzipfel flatterte im Wind, alles wie in einem Film, der eine frühere Szene noch einmal einblendet. Der Anfang – und das Ende. Und jetzt fiel sie mir wieder ein, diese Bemerkung meines Onkels: Jede Sache verläuft so, wie sie beginnt. In meiner Verwirrung dachte ich plötzlich: Ende gut, alles gut. Aber was war denn in diesem Augenblick gut?

Ich saß auf den Treppen und sah sie die ganze Zeit vor mir. Einmal so, einmal so. Meistens so. So wie sie war. Einmal so und einmal so. Kein klarer Gedanke. Die dümmsten Dinge kamen mir in den Sinn. Das hat sie jetzt davon, daß sie alle ausquartiert hat, alles für sich allein haben wollte und diese dumme Küche bestellt hat. Nur was hatte das mit ihrer Verhaftung zu tun? Glaubte ich am Ende gar an so etwas wie Gerechtigkeit?

Verhaftung. Dieser Ausdruck jagte mir einen Schauer über den Rücken. Man kann doch nicht einfach verhaftet werden. Natürlich nicht. Da muß etwas vorgefallen sein. Oder es handelte sich um einen Irrtum. Eine falsche Vermutung. Eine Verwechslung. Oder? Ihr Notköfferchen hatte bereitgestanden. Sie war zwar erschrocken, aber nicht wirklich sehr überrascht. Vielleicht war sie sogar darauf vorbereitet gewesen?
Helena.
Bin ich jetzt diejenige, die allein hier bleibt? Bin ich vielleicht doch nicht so dumm? Was ist geschehen? Vielleicht ist das Ganze nur eine Prüfung? Vielleicht muß ich jetzt etwas tun, als ihre Freundin? Anwälte einschalten, den Finanzminister, Geldgeber, Ärzte. Ich dachte sogar an den Bundespräsidenten und an den UNO-Generalsekretär und an den Papst. Ich dachte an meine Eltern, an ihre Eltern, an meinen geschiedenen Mann, an den Vater ihres Kindes, an den Schneider.
Alles mögliche dachte ich, nur nicht daran, daß die Nacht hereinbrach und der Stein, auf dem ich saß, kalt und feucht wurde. Mein Herz schlug noch immer so schnell, daß ich meinte, es würde gleich aus mir heraus und dem davongefahrenen Auto nachspringen. Immer diese roten Autos, in die Helena einstieg. Unheilautos. »Polizei«, »Haftbefehl.« Ein Horror.
Was ich jedoch am allerwenigsten begreifen konnte, war etwas in mir, das mit jedem Atemzug wuchs: ein äußerst komisches Gefühl der Erleichterung. Dabei wußte ich nicht einmal genau, was mich erleichtern könnte, denn natürlich war ich jetzt zutiefst besorgt.

Und doch. Irgendwie konnte ich einfach da sitzen bleiben, ohne daß mich jemand auf diese Dummheit anredete. Ich wurde nicht herumkommandiert, und solange ich hier war und sie nicht, gab es keinen Anlaß zur Befürchtung, daß ich gehen mußte und sie blieb. Zwischendurch mußte ich sogar lachen, so komisch erschien mir das Ganze. Ich hier und sie fort. Auf diese Idee wäre ich wirklich nie gekommen.
Sie wird zurückkommen. Jemand wie Helena läßt sich nicht einfach verhaften. Darum durfte ich nicht auf dem kalt gewordenen Stein sitzen bleiben und krank werden. Ich machte mich auf die Suche. Fand ihr Handy mitten auf dem Tisch im Wohnzimmer. Sie wußte natürlich, daß Handies im Gefängnis nicht erlaubt sind. Das in Plastik gewickelte Päckchen, das Illi mir gezeigt hatte, konnte ich jedoch nicht mehr finden. Dieses Päckchen, dachte ich, ist der Grund. Drogen, nicht Gift. Oder Ludwig und Armin sind nicht zur See, sondern zur Polizei gegangen. Vielleicht zusammen mit Illi.
Steif vom langen Sitzen und erfolglosen Suchen nach Ich-weiß-nicht-was, torkelte ich in mein Zimmer und fragte Ying Wu. Wie immer starrte er nur geheimnisvoll vor sich hin. Er wußte alles, aber er sagte nichts. Gott sei Dank, dachte ich, haben sie nicht dich verhaftet. Du könntest dich nicht hinausreden, ja nicht einmal ein Geständnis ablegen, das die Polizei versteht. Denn wenn nicht einmal ich vom ›Verein Rettet die Waschbären‹ die Sprache dieses Papageis verstand, wie sollte ihn dann die Polizei verhören?
Zwei Nächte und fast zwei Tage drückte ich kein Auge

zu. Im Büro meldete ich mich krank. Mein Chef redete von irgendwelchen Leghennenspezialisten bei der Jahreskonferenz. Er kam mir vor wie jemand, der bei Bombenalarm beginnt, seine Schuhe zu putzen. Nun gut, er wußte ja nichts. Und von mir verlangte er, daß ich in meinem Krankenstand auch noch Interesse dafür aufbrachte. Ich konnte aber nur eines denken: Helena. Und wußte nicht, was ich mir wünschte. Daß sie fortbleiben sollte oder zurückkommen.
Sie kam zurück. Und augenblicklich fiel ich in eine solche Erschöpfung, daß ich sofort hätte einschlafen können.
»Erschöpft? Du?« schrie Helena. Sie war blaß, aber frisiert und glich einem Drahtgerüst unter elektrischer Spannung.
»Du bist schuld! Dir hab ich das Ganze zu verdanken! Und du nennst dich Freundin. Und tust nicht das Kleinste für mich. Und außerdem«, schluchzte sie auf, »außerdem ...«
Sie konnte nicht weiter, und ich verstand. Sie war wieder da. Die Aufregung tobte wieder, das Geschrei versicherte mir, daß ich nicht träumte. Sie war wieder da. Und ich war erschöpft! Wovon denn? Ich mußte springen! Springen! Sie war wieder da!
»Hilf mir wenigstens jetzt!« schrie sie.
Aber wie? Was?
Sie war wieder da.
»Wärest du nicht so geizig gewesen und hättest du diesem Vaduzer Teufel etwas für seine Recherche bezahlt, es wäre jetzt nicht soweit. Mich, mich allein trifft es. Dabei sind alle anderen schuld. Dieser miese Kerl

in diesem miesen Vaduz. Er hat, er hat ...«, sie schüttelte sich vor Weinen. »Er hat mich verraten. Alle unsere gemeinsamen Aktionen. Unseren geheimen Aktenaustausch. Und alles, was wir verschwinden ließen. Unsere Recherchen. Ich habe ihm so oft geholfen. Aber Undank ist der Welten Lohn.«
Sie rannte hin und her, stopfte Kleider in einen großen Koffer, einige Utensilien und Bücher in einen Rucksack. Dabei entdeckte ich das kleine, in Leder gebundene Büchlein der verstorbenen Sibylle mit den besten Tips für einen unkenntlichen Mord. Auch Illis in Plastik gewickelte Päckchen sah ich kurz aufblinken. Soll sie alles einpacken, soll sie die weißen Vorhänge, die grünen Sessel, soll sie die ganze Küche mitnehmen, dachte ich und stand dumm herum.
»Dein Vaduzer Engel wird auch nicht ungestraft davonkommen«, versuchte ich sie zu trösten.
»Engel?« schrie sie auf, »sag nie wieder dieses verlogenste Wort der Welt! Es gibt keine Engel auf unserer Erde. Sie haben längst alle die Flucht ergriffen. So wie ich jetzt.« Sie schimpfte vor sich hin. »Ihm wird gar nichts passieren. In Vaduz sind diese Dinge gang und gäbe. Würde ich ihn denunzieren, würde ich nur ausgelacht werden.« Und nach einer kurzen Pause: »Ich muß weg. So schnell wie möglich!«
Sie sagte, sie habe ein volles Geständnis abgelegt, darum habe man sie freigelassen bis zum Prozeß. Verletzung von Berufsgeheimnissen. »Wer die Tat begeht, sich oder einem anderen einen Vermögensvorteil oder einem anderen einen Nachteil zuzufügen«, zitierte sie aus dem Strafgesetzbuch.

Ich nickte.
»Nicht nur das«, fuhr sie fort. »Auch Auskundschaftung eines Geschäfts- und Betriebsgeheimnisses. Und noch einiges anderes.«
Ich starrte sie an. »Bist du ganz sicher, daß es der Vaduzer Engel war?« Gewißheit haben, das war mir schon immer wichtig gewesen.
»Frag nicht so blöd!« schrie sie. »Und wenn du noch einmal Engel sagst!«
Natürlich, sie war außer sich. »Hättest du ihm etwas bezahlt ...« Sie setzte sich auf ihre Bettkante und weinte. »Sie haben meinen Paß behalten, es ist alles so erniedrigend, so schrecklich. Meine ganze Existenz ist kaputt. Und ich kann nie wieder zurück.«
Ich legte meinen Arm um sie und mußte ebenfalls weinen. Tief in mir fühlte ich jedoch wieder diese komische Erleichterung. »Ich kann nie wieder zurück«, hatte sie gesagt. Nicht daß ich mir das wünschte. Ich meine, es wäre nicht schön von mir, falls ich mir das doch wünschte. Aber so, wie sie tobte und schrie und schluchzte, drängte sich der Gedanke auf, daß dieser Ort hier vielleicht nicht der allerbeste war für sie. Nach allem, was soeben geschehen war, würde sie wohl auch ihre Stelle im Finanzamt verlieren. Und am Ende gar noch ihre weibliche Waffe. Obwohl man die wahrscheinlich überall anwenden kann, auch bei Gefängnisdirektoren, auf alle Fälle bei Staats- und Rechtsanwälten.
»Wo willst du denn hin ohne Paß?« fragte ich.
»Ohne Paß?« sie schaute mich groß an. »Du weißt doch, daß man von allem drei haben muß. Vor allem

vom Paß. Einen für die Polizei, wenn man verhaftet wird, einen für die Flucht und einen in Reserve.«
Sofort fiel ich zurück in mein altes Staunen. War sie nicht großartig? Selbst jetzt noch. Drei Pässe. So etwas haben nur Menschen von Welt. Weltmenschen. Und noch einmal, ein letztes Mal, zuckte in mir der Wunsch, Anteil zu haben an ihrem Leben, ein Teil von ihr zu sein. Ich wußte nur nicht, wie ich es ausdrücken sollte, und darum flüsterte es einfach aus mir heraus: »Ich gebe dir alles, alles, was ich gespart habe. Du mußt mir nur sagen, wohin ich es schicken soll.«
Sie neigte den Kopf, schaute mich mit einem leisen Aufblinken von Triumph an und sagte dann mit der Stimme der Geschäftsfrau: »Ich brauche es sofort.« Sie sah auf die Uhr, und ich mußte sofort zur Bank laufen, alles abheben, mein Konto so hoch wie möglich überziehen. Es war ein Vielfaches von der Summe, die ich als Unterstützung für ihre Tochter und ihr Kind genannt hatte. Wobei Helena wahrscheinlich davon ausgegangen war, ich würde meine genannte Summe jeden Monat bezahlen. Sollte ich ihr wirklich alles geben? Vielleicht nahm sie es nicht?
Ich wollte ihr helfen. Und obwohl ich bereits beschlossen hatte, daß ich ihr gerne half, mußte ich es auf dem Weg nach Hause immer und immer wieder beschließen. Es ist schwer genug für sie, dachte ich, daß sie es nehmen muß. Ich muß ihr die Scham ersparen. Ich darf sie nicht fühlen lassen, wieviel Geld das für mich ist. Eine Summe, die mir geradezu angst macht. Geld, immer dieses Geld. Ich begann zu laufen. Ich geb es ihr gerne. Sie soll mit einem Ruhekissen flüch-

ten. Wozu gibt es denn das Geld, wenn nicht für jene Fälle, in denen es wirklich notwendig ist? Schade, daß ich nicht noch mehr habe. Eine Summe, die für ihr ganzes restliches Leben reicht, nicht nur für eine Reise irgendwohin, von wo sie möglicherweise wieder zurückkommt, wenn sie nichts mehr hat …

Ich lief. Ich lief zu ihr und atemlos legte ich ihr alles zu Füßen.

Und dann erschrak ich. Sie nahm es. Rasch griff sie zu. So schnell konnte ich gar nicht zusehen, und es war weg. Und als hätte sie bemerkt, daß ich bei all meinem guten Willen dennoch ein paar Scheinchen für mich abgezweigt hatte, schimpfte sie mit meinem Geld in ihrer Hand, daß ich an allem schuld sei. Mein Geiz. Meine Dummheit.

»Aus unserem Plan wird nichts«, murmelte sie. »Es ist zu Ende. Ich bin am Ende. Ich muß von vorn beginnen, irgendwo im Ausland. Irgendwo. Ich habe keine Ahnung, wo.«

Sie zählte das Geld. »Hm«, brummte sie. »Viel ist es nicht. Ich werde dich wissen lassen, wohin du mir mehr schicken kannst.«

Ich wankte zurück in mein Zimmer. Vielleicht hatte sie es schon gespürt, was ich dachte. Das Sprichwort vom Schrecken und vom Ende. Besser ein Ende mit Schrecken als ein Schrecken ohne Ende. Nichts anderes konnte ich mehr denken. Immer das. Immer Schrecken und Ende. Ende mit Schrecken. Schrecken mit Ende. Ende.

Zwischendurch fühlte ich mich ganz elend mit diesen Gedanken. Doch von Augenblick zu Augenblick wurde mir klarer, daß ich es überleben würde, wenn sie ging, ja, daß es dann vielleicht erst wirklich anfangen würde, mein Leben.

Ich begleitete sie zum Flughafen. »New Orleans«, sagte die Stewardeß am Schalter. Ich tat so, als hätte ich es nicht gehört.

»Und außerdem«, flüsterte Helena mit flackernden Augen, »ist der Schneider der Vater von Hennis Kind. Er ist es. Ich habe es gleich gewußt, daß er nie aufhören wird, sich zu rächen. Wenn es ihm schon nicht gelungen ist, mich umzubringen, dann wird er es mit Henni versuchen.«

Da war er wieder, dieser Funke in ihr, daß es fast brannte. Sie nahm nichts rund um sich wahr, redete wie ein Wasserfall, ihre Stimme überschlug sich im Flüstern, und ich mußte sie in Richtung Paßkontrolle drängen.

»Höchste Zeit«, sagte sie, »daß ich nach New Orleans komme. Der Schneider wird tödliche Kleider nähen. Zuerst für das Baby zu große, damit es gemästet wird und hineinwächst. Dann wird er nachts, wenn alle schlafen, Hennis Kleider immer enger nähen, bis sie sich zu Tode gehungert hat. Ich höre ihn. Nach einer Geburt verändert sich die Figur, wird er sagen. Und meine Henni wird ihm glauben. Und wenn sie sich zu Tode gehungert hat, dann kommt das Baby an die Reihe. Ich kenne ihn. Seine Rache ist grenzenlos. Wäre er nicht in Ordnung gewesen, alles wäre anders gekommen.«

Sie preßte die Lippen aufeinander, ließ sie aufspringen, setzte sich eine Sonnenbrille auf. Sie schluckte.

Schrecklich sah sie aus. Aber irgendwie schön. Interessant. Fast so wie früher, als sie, im Garten der Nachbarn, unerreichbar für mich gewesen war und vor meinen Augen verschwamm.

»Aber er war in Ordnung«, sagte sie. »Und so werde ich zu Weihnachten allein dahocken. Während alle anderen mit ihren Männern und Familien sind, werde ich mit meinem ehemaligen Mann vor einem fetten Braten hocken und grenzenlos allein sein …« Sie schüttelte den Kopf. Eine Träne kullerte unter der Sonnenbrille hervor. Sonst sah ich nur in ihren riesigen, einsamen Mund.

»Du rufst mich an.«

Ich kann mich nicht erinnern, wer es gesagt hat. Sie oder ich oder wir beide gleichzeitig. In meinen Ohren klingt noch ein anderer Satz, von dem ich nicht einmal weiß, ob wir ihn überhaupt gesagt haben. »Ich danke dir.« Ich höre es immer wieder. Ich danke dir. Es klingt wie das Geräusch der Luft, die man hören kann, wenn man selbst und die Welt ganz still ist. Ich danke dir.

Zuletzt sah ich sie mit ihren Storchenbeinen durch die Paßkontrolle gehen. Zu wissen, daß sie noch einen Paß in Reserve hat, ist beruhigend. Sie drehte sich nicht um, winkte nicht. Der wurzellose Stengel mit der roten Blüte wippte davon.

Ein wurzelloser Stengel, eine davontanzende Blüte mitten im Leben. Helena war beides. Mitten im Leben und in der Mitte des Lebens. Wobei man erst am Ende sagen kann, was die Mitte war.

Heute habe ich die Zwiebel meiner Hyazinthe in die Erde gesetzt. Ein bißchen abseits von den anderen an der Sonnenseite des Gartenhäuschens, damit ich sie nächstes Jahr, wenn sie blüht, wiedererkenne. Ich habe den richtigen Stand des Mondes abgewartet, habe die Fenster geöffnet, damit ich die himmlische Musik im Garten hören konnte.

Wir eilen mit schwachen, doch emsigen Schritten
O Jesu, o Meister, zu helfen zu dir.
Du suchest die Kranken und Irrenden treulich.
Ach, höre! Ach, höre! Ach, höre! Wie wir
Die Stimmen erheben, um Hilfe zu bitten.
Es sei uns dein gnädiges Antlitz erfreulich!

Ehrlich gesagt habe ich diese seltsamen Worte während der ganzen Geschichte nur ein einziges Mal geschrieben. So gut ich die Musik im Ohr habe, so unmöglich ist es mir, diese Worte in meinem Gedächtnis zu behalten. Gut, daß ich auf einem Computer schreibe. Ich drücke die Suchtaste, gebe »Wir eilen« ein, und das Maschinchen sucht den ganzen Text für mich ab, bis es »Wir eilen« gefunden hat. Mit der Kopier-Taste kann ich den Text immer wieder, an jeder beliebigen Stelle, wiederholen.

Bisher war mir mein ganzes Leben so erschienen, als sei ihm eine solche Such- und Kopier-Taste eingebaut, und wenn die entsprechende Stelle gefunden war, wiederholte sich alles. Aber wer hat gesucht? Wer hat kopiert? Ich selbst?

Ich glaube, ich war es selbst. Ich war auf »Kein Problem« eingestellt gewesen, und somit war alles, was ich

erlebt hatte, kein Problem gewesen. Darum hatte ich ja dieses Problem gehabt, kein Problem zu haben. Bis ich Helena wiederbegegnet bin. Genaugenommen, bis Helena wieder aus meinem Leben verschwunden ist.
Ich habe nichts mehr von ihr gehört.
Inzwischen ist es Ende Oktober geworden. Von Armin und Ludwig sind zwei Karten gekommen. Eine mit griechischer Briefmarke, eine mit türkischer. Sie sind nicht auf dem laufenden, wissen nicht, daß Illi und Helena nicht mehr da sind. Vielleicht sind sie jetzt gerade am anderen Ende der Welt? Vergessen können sie uns jedenfalls nicht, und manchmal bilde ich mir ein, sie könnten sogar ein bißchen Sehnsucht haben, zumindest nach mir.
Von der Küchenfirma kommen laufend Mahnungen. Adressiert an Ludwig Holub. Natürlich. Ich unternehme zwar nichts gegen die von Ludwig eingerichteten Daueraufträge für die Kosten des Hauses, das Konto für diverse zusätzliche Zahlungen rühre ich jedoch lieber nicht an. Von mir aus kann die Küche wieder abgeholt werden, was natürlich nicht möglich ist, da sie maßgeschneidert ist. Also wird sie unbezahlt bleiben. Mehrere solche Aufträge, und die Firma ist ruiniert.
Es ist sehr schön zusammen mit dem Papagei im Haus. Ich habe ihm die Voliere auf dem Balkon gebaut. Allerdings ist es inzwischen draußen so kalt geworden, daß er sie nur anschauen und davon träumen kann, in ihr herumzuhüpfen. Er schaut sie vom Wohnzimmer aus an. Noch am selben Tag, an dem Helena abgeflogen ist, zog der Papagei mit seinem Ast aus meinem

Zimmer wieder aus und gurrt und pfeift jetzt wieder da, wo er früher gewesen ist.
Ich habe mich ausgebreitet. Ich lebe hier, als gehörte mir das ganze Haus. Und für den Fall, daß es mir zu eng werden sollte, habe ich einen Stern. Ja, ich habe mir einen Stern gekauft. Bei Illi in der Nervenklinik. Jeder, der sie besucht, kann bei ihr einen Stern kaufen. Ihr Geschäft ist im Haus Nummer 7 im zweiten Stock Tür Nummer 32. In einer Sternenkarte, in der auch die explodierte Milchstraße markiert ist, wird der Stern, den man kauft, genau bezeichnet. Im Zertifikat, das Illi ausstellt, steht nicht nur die Garantie, daß es sich um einen lebenden Stern handelt, sondern Illi trägt auch den Namen des Besitzers ein, für den der lebende Stern bestimmt ist. Ich habe keine Sekunde lang gezögert und den Stern, den ich kaufte, nach mir benannt. Lotti Liebenhaus. Auch wenn ich viele Millionen Leben brauchen werde, um ihn je zu erreichen, es ist gut zu wissen, irgendwo im All ein Zuhause zu haben, das mir gehört.
In einigen Wochen werde ich noch einen Stern kaufen, ganz nah neben meinem. Auch wenn es einige tausend Leben dauert, um vom einen zum anderen zu gelangen, jeder soll seinen eigenen Stern haben. Denn auf ein und demselben wird es auch für eine Mutter und ihr Kind rasch zu eng. Sollte Helena zurückkommen, noch ausgemergelter, kaputter, noch bedrohter und abgewirtschafteter, als sie abgereist ist, kaufe ich ihr einen Stern nicht ganz so nah von meinem. Ein klein wenig Entfernung wird uns gut tun. Denn ich würde mich ihr nicht mehr so widmen wie bisher. Mein Ohr

könnte sich nicht mehr nur ihr zuwenden. Übrigens auch nicht mehr nur den Männern. Keinem von ihnen.
Schon jetzt lausche ich immer. Voller Neugierde. Ende Januar werde ich es dann persönlich kennenlernen. Ich werde es ansehen und fragen: Wer ist dein Vater?
Bis auf diesen Vater wissen es alle. Auch meine Eltern, mein Chef, mein Ex-Mann. Sogar Illi weiß es. Ich mußte es ihr sagen, wegen des zweiten Sterns.
Schade, daß ich Helena nicht mitteilen kann, wie anders ich jetzt darüber denke als damals, als sie mir erzählte, daß ihr Kind ein Kind bekommt und nicht weiß, von wem. Ich habe keine Ahnung, welche Blutgruppe Armin und Ludwig sind. Es ist wie im Krieg, die Männer an der Front, ungewiß, ob sie je zurückkehren.
Ich habe gedacht, wenn ich die ganze Geschichte aufschreibe, dann werde ich am Ende vielleicht wissen, wie sich alles so gefügt hat. Aber ich weiß nur eines: Ich habe jetzt mein eigenes Problem.
Ich kann gar nicht sagen, wie glücklich ich bin. Denn dieses Problem, das ich jetzt habe, ist ein von der Natur geschenktes, ein echtes, ein tiefes, ein wertvolles, ein lebendiges, eines, das ich mir nicht Tag für Tag selbst mache, sondern das wirklich existiert, solange ich lebe. Ich brauche gar nichts mehr zu tun, es wird alles ganz von alleine auf mich zukommen. Und ich habe gar keine Wahl, es wichtig zu nehmen oder nicht. Ich habe ein Problem. Ein echtes, tiefes, ein von der Natur geschenktes Problem, das mir die Natur wieder nehmen kann, aber auch dann werde ich nie wieder

wie früher sein. Ich habe jetzt ein Problem, das lauter Probleme mit sich bringen wird, immer mehr und immer größere.
Der Garten verwildert wieder, der Efeu wächst ins Dachgestühl, und das Laub bleibt überall liegen. Wenn das Kind zur Welt kommt, wird die Hyazinthe aus der Erde wachsen. Eine weiße, duftende Hyazinthe, ein bißchen abseits, damit ich sie erkenne.